安徽省哲学社会科学规划项目“安徽民间文学类非遗的传承与译介研究”（项目批准号：AHSKQ2020D190）研究成果

安徽民间文学类非遗的传承与译介研究

苏　涛　著

中国科学技术大学出版社

内 容 简 介

本书聚焦安徽民间文学类非物质文化遗产，以其传承与译介为两条基本线索展开深入研究。在传承方面，详述了非遗的定义、特征、分类，梳理了国内非遗传承的研究概况。不仅呈现了安徽民间文学类非遗的项目清单、历史渊源，还剖析了其代表性项目传承机制，探讨了传承困境与对策。在译介方面，系统梳理了主流理论视角，研究了译介现状并指出问题，提出了相应策略，展示了创新实践成果与未来展望。本书旨在推动安徽民间文学类非遗的活态传承，促进文化交流，为相关领域研究与实践提供全面且有价值的参考，助力提升安徽文化影响力。

图书在版编目(CIP)数据

安徽民间文学类非遗的传承与译介研究 / 苏涛著. -- 合肥 ：中国科学技术大学出版社，2025. 6. -- ISBN 978-7-312-06077-9

Ⅰ. I207. 7

中国国家版本馆 CIP 数据核字第 2025R2H003 号

安徽民间文学类非遗的传承与译介研究

ANHUI MINJIAN WENXUE LEI FEIYI DE CHUANCHENG YU YIJIE YANJIU

出版 中国科学技术大学出版社
安徽省合肥市金寨路 96 号，230026
http://press. ustc. edu. cn
https://zgkxjsdxcbs. tmall. com

印刷 安徽省瑞隆印务有限公司

发行 中国科学技术大学出版社

开本 710 mm×1000 mm 1/16

印张 14.5

字数 284 千

版次 2025 年 6 月第 1 版

印次 2025 年 6 月第 1 次印刷

定价 68.00 元

序　一

新时代的传承与译介，让非遗焕发新的生命

2023 年 12 月，安徽省翻译协会成立了翻译安徽研究院（简称研究院）。研究院以翻译安徽的理论与实践为核心，组织课题，发布成果，致力于在安徽地方特色话语的翻译上实现新突破，为对外介绍安徽、参与世界文明对话作出贡献。同时，研究院也有意打造一个高水平人才汇聚平台，吸引、聚集优秀翻译实践与翻译研究人才。安徽工程大学外国语学院的苏涛副教授是研究院的专家委员会成员之一。我作为翻译安徽研究院的院长，和苏涛老师的交流逐渐多了起来。

苏涛老师近年来专注于研究安徽非物质文化遗产（简称非遗）的传承和外译。2019 年发表论文《中国故事，国际表达：安徽非物质文化遗产外宣译介研究》，2021 年发表论文《“互联网＋”背景下黄梅戏活态传承研究》，2022 年出版专著《翻译与传播：安徽非物质文化遗产的译介研究》，2024 年主持完成翻译安徽研究院的课题“安徽地方特色话语翻译课程建设——MTI 课程铁画艺术翻译”。2025 年开年，他拿出了新作《安徽民间文学类非遗的传承与译介研究》。这部著作与他之前出版的《翻译与传播：安徽非物质文化遗产的译介研究》构成姊妹篇。前作对安徽各类非遗的译介作了全景式阐述，新作则聚焦安徽民间文学类非遗的传承与译介。两部著作均是翻译安徽研究的代表性成果。书稿完成之际，苏涛老师邀我为其作序，我得以先睹为快，是以提笔写下自己的阅读感悟。

安徽是中华文明的重要发祥地，历史文化底蕴丰厚。安徽省的民间文学类非遗光辉璀璨，独树一帜，生动地反映了安徽人民的生活方式、价

值理念、审美情趣，承载着各个历史时期安徽民间社会的智慧、情感、记忆和经验。民间文学，主要以口口相传的方式进行传播，许多故事至今仍有鲜活的生命力，堪称中华文明的经典传承，如安庆桐城的“六尺巷传说”，成为中国邻里和谐礼让的典范。1956 年，毛泽东主席在会见苏联大使尤金时讲到这个典故，借以表达两国之间应该谦让、平等之意。2024 年 10 月 19 日，习近平总书记专程参观六尺巷，告诫我们要“弘扬好中华民族传统美德”，“使我们的社会更加和谐”。安徽民间文学类非遗是今天讲好中国故事的生动素材。

做过非遗译介工作的人对非遗翻译的独特性挑战都深有体会。“六尺巷传说”中张英的那封家书写道：“长城万里今犹在，不见当年秦始皇。”语言浅显，朗朗上口，道理明白，意味深长。但其中典故套典故，前景后面有背景，译者要怎样处理，才能既译出“秦始皇”名称所指，又能说清秦始皇是中国第一个皇帝，是他修建了万里长城？这暗寓今天一个普通官员为三尺院墙想不开实在不算聪明。如果不作必要阐释和解说，外语读者看不懂长城与秦始皇之间的联系，也就无法理解诗句的内在寓意。如果添加注释或者副文本补充背景，又会造成过度解释，破坏民间文学的阅读体验。仅这两句的译介难度就可见一斑。而这只是非遗翻译时诸多难题中的一个小例子，民间文学类非遗的翻译值得专门研究。

苏涛老师这本书开创性地系统整理了安徽省民间文学类非遗的传承与译介情况，深入分析了有关非遗类译介研究的理论与原则，在此基础上提出对于安徽省民间文学类非遗译介的对策建议。作者为此花费数年时间，沉浸于浩如烟海的学术资料之中，通读了上千篇相关研究文献和百余部理论著作，整理了自 2009 年以来与非遗译介直接相关的文献 355 篇，其中包括期刊论文 326 篇、学位论文 25 篇、会议论文 4 篇。经过对这些文献的细致爬梳，这部数据详实、分析周密的著作得以呈现，诚为可贵。其不仅为安徽省民间文学类非遗的译介工作厘清了道路，更在文化传承与跨语言传播领域迈出了坚实的一步。

该书亮点颇多，最具创新特质的是以下两点：

其一，本书将安徽民间文学类非遗的译介与传承置于同一个大话题之下加以考察，而不是单纯就翻译讨论翻译，就传承研究传承。这是作者在研究格局上的一个重要突破。这一突破的价值在于：一方面，非遗的传承与译介本质上同属一个大的范畴。非遗传承为译介提供文化内涵和语境基础，使翻译成为激扬文化生命力的跨文明对话。而译介过程必然是对原作品在新的语境中的阐释，使其得以更广泛地传播，成为世界的非遗。另一方面，新的阐释使非遗作品本身更加丰满，昭示着非遗并非静态的“遗产”，而是鲜活动态的存在，从而挑战传统的非遗保护方式。传承与译介的这种双向互动既推动非遗从“地方知识”升华为“人类共同遗产”，也倒逼传承实践主动拥抱跨文化阐释，最终实现从“被动保存”到“主动传播”的范式转型。

让我借书中一个例子来说明作者是怎样在一个大框架里将传承与译介有机结合起来的：

首先，作者系统梳理了安徽民间文学类非遗传承的历史渊源、传承机制、面临的挑战。接着，作者提出，相对于普通传承中的译介活动，民间文学类非遗的译介有六个特点和优势（此处对原文稍有修改）：

(1) 相较于依赖肢体语言（传统舞蹈）、声音介质（传统音乐）或物质载体（传统技艺）的非遗传承活动具有更方便的“文本可转换性”。(2) 文化符号的集中性。(3) 叙事结构的弹性（表现为叙事内容的再生产、传播媒介的迭代、传承群体的互动以及地域文化的融合）。(4) 接受门槛的优势（在受众的认知接受方面具有三重便利性，即媒介的普适性、理解的共通性、传播成本的低廉性）。(5) 学术阐释的深度。(6) 数字时代的适配度。

这不正是传承中有译介，译介又丰富和延展了传承吗？着实让人耳目一新。

其二，紧随时代脉搏，展示新技术、新理论为安徽民间文学类非遗的传承与译介注入了鲜活生命力。

民间文学类非遗最鲜明的特征在于其口传性、地域性和历史性，这也正是该类非遗本身的价值所在。但正是这些特征给传承与译介带来了挑战。随着城镇化的社会变迁和时代的深刻变革，以口传为主要特征的传统民间文学赖以生存的土壤正在逐渐萎缩、消失。就一般所见，许多民间文学类非遗代表性项目或因记录与保存不足，或因地域性与多样性，加上历史性等多种因素，其传承仍旧停留在传统的表现模式上，缺乏创新元素，传承艰难，日渐式微。对它们的译介也因文化空缺、价值观差距、表现手段独特(如方言、谐音、双关等语言差异)等而面临诸多难题。不少人对这些困境表达了担忧。如何才能在传承与翻译中既保持民间文学类非遗作品的原真性,又有效实现文化基因的跨时空延续,最终变本土的"静态遗产"为全球共享的"活态遗产"呢?当代人们在为此执着探寻着,力求找到突破点。苏涛老师站在新时代的平台上,从新技术和新理论的视角作了积极的尝试,让我们眼前一亮。

(1) 数字技术为民间文学类非遗的传承方式带来更多可能性。

苏涛老师发现,数字技术可以完美适配安徽民间文学类非遗的口头性、文本可塑性及文化内核的普适性特征。他从三个层面梳理出传统文化在新一代语境里实现高效互动的情况。

首先在传播层面,"桐城歌"通过短视频平台将方言韵律与现代编曲融合,单条播放量超百万次;"孔雀东南飞传说"以互动小说形式重构经典IP,用户选择分支剧情推动叙事,点击量突破上百万;"徽州民谣"则借助语音社交App打造"声音纪录片",结合茶道、徽商故事构建沉浸场景。

其次在转化层面,"孔雀东南飞传说"通过国风动画与水墨特效斩获文化创新奖;"徽州民谣"依托AR电子地图实现空间活化,扫描古村标识即可触发3D动画与民谣唱诵;"桐城歌"的曲谱经AI分析后生成智能编曲系统,辅助创作新旧融合的民谣作品。

最后在创作层面,"桐城歌"《十二月花》被电子音乐人采样为12种电音版本,播放量累计超千万;"徽州民谣"则裂变为职场、考研主题漫画,推动地域符号升维为全民文化梗。

这些案例充分发掘了民间文学类非遗的数字基因优势,让我们真切地看到,文本与音频的低门槛数字化,促进了叙事结构的弹性延展,让用户从单纯的消费者转为创作者,直接参与了非遗的传承。

(2) 新生翻译理论为认识非遗译介活动的本质打开了一扇新窗口,也丰富了对非遗翻译策略的选择。

据苏涛老师考察,近年来非遗翻译研究的理论视角呈现多元化,其中采用生态翻译学视角的文章占大多数。但是他说,他在细致梳理了355篇有关非遗译介的文献后发现,"众多研究中竟无一篇直接以知识翻译学的理论视角去探讨对非遗的译介"。有鉴于此,他专门从知识翻译学视角探讨了针对安徽民间文学类非遗的译介策略。理论勇气可圈可点。

2021年，知识翻译学宣告登场。知识翻译学认为："翻译是跨语言的知识加工、重构和再传播的文化行为和社会实践。"（杨枫，2021）简言之，翻译实际上是一种知识加工事件。该学科"聚焦地方性知识向世界性知识的生产变迁，把翻译置于不同知识共同体的历史视野和格局下考察，科学分析不同语言面对不同知识如何选择、加工、改造的实践和经验及其语言转换、概念生成等知识生产和传播的文化背景、社会条件和政治环境。"（杨枫，2021）民间文学类非遗的译介，是一种人文社会活动，不能像一般自然科学知识和社会知识的翻译那样追求再现原作的"客观性"，而只能基于地方的、传统的历史文化意义，同时考虑译文读者的知识语境，进行跨文化的知识传播、知识重构，重建民间文学作为"活态文化遗产"的认知价值，将地方知识变为世界知识。

苏涛老师根据知识翻译学构建"文化认知—知识生产—价值传播"复合框架的基本理念，尝试提出一系列针对安徽民间文学类非遗特点的译介策略。例如：

针对口语性特点，构建动态传播的多维模式。从表演维度出发，可以运用韵律对应转化黄梅戏唱腔，将中文五声音阶匹配英语诗歌的音步，如把七字句转换为抑扬格五音步，仍然保留音乐的节奏韵律特征。

针对地方民间信仰特征，进行文化意义的层次化解析。例如，将"桐城歌"中的"孝道"作表层符号解析，将其译为"ritualized filial devotion"，凸显其行为规范特征。将徽州民谣里"前世不修，生在徽州"中的宗族伦理与西方新教伦理中的"天职观"进行类比阐释，实现中层语境关联。还可以对深层隐喻进行转写。例如，"徽州民谣"中的唱词"渔网"意象隐含的人际网络，可以借用希腊命运女神纺织生命线的典故，实现跨文化置换。

针对民间文学地域性特点，提出对地方知识的创造性转化。"可以构建一种'采集—提炼—再生'的转化链条。例如，将'孔雀东南飞传说'解构为忠贞不渝的爱情普世母题，再结合目标文化原型进行再创作"，等等，此处不一一赘述。

借助知识翻译学理论，作者将安徽民间文学类非遗的翻译活动重新定义为知识再生产系统。他把语言媒介、文化语境与认知过程统摄于知识建构的元理论框架中，不仅丰富了有关非遗译介的理论库，对非遗传承的理论与实践也具有重要意义。

总之，该书对安徽民间文学类非遗的传承与译介作了系统的理论分析，在方法论层面和理论运用层面都富有启迪，是翻译安徽研究的一个代表性成果，值得关注。

是为序。

范东生

翻译安徽研究院院长

序　二

安徽,这片古老而又充满活力的土地,孕育了许多璀璨的民间文学瑰宝。而该本专著,就像一位慈祥的老学者,带着我们深入挖掘这些种子的根系,探寻它们是如何在历史的长河中生生不息的。苏涛博士花了整整四年时间,通读了上千篇相关研究文献和百余部理论著作,精心梳理近400篇与该研究紧密关联的文献,完成了详尽的研究综述,为后续研究筑牢根基。为了获取最真实的研究素材,苏涛博士与其研究团队遍访安徽各地的博物馆、文化馆,还多次前往安徽省非遗保护中心学习交流调研,积累了大量宝贵的一手资料。

该书与苏涛博士2022年出版的《翻译与传播:安徽非物质文化遗产的译介研究》堪称姊妹篇。前一部专注于安徽各类非物质文化遗产译介的全景式阐述,而新作精准聚焦安徽民间文学类非遗,深入挖掘其传承与译介的独特脉络。读完该书,我仿佛经历了一次心灵的洗礼。它不仅让我更加热爱自己的家乡文化,更让我明白了文化传承的重要性。这些民间文学类非遗,是我们民族的瑰宝,是我们共同的精神家园。而该书,就像是一座桥梁,连接着过去与未来。该书的精准聚焦,让我感受到了苏涛博士的匠心独运。它不仅仅停留在对安徽民间文学的简单罗列,而是深入挖掘了这些非遗背后的传承脉络。每一章节,都像是一次穿越时空的旅行,带我们回到那些古老村落,聆听老一辈人的口述历史,感受那份对传统文化的敬畏与坚守。这种深度,让我仿佛能听到那些古老歌谣在风中轻轻回响,看到那些手工艺人在昏黄的灯光下默默耕耘。

该书主要围绕安徽民间文学类非遗的传承与译介这两条核心线索展开。在研究过程中,苏涛博士多次尝试拓展研究的外延,加深研究的内涵。例如,依托该研究,苏涛博士先后指导5名翻译硕士专业学位

(MTI)研究生开展非遗译介调研，均以安徽相关非遗译介为主题，圆满完成了翻译实践报告；还先后指导2个本科生团队成功立项国家级及省级大学生创新创业训练计划项目。此外，苏涛博士还先后获批并完成了安徽省非遗保护中心2024年度重点课题和安徽翻译研究院招标课题。不仅如此，苏涛博士还牵头搭建了多个与非遗传承及译介相关的校企合作基地，并于2024年3月成功成立铁画艺术翻译与国际传播研究中心，助力安徽非遗的国际传播。

阅读该书的过程中，我开始意识到，译介不仅仅是语言的转换，更是文化的交流和碰撞。它需要我们具备深厚的学术功底，更需要我们拥有开放的心态和敏锐的洞察力。只有这样，我们才能在尊重原文的基础上，创造出既忠实于原作又符合目标文化语境的译介作品。而该书的价值，不仅仅在于它为我们提供了丰富的理论视角，更在于它激发了我们对于译介工作的深刻思考。它让我们明白，译介不仅仅是一项技术活，更是一项艺术创造。它需要我们用心去感受原文的情感，用智慧去跨越文化的鸿沟，用勇气去挑战未知的领域。

所以，我想说，如果你也对安徽民间文学感兴趣，或者想深入了解文化传承与译介的奥秘，那么该书绝对值得一读。它不仅仅是一本学术著作，更是一次心灵的交响、一次文化的盛宴。合上书时，突然明白民间文学就像会行走的蒲公英，既要深扎根脉于故土，也要乘风寻找新的土壤。该本既有学术深度又饱含温情的著作，不正是给传统文化开的一扇面向世界的花窗吗？

唐雪梅

2025年春于安徽芜湖

前　言

安徽，这片位于华夏大地东部的神奇土地，宛如一座文化的富矿，蕴藏着无数璀璨夺目的非物质文化遗产。它地处南北要冲，襟江带淮，独特的地理位置使其成为多元文化的交汇点。吴楚文化的浪漫风情、中原文化的深厚底蕴在这里交融、碰撞，孕育出了独具特色的民间文学类非物质文化遗产，它们犹如一幅幅绚丽多彩的画卷，生动展现着安徽人民的智慧与创造力，诉说着这片土地上源远流长的历史故事。

当下全球化浪潮汹涌澎湃，文化交流日益频繁，非物质文化遗产作为民族文化的瑰宝，成为全世界了解中国的重要窗口。安徽民间文学类非遗，承载着丰富的文化内涵和独特的地域特色，是中国文化对外传播的重要内容。然而，目前安徽民间文学类非遗在国际上的传播面临着诸多挑战，如文化差异导致的理解障碍、翻译质量参差不齐等问题，制约了其在世界范围内影响力的进一步扩大。深入研究安徽民间文学类非遗的传承与译介，成为当下文化发展的迫切需求。

本书紧扣时代脉搏，聚焦安徽民间文学类非遗的传承与译介，旨在为解决这些问题提供有益的探索。书中详细梳理了安徽民间文学类非遗的项目清单、历史渊源、传承机制，深入剖析其在译介过程中的理论依据、现状及问题，并提出切实可行的策略。通过对一个个具体非遗项目的研究，挖掘其背后的文化价值，展现安徽民间文学类非遗的独特魅力。在撰写本书的过程中，笔者广泛查阅国内外相关文献，力求做到资料详实、论证严谨。书中借鉴了众多学者的研究成果，在此向他们致以诚挚的感谢。若存在引用疏漏之处，还望海涵。

本书的出版，得益于安徽省哲学社会科学规划青年项目“安徽民间文学类非遗的传承与译介研究”（批准号：AHSKQ2020D190）的大力支持，同时也要感谢中国科学技术大学出版社为本书的出版付出的辛勤努力。此外，我的 MTI 研究生朱慧玲、张翠侠、吴梦凡、刘子旋、夏丹丹、穆慧玲等同学在资料收集和文档整理过程中贡献了自己的力量，在此表示感谢。安徽工程大学外国语学院唐雪梅教授在学术上的悉心指导，让本书的质量得到了进一步提升，一并致谢。还要特别感谢翻译安徽研究院范东生院长，承蒙范院长为本书拨冗赐序，于字斟句酌间悉心斧正，字字珠玑为拙作增辉。

由于作者水平有限，书中难免存在不足之处，衷心希望各位学界前辈、同仁和读者能够批评指正，共同推动安徽民间文学类非遗传承与译介研究的发展，让这些珍贵的文化遗产在世界舞台上绽放出更加耀眼的光芒。

苏　涛

2025 年春于安徽工程大学

目　　录

第一章 导 论

在浩瀚的人类文明长河中，非物质文化遗产（简称非遗）如同一串串璀璨的珍珠，串联起各民族独特的历史记忆与文化基因。作为其中不可或缺的一环，民间文学类非遗不仅承载着民族智慧的结晶，更是文化多样性与身份认同的重要标识。本书旨在深入探讨这一领域在安徽省的独特风貌、传承现状及其在全球语境下的译介挑战与机遇。本章作为全书的开篇，将勾勒出一个宏观而又细腻的框架，为后续章节的深入剖析奠定一定的基础。

在全球化浪潮与数字化进程的双重冲击下，非物质文化遗产正经历着前所未有的挑战与变革。一方面，全球化进程的加速使得文化同质化现象日益严重，许多独特的民间文学形式正逐渐淡出人们的视野；另一方面，在数字化技术的推动下，人们开始重新审视文化多样性的价值，民间文学类非物质文化遗产（简称民间文学类非遗）的保护与传承工作也迎来了新的发展机遇。在此背景下，开展对安徽省民间文学类非遗的传承与译介研究，不仅是对安徽地方文化资源的深入挖掘与整理，更是对维护安徽文化多样性的重要贡献。作为中华文化的重要组成部分，安徽省的民间文学类非遗以其独特的艺术魅力、深厚的文化底蕴和广泛的群众基础，成为连接过去与未来、本土与世界的重要桥梁。本书聚焦于这一领域，不仅是对安徽优秀传统文化的一次深情回望，更是对其在新时代背景下传承与发展路径的积极探索。

第一节 民间文学类非物质文化遗产概述

一、非物质文化遗产的定义、特征和分类

（一）非物质文化遗产的定义

联合国教科文组织于 2003 年通过的《保护非物质文化遗产公约》中所称非物

质文化遗产（intangible cultural heritage，ICH），指被各社区、群体，有时是个人，视为其文化遗产组成部分的各种社会实践、观念表述、表现形式、知识、技能以及相关的工具、实物、手工艺品和文化场所。非物质文化遗产历经代代传承，在不同社区与群体适应周边环境、与自然和历史相互交融的过程中持续演变。它们为各群体赋予了归属感与历史延续感，进而促使人们更加尊重文化的多样性以及人类的创造力。依据《保护非物质文化遗产公约》的界定，非物质文化遗产主要涵盖以下五大类别：

1．口头传统与表现形式

涵盖作为非物质文化遗产传播载体的语言，以及经由口头传承的神话故事、传奇、史诗、民间传说、民谣、俗语、谜语等。这些口头传统构成了民众集体记忆与创造力的核心载体。

2．表演艺术

涵盖传统音乐、舞蹈、戏剧、曲艺、杂技等艺术形式。这些表演艺术不仅具有高度的艺术价值，还反映了不同地域、民族的文化特色和历史传统。

3．社会实践、仪式、节庆活动

如宗教仪式、民间节庆、传统习俗等，是民众社会生活的重要组成部分，通过这些活动，人们可以感受到文化的独特魅力和精神内涵。

4．有关自然界和宇宙的知识和实践

这包括天文、地理、医药、农业、畜牧、渔业等领域的传统知识和实践，是人类在长期生产生活中积累的智慧结晶。

5．传统手工艺

手工艺技能是非物质文化遗产中的重要组成部分，如陶瓷制作、纺织印染、雕刻工艺、金属锻造等。这些手工艺技能不仅具有经济价值，还承载着丰富的文化内涵和审美价值。

此外，与上述表现形式相关的文化空间也是非物质文化遗产的重要组成部分。这些文化空间是特定地域内民众共同创造、享用和传承文化的场所，如古镇、古村落、传统街区等。

我国于 2011 年正式颁布了《中华人民共和国非物质文化遗产法》，其中对非物质文化遗产作出了明确界定，是指各族人民世代相传并视为其文化遗产组成部分的各种传统文化表现形式，以及与传统文化表现形式相关的实物和场所。主要包括以下几个方面：

（1）传统口头文学以及作为其载体的语言。

（2）传统美术、书法、音乐、舞蹈、戏剧、曲艺和杂技。

（3）传统技艺、医药和历法。

(4) 传统礼仪、节庆等民俗。

(5) 传统体育和游艺。

(6) 其他非物质文化遗产。

《中华人民共和国非物质文化遗产法》还规定，属于非物质文化遗产组成部分的实物和场所，凡属文物的，适用《中华人民共和国文物保护法》的有关规定。

无论是依据联合国教科文组织制定的《保护非物质文化遗产公约》，还是依照我国颁布的《中华人民共和国非物质文化遗产法》，民间文学类非物质文化遗产都应被归类为口头传统或传统口头文学的范畴。

(二) 非物质文化遗产的特征

非物质文化遗产的核心特征可以归纳为综合性、集体性以及民族性与地域性。

1. 综合性

综合性是非物质文化遗产的显著特点之一。无论是非物质文化遗产的整体还是具体到某一事项，都体现出这种综合性。尤其是文化空间中的某些事项，往往融合了古代的数学、物理、化学、天文、哲学、宗教、伦理、社会、经济、文学、艺术等领域的知识。比如"老子传说故事"中的《老子降诞》一篇，对老子为了感谢母亲九九八十一难的孕育之恩，而写成八十一章《道德经》的描述，就是对伦理的描述；《合欢树》一篇中提到的"看问题不仅要看正面，还要看反面，遇事要精心观察"，就是朴素的生活哲学；《官场浮沉》一篇中对老子仕途的介绍，就是对社会的一种描述；《探求天道》一篇中论述的"天得了道，才能洞察清明；地得了道，才能平静安宁；万物得了道，才能生机勃勃。道是芸芸万物的生命，道是茫茫宇宙的主宰"，就是对天文和宇宙的思辨。所以说，任何一种形式的非物质文化遗产，都能体现很多具体事项的特征，而这些特征的集合也就是综合性。

2. 集体性

非物质文化遗产与当代影视作品、戏剧表演、音乐创作及文学作品等具有明确创作者的文化形式存在本质区别。其形成机制源于特定文化事项的原始形态获得群体性认可后，在历时性传播与代际传承中不断丰富发展。这里所指的群体具有显著的社会属性，可以表现为民族共同体、地理区域、社区单元、村落聚落、特定人群或行业群体等组织形式。这种群体性特征不仅体现在文化事项的初创阶段，更贯穿于其传播与传承的全过程。当某一非物质文化遗产的初始形态获得群体认同后，便在该群体中确立其文化价值。群体在明确其价值定位后，通过多种渠道进行文化传播。这种传播过程实质上是文化事项逐步融入群体生产实践、信仰体系、祭祀仪式、岁时节庆、生命礼仪及娱乐活动等社会文化场域的过程。在此过程中，这些文化事项开始对群体成员的行为模式产生规范性影响。随着群体性创造与传播的深入，自然衍生出群体性传承机制。这种传承行为的产生源于文化事项本身的价值属性，并由此激发群体自觉传承的内在动力。典型的例子如“桐城歌”，不仅是集体创造的产物，更是集体传播和传承的产物，在传播的过程中，充分地介入到当地人的劳动、生活、爱情、仪式、司礼、趣味、灯歌、儿歌等方面。例如，有反映生活趣味的《哑谜歌》，有反映劳动场景的《棉花谣》，有反映爱情的《探郎》，还有儿歌《十甲歌》等。

3．民族性与地域性

非物质文化遗产的民族性与地域性特征十分突出，其形成原因主要包括以下3个方面：

首先，语言在其中扮演了关键角色。古代民族集团为了维护自身的独立性和纯洁性，在争夺生存空间时排斥异己集团。然而，他们在这一过程中依然坚守着诸多核心要素，而语言无疑是其中最为关键的一点。语言的传承与使用，使得许多非物质文化遗产在传播和传承过程中得以保持其独特的民族性。

其次，自然环境和生产方式对非物质文化遗产的民族性与地域性产生了深远影响。以游牧民族为例，他们逐水草而居，信息传播主要依赖个体及其羊群的移动，一年内信息传播范围可达数十平方千米。相比之下，南方稻作民族则以稻田为中心，长时间守护一窝稻子，信息传播范围相对固定，半年内信息多滞留在稻田周边。这种因自然环境和生产方式差异而形成的信息传播模式，进一步强化了非物质文化遗产的地域性特征。

最后，种族等级观念也在一定程度上影响了非物质文化遗产的传承与发展。在我国古代各民族中，种族等级现象普遍存在，其中最典型的是区域内的姓氏文化，以及阶级形成初期的血缘贵贱文化等。这些文化事项虽然属于族间和族内团结的禁忌领域，但其存在本身对非物质文化遗产的民族性与地域性有着不可忽视的作用。像“孔雀东南飞传说”中对地方事物和名胜古迹的依附，就充分体现了这种地域性特征。如今，在潜山焦家畈大渡口、相公桥、焦家庄园等遗迹遗存均依稀可见。

（三）非物质文化遗产的分类

我国高度重视非物质文化遗产的保护工作，并正通过一系列科学且系统的措施加以推进。一方面，我国通过认定、记录和建立档案等方式对非物质文化遗产进行保存；另一方面，对于能够体现中华优秀传统文化，且具有显著历史、文学、艺术和科学价值的非物质文化遗产，我国则通过传承和传播等手段予以重点保护。为此，国务院自2006年起，先后于2006年、2008年、2011年、2014年和2021年公布了五批国家级非物质文化遗产代表性项目名录。在《中华人民共和国非物质文化遗产法》实施之前，前三批名录被称为“国家级非物质文化遗产名录”，而从第四批开始，名录名称调整为“国家级非物质文化遗产代表性项目名录”。截至目前，我国共有1557个国家级非物质文化遗产代表性项目（非物质文化遗产代表性项目简称非遗项目）。这些项目被划分为十大类别，具体包括民间文学，传统音乐，传统舞蹈，传统戏剧，曲艺，传统体育、游艺与杂技，传统美术，传统技艺，传统医药，民俗。这些类别的名称在2008年进行了调整，并一直沿用至今。每个国家级非遗项目都拥有一个独特的项目编号，其中罗马数字部分用于标识其所属的类别。如国家级传统音乐类非遗项目“侗族大歌”的项目编号为“Ⅱ-28”。截至2024年12月31日，国家级民间文学类非遗项目共251项，其中，安徽国家级民间文学类非遗项目有5项，省级民间文学类非遗项目31项。

二、民间文学与民间文学类非遗的概念厘定

（一）民间文学的核心概念及特点

为了更好地理解民间文学与民间文学类非遗，首先应明确这两个重要概念。

民间文学是指流传于民间的口头文学传统，是民众对于自己的思想、观念和感情的展演。民间文学是我国传统文化的重要组成部分，反映了广大劳动人民的智慧与创造力。民间文学包括多种口头传承的文学作品形式，如神话、史诗、民间传说、民间故事、民间歌谣、民间叙事、民间小戏、说唱文学、谚语、谜语等。近些年，国际民间文学领域有了新的拓展，把个人叙事、都市传说、地方奇闻逸事也纳入研究视野（万建中，2017）[27]。这些作品通常是由普通民众创作和传播的，它们反映了民众的生活经验、价值观和审美观念，是民间文化的重要组成部分。

在五四运动和新文化运动之后，民间文学作为一门独立的学科被提出，并逐渐受到重视。它不仅是中国语言文学一级学科下属的二级学科，也是社会学一级学科下属民俗学（含中国民间文学）二级学科的一部分。我国许多高校和研究机构都设有民间文学或民俗学专业，致力于民间文学的收集、研究和传承工作。研究者们的这些努力，旨在保护和发扬民间文学这一宝贵的文化遗产，同时为现代社会提供文化多样性和创新的可能性。中国文学艺术界联合会负责实施的《中国民间文学大系》出版工程，旨在系统整理和出版各类民间文学作品，目前已取得了显著的成果。

民间文学不仅是学术研究的对象，也是传承和弘扬中华优秀传统文化的重要载体。它通过各种形式的口头传统和语言艺术，传递了民族的历史记忆、文化认同和价值观，对于增强民族凝聚力、促进社会主义文化繁荣发展具有重要作用。因

此，对民间文学的保护、研究和传承，是当前文化工作中的一项重要任务。

民间文学的特点包括6个方面：

(1) 口头性：民间文学主要通过口头传播。在历史的长河中，一些作品可能被记录下来，其传播和存续主要依赖于口头传统。

(2) 集体性：民间文学是广大民众群体创作的成果，它体现了集体的智慧和创造力。民众既是创造者、修改者，又是传播者、演唱者和听众(万建中，2017)[69]。

(3) 传承性：民间文学通过代代相传，不断被复制和再创造，形成了丰富多样的文化传统。

(4) 地域性：不同地区和文化群体有着各自独特的民间文学，这些作品往往与当地的历史、地理和文化紧密相关。

(5) 多样性：民间文学包含了多种类型和风格的作品，从严肃的神话传说到幽默的笑话和谚语，形式多样，内容丰富。

(6) 变异性：民间文学在时间上和空间上流传，在流传过程中发生变动。变异性是民间文学的生命和活力之所在(万建中，2017)[73]。民间文学的一个本质性的创作机制，在于它不是一次完成、一劳永逸的过程。它似乎永远没有绝对的定本。在历史的长河中，在流传的过程中，它在不断更新，不断变动(刘魁立，1998)[97]。

(二) 民间文学类非遗的核心概念及专属特征

民间文学类非遗是指那些在民众中口头传承、世代相袭的口头传统和语言艺术，包括但不限于民间故事、民间谚语、民间歌谣等。这些文化遗产通常是口口相传，以口头表演的形式在不同的社会和文化环境中流传和演变。

民间文学作为非物质文化遗产的重要类别，具有5个独特的专属特征，分别是口头性、文化性、传承性、变异性与形象性。

1. 口头性

口头性是民间文学最为突出的外在表现形式，其核心内涵可归纳为3个方面：首先是通过口头进行创作，其次是依靠口头进行传播，最后是借助口头实现保存。民间文学本质上是一种以口耳相传、口传心授为主要传播方式的文学形式。其口头性特征的形成，主要源于两个关键因素：一是在中国漫长的传统社会时期，普通民众普遍文化水平较低，文盲或半文盲的劳动者占比较高，这种状况促使口头创作成为民间文学的主要创作方式；二是民间文学的创作与表演本身就是民众日常生活的重要组成部分，其独特的艺术风格在很大程度上是由口头性塑造的。因此，理解口头性是深入把握民间文学艺术特色的关键所在。例如"孔雀东南飞传说"的传统口头表达，至今在方言里仍见端倪，比如将刁难媳妇的婆婆喊作"焦八叉"，将受折磨的媳妇叫作"苦芝子"，将懦弱无能的老好人称为"糯米官人"，将趋炎附势的人称为“刘大”，将能干要强的小姑娘称为“能小姑”等。

2. 文化性

民间文学的核心特征之一是其深厚的文化性。它不仅是故事内容的载体，更是历史背景、地域特色以及文化内涵的集中展现。民间文学通过其独特的叙事方式，反映出人们的思想观念、价值取向和审美偏好，成为民族文化的重要体现形式。因此，在对民间文学类非遗进行翻译与传播时，必须准确把握文本中蕴含的文化意蕴，并以忠实且恰当的方式传达其核心思想与文化内涵，以确保其文化价值在跨文化交流中得以完整呈现。例如，《老子的故事》中老子讲“道”，说“人法地，地法天，天法道，道法自然”，这些表达在翻译中都需格外注意。在充分理解了其中的思想内涵之后，可将其译为：“Man imitates the earth, which imitates heaven, and heaven follows the divine law, and the divine law follows nature.”（许渊冲，2016）[74]

民间文学是劳动人民生活状态和思想情感的生动写照，它作为一种历经岁月沉淀并以口头传播形式延续至今的文化现象，承载着丰富的文化内涵。这种文化性是民间文学最为显著的特征，同时也是在翻译过程中最具挑战性的部分。如何妥善处理其中的文化元素，对于提升译文在不同文化背景下的接受度和理解度至关重要。例如，《老子的故事》中讲到老子和商容讨论世间万物的道理时说“祸兮福之所倚，福兮祸之所伏”，体现了世间万物都是互相依存并相互转化的关系，由于它是源于劳动人民朴素的哲学思想，同时又是经劳动人民口口相授，所以在翻译本句时，在词汇的选择上和句式上，就要贴近“源于”的特点，所以本句可以译为：“Weal comes after woe; woe lies under weal.”从表达上和意义上都要好于“It is upon bad fortune that good fortune leans, upon good fortune that bad fortune rests.”（许渊冲，2016）[166]

3. 传承性

民间文学的传承性特征体现在其传播与演进过程中所积淀的稳定性要素，这种特征主要通过两个维度得以彰显。首先，在内容层面呈现出显著的延续性特征。特定民族群体的伦理价值体系、审美取向、信仰模式等核心文化要素往往保持着主流趋势与相对恒定的特质，这些要素不会在短时间内发生本质性的转变。这种文化内核的稳定性直接决定了民间文学在主题选择与人物塑造方面呈现出一定的模式化特征，形成了具有辨识度的叙事范式。其次，在艺术表现层面展现出鲜明的传统性。经过长期的文化实践，民间文学在叙事结构、表达手法及修辞策略等方面逐渐形成了相对固定的艺术范式。这些经过历史检验的艺术形式不仅构成了民间文学的独特美学标识，更成为其区别于其他文学形式的重要特征。这种艺术传统的稳定性既是对文化记忆的保存，也是对群体审美经验的传承。例如，“桐城歌”起源于唐代，流传至今，其内容反映的一直是人民群众的生产和生活。“桐城歌”的歌体多为独创的七言五句式，这种句式后来成为湘鄂皖赣以及浙西地区山歌常见的句式，因源于桐城，专家们称其为“桐城歌体”。如“桐城歌”《素帕》：“不写情词不写诗，一方素帕寄心知，心知接了颠倒看，横也丝来竖也丝，这般心思有谁知。”又如《有钱难买少年时》：“栀子开花枝不直，少年不学到几时，笋子出头渐渐老，光阴宜早不宜迟，有钱难买少年时。”这两首“桐城歌”的歌体，每首均为五句，每句均为七字。

4. 变异性

民间文学作品在传播过程中呈现出显著的变异性，这种变异不仅体现在形式上，也体现在内容上，涵盖了语言、情节、人物，甚至主题等各个方面。其变异性的产生原因主要有以下几点：首先，民间文学的传播方式以口头传承和记忆为主，缺乏固定的文字记录形式。每个传播者在讲述过程中，既是信息的传递者，也是作品的再创作者，这种传播模式使得作品在不断传播中自然地发生改变。其次，作品所处的文化背景，包括时代、地域、民族等差异，也会导致作品在内容和形式上出现显著的区别。这种差异使得民间文学作品具有鲜明的时代性、地域性和民族性特征。最后，在特定社群中传播时，传播者的个人风格、语言习惯以及听众的反馈和互动，也会促使作品在表述语言、情节结构等方面产生变异。这种变异是民间文学在不同社会环境中适应和发展的必然结果。

变异性是民间文学活态性的一种体现，反映了民间文学的与时俱进。随着时代的变迁，在不断传承的过程中，民间文学势必会有新的关注点，会具有一定的时代性。如“桐城歌”中的《送郎参军》：“……为抗日去当兵，上得前线杀敌人；家里事我一人，里里外外我照应；我把他抚养大，为了建设新中华……”在这首“桐城歌”里，参军抗日、建设新中华的元素便是特定时代背景的体现。

5. 形象性

民间文学的创作语言通常具有贴近生活、生动形象的特点。它善于运用丰富的艺术手法，将文本中的人物塑造得栩栩如生，从而给读者留下深刻的印象。这种鲜明的形象性，正是民间文学能够跨越世代得以传承的重要原因之一。如“包公故事”中《茶瓶记》一章讲到“宝童要走，王氏高喊他回来，气冲冲地叫马金才脱下宝童的衣服”（涂平，2009）[32]。这句话虽然很短，但将王高氏当时的动作神态刻画得淋漓尽致。“气冲冲”一词极具形象性。又如“包公故事”里的《灰圈记》中讲道：“马均卿不问青红皂白，将海棠打得半死，要她说出情夫是谁，说‘谁相信你的鬼话，总有一天我看见了那个野男人，就活活地打死’。”（涂平，2009）[29]“青红皂白”“半死”“鬼话”等词的使用都非常生动地刻画了马均卿气急败坏的人物形象（苏涛，2022）[44-46]。

在中国，民间文学类非遗划分为不同的级别，包括国家级、省级、市级和县级等。被列为国家级非遗的民间文学项目，通常具有深远的文化意义、历史价值以及广泛的群众基础。例如，“老子传说”“梁祝传说”“包公故事”“白蛇传”等原本都是广泛流传的民间故事，并且在被列为国家级非物质文化遗产之后得到了更好的保护和传承。

为了保护和传承这些宝贵的文化遗产，各级政府和社会组织采取了一系列措施，具体包括：

1. 系统记录和保存

通过录音、录像等方式对民间文学进行详细的记录，以保存其原始的口头表演形式。

2. 收集整理和研究

对流传的民间文学进行收集、整理和研究，以了解其文化内涵、历史背景和传承情况。

3. 多渠道传播和教育

通过教育系统、公共讲座、媒体等渠道，向公众传播民间文学的知识，提高公众的意识和兴趣。

4. 数字化手段保护

利用现代技术手段，如数字化扫描、建立数据库等，对民间文学类非遗进行数字化保护。

5. 提供资金支持

为非物质文化遗产项目提供资金支持，以保障其传承和发展的需要。

此外，还鼓励和资助相关的学术研究，举办各类文化节、展览和演示活动，对非物质文化遗产代表性传承人（简称非遗传承人）进行扶持和帮助，对传统村落和文化遗产进行保护以及在学校教育中引入相关的课程等，以期达到保护、传承和推广非物质文化遗产的目的。通过这些努力，不仅能够保护和传承这些非物质文化遗产，同时也给当地的文化和经济发展带来了积极的影响。

三、民间文学与民间文学类非遗的本质区别

民间文学与民间文学类非遗这两个概念虽然紧密相关，但它们在内涵、外延以及保护传承等方面存在一定的本质差异。

（一）内涵的差异

民间文学是一个相对宽泛的概念，泛指在民间通过口头流传的各种文学作品，包括民间故事、传说、歌谣、谚语、谜语等。它强调的是文学作品的口头传播和民间

根源。这些文学作品通常是由普通民众创作和传播的，反映了他们的生活经验、价值观和审美观念。而民间文学类非遗是指在《中华人民共和国非物质文化遗产保护法》和《联合国教科文组织保护非物质文化遗产公约》的框架下，被认定为非物质文化遗产的民间文学项目。这些项目通常具有以下3个突出的特质：

1. 文化价值

被认定为非物质文化遗产的民间文学往往具有独特的文化价值，代表了某个地区或民族的文化传统和智慧。

2. 传承困难

由于现代化和全球化的影响，这些传统的口头文学作品面临着失传的风险，因此需要特别加以保护和传承。

3. 社会意义

非物质文化遗产项目通常承载着特定的社会意义，对于维护文化多样性、促进社会和谐以及传承民族精神等方面具有重要意义。

（二）外延的差异

“民间文学”这个概念的外延比较广泛，包括了所有的民间口头文学作品，无论其是否被官方认定为非物质文化遗产。而“民间文学类非遗”这个概念的外延相对狭窄，仅包括那些被官方认定为非物质文化遗产的民间文学作品。也就是说，并非所有的民间文学作品都能被称为非物质文化遗产，只有那些具有特定文化价值、社会意义和历史意义的作品才被纳入这个范畴。

（三）保护传承的差异

作为我国传统文化的一部分，民间文学的传承和保护工作通常由地方文化部门、社区组织和相关机构负责，保护措施可能包括记录、收集、整理、出版和数字化等。而作为国家级或地方级的民间文学类非遗，这些作品通常会受到更系统的保护，包括制定详细的保护计划、设立专项基金、支持非遗传承人、开展教育和研究项目等。此外，这些作品还可能在国际层面上得到诸如联合国教科文组织的相关认可。

通过对民间文学和民间文学类非遗的概念、特点和区别的梳理，不难发现，民间文学是一个相对更为广泛的概念，而民间文学类非遗则是在特定法律和公约框架下被认定为需要特别保护的文学项目，两者在内涵、外延和保护传承方面都有所不同。但是，通过区分民间文学和民间文学类非遗的概念和特点，我们也发现了民间文学和民间文学类非遗之间的联系，即后者是前者的一个子集，是民间文学中那些具有重要文化价值、需要特别保护的组成部分。图1.1表示的是民间文学与民间文学类非遗之间的范畴关系。民间文学类非遗项目通常是某一地区或民族的文化标志，对于传承和弘扬民族文化具有重要意义。例如，中国的四大民间传说(《白蛇传》《梁山伯与祝英台》《孟姜女哭长城》《牛郎织女》)就是民间文学的经典代表，它们不仅在中国民间广为流传，也成了中国民间文学类非遗的重要组成部分。

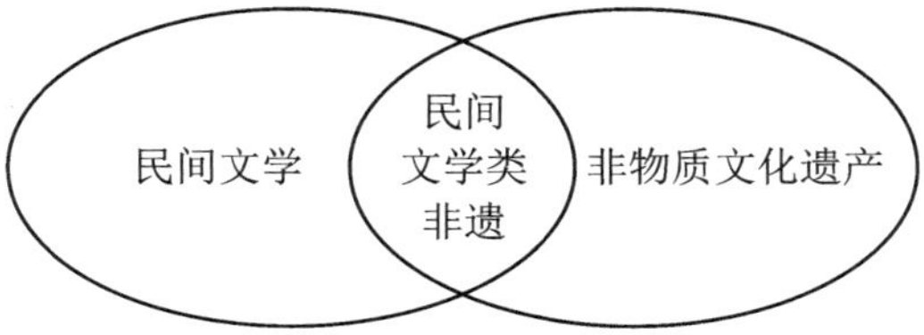

图 1.1 民间文学与民间文学类非遗之间的范畴关系

四、民间文学译介与民间文学类非遗译介的差异

虽然民间文学译介与民间文学类非遗译介都涉及将民间文学作品翻译成其他语言，以便在国际上的传播和理解，但它们在目标、内容、方法和侧重点 4 个方面存在明显的差异。

（一）目标差异

民间文学译介的目标是将民间文学作品翻译成其他语言，使其能够在更广泛的范围内传播，包括进行学术研究、文化交流、教育普及等。而民间文学类非遗译介除了传播的目的外，还特别强调是对被认定为非物质文化遗产的民间文学作品的翻译和介绍，目的是在国际上展示中国丰富多彩的非物质文化遗产，增进国际社会对中国文化的了解和认同。

（二）内容差异

民间文学译介的内容包括所有民间口头流传的文学作品，如民间故事、民间传说、歌谣、谚语、谜语等，范围较广。而民间文学类非遗译介的内容，主要关注被列为非物质文化遗产的民间文学作品，这些作品通常具有代表性、传承性、文化价值和历史意义等特点。

（三）方法差异

民间文学译介通常采用文学翻译的方法，注重文本的文学性和可读性，同时也会考虑到文化背景和目标受众的接受程度。而民间文学类非遗译介，除了文学翻译外，还会涉及对作品文化背景、历史价值、传承情况等方面的介绍，以便于读者全面了解作品的内涵和价值。

(四)侧重点差异

民间文学译介更侧重于文学作品的传播和欣赏,以及在不同文化背景下的接受和影响。而民间文学类非遗译介,除了传播文学作品本身,还侧重于展示中国非物质文化遗产的保护成果,传递中国的文化自信和价值观。

总的来说,民间文学译介是一个更为通用的概念,而民间文学类非遗译介则是在特定法律和公约框架下,对特定文学作品进行翻译和介绍的活动。

第二节　国内非遗保护和传承的研究概况

非物质文化遗产是人类文化多样性不可或缺的元素,它凝聚着民族的历史记忆与独特智慧,宛如一座跨越时空的桥梁,将过去与未来紧密相连。随着全球化的加速发展,非遗的保护与传承问题日益受到国内外学界的广泛关注。本节将重点聚焦国内非遗保护和传承的整体研究情况。

一、非遗保护的法律与政策框架

中国非遗保护工作得以有序开展的根基,是其完善的法律与政策框架。2004年,我国正式加入联合国教科文组织的《保护非物质文化遗产公约》,自此踏上构建非遗保护体系的征程。在后续的发展进程中,我国以《中华人民共和国非物质文化遗产法》为核心,搭建起一套完备的法律体系,为非遗保护筑牢了坚实的法治根基,为非遗的传承与发展保驾护航。

(一)法律法规建设

2011年,《中华人民共和国非物质文化遗产法》正式颁布并落地施行,这一标志性事件意味着我国非遗保护工作自此步入依法推进的崭新时代,彻底告别以往缺乏法律依据的无序状态,为非遗保护工作提供了坚实的法律支撑与规范指引。该法明确了非遗的定义、分类、保护原则、保护责任及措施等内容,为各级政府和社会各界参与非遗保护提供了法律依据。随后,多地根据《中华人民共和国非物质文化遗产法》制定了地方性的非遗保护条例，如广东、贵州、湖北、安徽等省份，这些条例在细化国家法律的基础上，结合地方实际进行了有针对性的规定。

（二）政策导向与支持

除了法律法规外，我国政府还出台了一系列政策措施，推动非遗保护工作的深入开展。如国家文化部（现为文化和旅游部）于 2006 年发布的《国家级非物质文化遗产保护与管理暂行办法》等，为非遗的认定、记录、保存、传承、传播等提供了具体指导。同时，各级政府在资金投入、人才培养、宣传推广等方面也给予了大力支持。《中国非物质文化遗产传播蓝皮书 2024》中提到，2023 年，仅在中央层面，非遗主管部门单独或与其他部门联合发布的有关政策措施共计 10 项，主要涉及代表性项目保护、文化生态保护区、行业标准、非遗与旅游深度融合发展等多个领域。

二、国内非遗保护与传承研究现状

国内非遗保护与传承的研究呈现出多学科交叉、多角度探讨的特点，涉及文化学、人类学、传播学、语言学、社会学、法学等多个领域。下面主要从理论研究、实证研究、保护机制与模式、非遗传承人、非遗译介与传播、非遗创造性转化及创新性发展等 6 个方面进行概述。

（一）理论研究

在理论研究方面，学者们对非遗的概念、内涵、价值、特征等进行了深入探讨。如王文章在《非物质文化遗产概论》(2023)中系统阐述了非遗的定义、分类、保护原则等基础理论问题；向云驹在《人类口头和非物质遗产》(2010)中则从文化多样性的角度分析了非遗的重要价值。这些研究为非遗保护与传承工作打下了一定的理论基础。

（二）实证研究

在实证研究方面，学者们多是针对具体的非遗项目进行深入调研和分析。例如，本书研究是关于安徽省民间文学类非遗的研究，研究内容涵盖了包公故事、黄梅戏等多个具体的非遗项目，不仅揭示了这些非遗项目的历史渊源、文化内涵和艺术特色，还分析了其当前的传承状况、面临的困境及保护措施。

（三）保护机制与模式

在保护机制与模式方面，学者们结合国内外经验，提出了多种非遗保护模式。

如“生产性保护”模式强调在保护非遗的同时，通过开发利用实现其经济价值和社会价值；“整体性保护”模式则注重非遗与其所处的生态环境、社会生活的整体性联系；“数字化保护”模式是利用现代信息技术手段对非遗进行记录和保存。这些模式为非遗保护提供了多样化的路径选择。

（四）非遗传承人

非遗传承人是非遗保护与传承的核心力量。学者们对传承人的认定、培养、激励等问题进行了广泛研究。如刘锡诚（2006）在《传承与传承人论》一文中，重点阐释了非遗的传承方式和传承人的认定与调查，特别提出了传承人的认定标准和保护机制，强调对传承人的认定与调查应必须基于专家深入科学的调查；高丙中（2007）在《非物质文化遗产：作为整合性的学术概念的成型》中则强调了传承人在非遗传承中的关键作用。同时，政府和社会各界也通过设立传承人专项基金、举办传承人培训班等方式，加强对传承人的支持和保护。为推动非遗传承与发展，文化和旅游部、教育部、人力资源和社会保障部携手开展了“中国非物质文化遗产传承人群研修培训计划”（简称研培计划）。该研培计划自实施以来，成效显著，惠及非遗传承人数量超 10 万人次，为非遗传承注入强大动力，助力众多传承人在技艺提升与文化传承之路上稳步前行。

（五）非遗译介与传播

非遗的译介与传播是非遗保护工作的重要组成部分。学者们对非遗的译介策略、传播渠道、受众接受度等问题进行了深入研究。如宋婷（2017）在《非遗文化译介传播新探索——以池州傩为例》一文中指出非遗傩戏译介传播的困境是由于文化缺省、文化逆差、文化干扰等因素造成的，可以尝试从译介方式、传播心态和传播形式等方面探讨译介的可行性；苏涛等（2019）在《中国故事，国际表达：安徽非物质文化遗产外宣译介研究》一文中阐述了安徽非遗整体译介传播存在的问题，分析了造成这些问题的原因，并提出了改善译介的策略。此外，通过融合、引入多元的现代传播方式，非遗传播的影响力不断扩大。据《中国非物质文化遗产传播蓝皮书2024》所做的统计，2023 年，非遗传承与宣传推广工作成果斐然。各地踊跃开展春节非遗传承实践活动，累计举办超 1.2 万场，2023 全国非遗曲艺周、2023 云游非遗影像展、非遗购物节等一系列活动引发广泛关注，不仅让非遗借助网络走进大众视野，更深度融入人们的日常生活。同期，全国范围内开展的非遗宣传展示活动多达 9800 余场，进一步扩大了非遗的影响力。在影视领域，文化和旅游部携手中央广播电视总台精心打造的《非遗里的中国》成绩出众，第一季共 11 期节目完美收官，节目热度高涨，全网覆盖用户高达 75.4 亿人次。之后第二季、第三季分别于 2023

年11月和2024年12月定档播出，播出后反响热烈，持续为非遗传播贡献力量。

（六）非遗创造性转化及创新性发展

在充分落实保护工作的前提下，我国政府紧密结合当下时代特征与人民群众的实际需求，秉持“让非遗融入当代生活”的理念，积极推动非遗的创造性转化与创新性发展。通过精准探寻传统文化与当代生活的契合点，成功让非遗不再是孤立的文化符号，而是深度融入民众的社会文化活动，成为日常生活中不可或缺的一部分。同时，非遗也自然而然地承载起价值观念，成为传播民族精神与文化内涵的重要载体，让传统文化在新时代焕发出新的活力与魅力。

2023年，全国多地通过多领域的跨界融合，打造“非遗+”模式，推动中华优秀传统文化实现创造性转化、创新性发展。“非遗+”模式已经成为非遗保护传承发展的重要方式。例如，在“非遗+旅游”方面，全国各地积极创新文旅融合形式，精心打造出一系列精彩纷呈、独具特色的非遗主题旅游线路。旅行社、旅游网站等专业服务平台敏锐捕捉市场趋势，在规划热门旅游目的地线路时，巧妙融入众多非遗元素，不仅安排了非遗景点参观游览，还设置了非遗演出观赏环节以及手工技艺亲身体验项目，并将这些内容作为行程中的核心亮点，大力向游客推荐。这些举措有力地推动了旅游业整体品质的提升，促进了产业链的延伸与发展。

值得一提的是，许多少数民族地区充分挖掘自身独特的民俗文化、民间文艺等非遗宝藏，并将其转化为极具吸引力的旅游项目。这些融合了民族特色与文化底蕴的旅游产品，一经推出便备受国内外游客青睐，已然成为这些地区吸引游客的核心竞争力，有效带动了当地旅游业的繁荣发展。

“非遗+文创产品”的融合模式，巧妙地将非遗中的特定元素与传统技艺，以别出心裁的文化创意商品形式呈现于世。这种创新形式让非遗所承载的历史、艺术、科技以及社会价值，变得更加多元立体、直观鲜活。以故宫博物院为代表的众多知名博物馆，推出了丰富且精美的文创产品，成为现象级文化消费热点。这些博物馆深度探寻馆藏文物中蕴含的非遗元素，通过创意设计赋予古老文化全新的生命力。其创新实践不仅推动了传统文化的广泛传播，收获了极佳的社会效益，还创造了可观的经济效益，实现了文化价值与商业价值的双赢，为非遗传承与发展开辟了新路径。

三、安徽非遗保护与传承研究现状

安徽拥有深厚的历史文化底蕴和丰富的非物质文化遗产。作为中华文明的重要发祥地之一，安徽的每一寸土地都蕴含着丰富的历史记忆和文化传承，这些非物质文化遗产不仅是安徽人民世代相传的智慧结晶，更是中华民族文化多样性的重要体现。近年来，安徽在非遗保护与传承方面取得了显著成效，相关研究也呈现出蓬勃发展的态势，但同时也面临着诸多挑战。以下是对安徽非遗保护与传承研究现状的概述：

（一）安徽非遗保护与传承的政策支持

安徽省将非物质文化遗产的保护与传承视为关键任务，高度关注并全力推进。为确保非遗保护工作科学、有序、长效开展，安徽省精心制定了一整套全面且细致的政策文件，同时绘制了长远发展蓝图，搭建起了完善、稳固的制度体系，为非遗保护筑牢了根基，提供了强有力的制度支撑与保障。近年来，安徽省不断完善非遗保护的法律法规体系，加强顶层设计，推动非遗保护工作步入法治化、规范化轨道。例如，2014 年《安徽省非物质文化遗产条例》的出台与实施，为省内非遗的保护、传承和发展提供了明确的法律依据和保障。同时，安徽省还积极响应国家号召，将非遗保护工作纳入全省经济社会发展总体规划，并作为文化强省建设的重要内容加以推进。

在政策实施过程中，安徽省注重强化组织领导，建立健全非遗保护工作机制。安徽省文化和旅游厅作为非遗保护工作的主管部门，充分发挥统筹协调作用，联合相关部门共同推进非遗保护工作，各市、县（市、区）也相应成立了非遗保护机构，明确了职责分工，形成了上下联动、齐抓共管的工作格局。此外，安徽省还加大了非遗保护的资金投入力度，通过设立非遗保护专项资金、争取国家项目资金支持等方式，为非遗保护工作提供了坚实的财力保障。

（二）安徽的非遗资源普查与名录体系建设

非遗资源普查是非遗保护的基础性工作。安徽省在非遗资源普查方面做了大量工作，通过全面、深入、细致的普查，摸清了全省非遗资源的种类、数量、分布及生存状况。在此基础上，安徽省逐步建立了省、市、县三级非遗名录体系，并将符合条件的非遗项目纳入各级名录进行保护。

在非遗保护与传承的进程中，安徽省成绩斐然。截至 2021 年底，成功新增 11 项国家级非物质文化遗产代表性项目。同时，省级非遗名录扩充工作也在积极推进，2022 年 5 月 7 日，安徽省人民政府正式公布了第六批共 147 项省级非遗代表性项目。此外，严格按照评定标准与流程，选拔出第六批共 216 名安徽省非物质文化遗产代表性传承人，进一步充实和壮大了非遗传承队伍。这些非遗项目和非遗传承人的认定，不仅是对非遗价值的肯定，也为后续的保护与传承工作提供了重要依据。

（三）安徽非遗传承人的培养与扶持

非遗传承人是非遗保护与传承的核心力量，安徽省在非遗传承人的培养与扶持方面采取了多项措施。首先，加强非遗传承人队伍建设，通过举办培训班、研讨会等形式，提高非遗传承人的业务水平和传承能力。例如，2024 年安徽省非遗代表性传承人培训班在合肥成功举办，不仅为非遗传承人提供了学习交流的平台，还激励了他们传承非遗的热情和信心。其次，加大对非遗传承人的扶持力度，通过给予资金补助、提供展示平台等方式，帮助非遗传承人解决传承过程中的实际困难。同时，鼓励非遗传承人开展传习活动，培养新的非遗传承人群体，确保非遗项目的持续传承和发展。

（四）安徽非遗与旅游的融合发展

非遗与旅游的融合发展是非遗保护与传承的重要途径之一。安徽省充分利用丰富的非遗资源，推动非遗与旅游的深度融合。一方面，通过打造非遗旅游线路、举办非遗节庆活动等方式，将非遗元素融入旅游产品中，提升旅游产品的文化内涵和吸引力。例如，安徽省在 2019 年组织举办了第四届湘鄂赣皖四省非遗联展等活动，不仅展示了安徽非遗的独特魅力，还促进了与其他地区的文化交流与合作。另一方面，依托旅游景区和乡村旅游点，建设非遗展示馆、传习所等场所，为游客提供了解非遗、体验非遗的机会。这种“非遗 + 旅游”的模式不仅促进了非遗的保护与传承，还带动了当地旅游经济的发展。

（五）非遗数字化保护与传播

随着信息技术的快速发展，数字化已成为非遗保护与传承的重要手段。安徽省积极探索非遗数字化保护与传播的新途径、新方法。一方面，利用数字技术对传统非遗项目进行记录、整理和保存，建立非遗数据库和数字档案室，实现非遗资源的数字化管理和共享。另一方面，通过新媒体平台、网络直播等方式传播非遗，拓宽非遗的传播渠道和受众范围。例如，安徽省芜湖市数字技术赋能铁画非遗保护与传承项目利用数字技术将“芜湖铁画锻制技艺”[①]金属文创作品打造为数字藏品《天门烟浪》，在 App 平台公开发行 3000 份，上架后 10 分钟内被抢空。这种数字化保护与传播的方式不仅提高了非遗的知名度和影响力，还促进了非遗的传承与发展。

---

① 2006 年，“芜湖铁画锻制技艺”列入第一批国家级非物质文化遗产名录。

（六）安徽非遗传承与保护面临的挑战

尽管安徽省在非遗保护与传承方面取得了显著成就，但仍面临诸多挑战。具体体现在以下6个方面：

1. 资金投入不足与资金来源渠道单一

非遗保护是一项长期而复杂的工程，涉及项目研究、传承人补助、技艺传承、展示宣传等多个方面，这些都需要大量的资金投入。然而，目前安徽非遗保护的资金主要来源于政府财政拨款，难以满足所有非遗项目的保护需求，尤其是对于一些小众、濒危的非遗项目，资金更是捉襟见肘。除了政府投入外，虽然社会资金、企业赞助等渠道也常参与非遗项目的传承和保护，但所发挥的作用尚未充分显现。尽管近年来安徽省积极鼓励社会资本参与非遗保护，但实际效果并不显著。一方面，社会资本对非遗项目的认知度和兴趣不高；另一方面，非遗项目自身的商业开发价值有限，难以吸引大量社会资金投入。

2. 传承断代与技艺失传风险

笔者通过近5年在安徽各地的实地调研发现，当前，安徽非遗传承领域正面临着一系列棘手难题。从非遗传承人群体来看，大部分非遗项目的传承者已是高龄，他们中的相当大部分人尚未组建起稳定的传承团队，寻觅到合适接班人的更是寥寥无几。随着时光的推移，这些老一辈传承人日渐年迈体衰，一旦他们无力继续传授技艺，那些承载着历史记忆与文化底蕴的非遗技艺便极有可能陷入后继无人的困境，传承之路也将变得愈发艰难。

深入探究年轻人对非遗技艺传承参与度不高的原因，笔者发现，一方面，在如今这个多元化的时代，年轻人站在职业选择的十字路口，面临着前所未有的众多机遇。与此同时，他们也承受着生活成本攀升等方面带来的巨大压力。在这样的背景下，出于对自身发展和生活保障的考量，他们往往更倾向于投身那些能够在短期内带来丰厚经济回报，并且能赋予较高社会地位的职业领域。另一方面，非遗技艺自身的特性也在一定程度上阻碍了年轻人的参与热情。许多非遗技艺有着极高的学习门槛，需要学习者花费大量的时间和精力去钻研、实践，经历漫长的积累过程才能有所建树。然而，与之形成鲜明对比的是，这些技艺在经济收益方面的回馈却十分缓慢，甚至部分非遗项目由于缺乏市场开发价值，几乎看不到商业收益的前景。这种投入与回报的巨大落差，无疑使得追求高效回报的年轻人对非遗技艺望而却步，难以提起学习和传承的兴趣。

3. 认知度与参与度不足

尽管安徽拥有众多的国家级、省级非遗项目，但公众对这些项目的认知度和了解程度并不高。一方面，非遗项目的宣传力度不够，很多非遗项目“养在深闺人未识”;另一方面,公众对非遗的价值和意义缺乏足够的认识和了解,难以形成保护非遗的共识和行动。与此同时,非遗保护工作需要社会各界的广泛参与和支持。然而,目前安徽非遗保护的群众参与度相对较低,主要是因为非遗保护活动的组织和宣传不够到位,导致公众对非遗保护的重要性和紧迫性认识不足。

4. 保护机制与法规体系不完善

2014 年以来,安徽省虽然在非遗保护方面做了大量的工作,但整体来看,安徽省非遗保护机制尚需进一步完善。目前,非遗项目的认定、保护、传承和管理等方面还存在一些问题和不足。例如,非遗传承人认定和管理机制不够健全,部分非遗传承人难以获得应有的认定和支持;非遗项目的展示和宣传机制不够完善,难以让公众充分了解和认识非遗。

值得注意的是,各地市也相继出台了一系列非遗保护的法规和政策,但在具体实施过程中仍存在一些问题和不足。例如,部分法规和政策缺乏针对性和可操作性,难以有效指导非遗保护工作;部分法规和政策执行力度不够严格,导致一些违规行为得不到及时纠正和处罚。此外,随着非遗保护工作的深入发展,还需要不断完善和更新相关法规和政策以适应新的形势和需求。

5. 非遗项目保护与商业旅游之间的矛盾

随着旅游业的快速发展,越来越多的非遗项目被纳入旅游开发的范畴。在获得商业效益的同时,我们也要警醒,旅游开发往往会对非遗项目造成一定程度的冲击和损害。一方面,旅游开发可能改变非遗项目的原生环境和文化生态,导致其失去原有的文化价值和意义;另一方面,旅游开发可能过度商业化非遗项目,导致其失去原有的艺术性和独特性。当然,在非遗项目保护与商业旅游开发之间找到平衡点是一个复杂而棘手的问题,需要各方集思广益,制定科学合理的保护与开发规划,确保非遗项目在保护中得到发展,在发展中得到保护。

6. 非遗保护与数字化技术的融合不足

数字化技术在社会各个领域的应用极为迅猛,在非遗保护中的应用也越来越广泛。但是,与江浙等省相比,在安徽省非遗保护的实践中,数字化技术的应用还相对不足。例如,部分非遗项目尚未进行数字化记录和保存,而且数字化技术在非遗传承和展示中的应用也不够充分,导致非遗项目在数字化时代面临被遗忘和失传的风险。

第三节　安徽民间文学类非遗的独特性与研究价值

一、安徽民间文学类非遗的独特性

安徽民间文学类非遗的独特性，主要体现在其历史传承的连续性、地域文化的独特性、艺术表现的创新性以及社会功能的多样性等方面。这些民间文学不仅是安徽人民智慧的结晶，更是中华民族文化宝库中的瑰宝。

（一）历史传承的连续性

安徽民间文学类非遗项目大多具有悠久的传承历史，有的可以追溯到远古时期。这些项目的历史连续性不仅体现在作品的创作时间上，更体现在传承方式上——它们通过口头传承、书面记录等多种方式代际相传保存至今，成为连接过去与现在的文化纽带。

安徽的民间文学类非遗项目，如“孔雀东南飞传说”“老子传说”[①]等，都蕴含着深厚的历史积淀。这些作品往往以特定的历史事件、历史人物或地方风物为背景，通过生动的叙述和丰富的想象，将过去的生活场景和人物形象栩栩如生地展现在人们面前。例如，“孔雀东南飞传说”的发祥地潜山焦家畈（今周家坦居民组），附近一带至今还有护庄河、焦四房、桂花树、乌龟墩、古港口、古小吏港、孔雀台、孔雀坟、苦芝井、望雀墩、兰姑桥、相公桥、相公庙、半月塘等遗址。这种历史的积淀不仅赋予了作品独特的魅力，也使其成为研究当地历史文化的重要资料。

需要指出的是，安徽民间文学类非遗项目的传承方式多种多样，既有口头传承，也有书面记录。口头传承是民间文学类非遗的最核心的传播方式，它依靠人们的记忆和口语表达能力，将作品代代相传。而书面记录则是对口头传承的补充和固化，通过文字的形式将作品固定下来，便于后人学习和研究。这种传承方式的多样性不仅保证了作品的广泛传播和长久保存，丰富了作品的表现形式和艺术内涵，也为译介传播这些优秀的民间文学类非遗项目提供了必要的前提。

---

① 2014 年 11 月 11 日，“老子传说”经国务院批准列入第四批国家级非物质文化遗产代表性项目名录。在申报国家级非遗时，名称使用的是“老子传说”，但实际上它与安徽省级非遗名目中的“老子传说故事”是同一事物。

（二）地域文化的独特性

安徽地处我国华东地区，地理环境复杂多样，山川秀美，人文荟萃。这种独特的地理环境孕育了丰富多彩的民间文学类非遗项目，形成了具有鲜明地域特色的文化现象。安徽民间文学类非遗项目往往具有浓厚的地域色彩，作品内容多反映当地的风土人情、民俗习惯和社会生活。

在安庆市下辖的县级市桐城市，省级非遗项目“六尺巷传说”是一段家喻户晓的民间佳话。故事发生在清朝，大学士张英府邸与吴姓人家相邻。吴姓建房时，因宅基地与张家发生纠纷，闹到了县衙。由于两家皆是名门望族，县官难以决断，只好称此事需由相爷定夺。相府家人修书送往京都，张英看过信件后，批诗寄回，诗中写道：“一纸书来只为墙，让他三尺又何妨。长城万里今犹在，不见当年秦始皇。”家人收到诗作后，主动退让三尺。吴家深受触动，也让出三尺。一条六尺宽的巷道就此形成。六尺巷的故事对桐城当地的社会道德风尚产生了极为重大且深远的影响。张英展现出的谦虚礼让精神，为后人树立起一座道德的丰碑。当地民众纷纷效仿，一时间，桐城境内呈现出路不拾遗、秩序井然的良好景象，邻里之间和睦相处，人们知书达理，这样的风气盛行一时。这条六尺巷位于桐城市区西南角，东起西后街，西至百子堂。巷子全长约100米，南边曾是宰相府邸，北边是吴姓住宅，如今已成为桐城市重点文物保护单位。六尺巷的故事声名远扬，被收录进《中国名胜词典》，直至今日仍被人们传颂称赞。这种地域色彩的浓厚性不仅使非遗项目更加贴近生活、贴近群众，也增强了非遗项目所在地的认同感和文化归属感。

安徽民间文学类非遗项目的地域文化独特性还体现在方言俚语的运用上。民间文学类非遗项目在创作过程中往往运用方言俚语，这些方言俚语不仅丰富了作品的语言表达形式，也使其更加具有地方特色和乡土气息。如桐城歌就是运用桐城方言创作的一种地方歌调，它以独特的七言五句体式、婉转凝练的语言和优美动听的曲调著称，深受当地人民的喜爱和传唱。这种方言俚语的运用不仅增强了作品的感染力和表现力，也使其成为研究当地语言文化的重要资料。

（三）艺术表现的创新性

安徽民间文学类非遗项目在艺术表现上往往具有创新性，作品在形式和内容上不断推陈出新，展现出独特的艺术魅力和时代风貌。安徽民间文学类非遗项目的题材广泛多样，既有神话传说、历史故事等传统题材，也有现实生活、社会热点等现代题材。这些题材的选择不仅丰富了作品的内容，也使其更加贴近时代、贴近生活。如省级非遗项目“捻军歌谣”就是亳州市涡阳等地颂扬捻军起义的民间歌谣和故事。在清代咸丰、同治年间，皖北地区爆发了一场规模浩大的捻军起义。这场起义持续了长达18年，起义军的足迹遍布安徽、山东、河南、江苏、陕西等10个省份。在漫长的战斗岁月里，捻军骁勇善战，累计歼灭清军以及地方团练超过10万人。捻军起义不仅有力地呼应了太平天国运动，还与北方各地的人民起义遥相配合，形成了强大的反清力量，给予清朝腐朽统治沉重一击。其在战略战术、组织动员民众等方面积累的经验，为后来1911年的武昌起义提供了极为宝贵的借鉴，在近代中国革命历史进程中留下了浓墨重彩的一笔，推动了社会变革的车轮滚滚向前。"捻军歌谣"真实、生动地颂扬了捻军起义和人们所崇敬的捻军英雄人物。20世纪五六十年代，通过有组织、有计划地搜集整理，"捻军歌谣"曾在国家级报刊《人民日报》《人民文学》《民间文学》和地方各级报刊上多次发表，上海文艺出版社和安徽人民出版社还选编出版了《捻军歌谣》两本作品集，在全国产生了很大的影响。

（四）社会功能的多样性

在研究安徽民间文学类非遗项目的过程中，我们发现这些非遗项目不仅具有历史价值、艺术价值和文化价值，还兼具多种社会功能，对安徽当地社会的发展和进步起到了积极的推动作用。

1. 教育功能

安徽民间文学类非遗项目蕴含着丰富的道德教育和人文教育思想，通过生动的故事情节和人物形象来传递社会价值观和道德观念。例如，宿州市萧县的省级非遗项目"鞭打芦花车牛返"就是具有深刻教育意义的民间故事。它讲述了孔子弟子闵子骞在受到后母虐待时，仍然保持忠恕之心的故事，以此来教育人们要孝顺父母、宽容待人。这种教育功能的多样性不仅使作品更加具有社会意义和价值，也使其成为传承和弘扬中华优秀传统文化的重要途径之一。

2. 娱乐功能

安徽民间文学类非遗项目还具有重要的娱乐功能，它们通过丰富多彩的艺术形式和生动有趣的情节内容来满足人们的娱乐需求和精神享受。例如，一些情歌类的"徽州民谣"，如《月亮一出上树梢》，描述了青年男女之间的爱慕之情，通过歌唱赞美和取悦心中的对象，不仅增进了彼此之间的情感交流，也为日常生活增添了乐趣和浪漫色彩。此外，在长期的劳动过程中，徽州人民早已形成了相互团结、成群结伴的固定劳动生产方式。在这种背景下，"徽州民谣"成为劳动中不可或缺的娱乐元素。例如，《春耕谣》《采茶谣》等劳动歌曲，在田间地头被广为传唱。人们在劳动时歌唱这些民歌，既有独唱，也有对唱和一唱众和多种类型的歌唱形式，相互交流，营造舒适愉快的气氛。这种娱乐方式不仅缓解了劳动的疲惫感，还增强了团队成员之间的凝聚力和协作精神。

二、安徽民间文学类非遗的研究价值

安徽民间文学类非遗作为中华民族文化宝库中的瑰宝，承载着丰富的历史信息、文化内涵和地域特色，具有极高的研究价值。这些非遗项目不仅记录了安徽人民的生活习俗、思想观念、情感表达，还反映了该地区社会历史变迁的轨迹，对于理解中华文化的多样性和整体性具有重要意义。以下将结合具体的民间文学类非遗项目，从历史价值、文化价值、社会价值和学术价值等 4 个方面，详细阐述安徽民间文学类非遗的研究价值。

（一）历史价值

“管仲的传说”作为安徽民间文学类非遗项目的杰出代表之一，其历史价值尤为显著。

管仲，春秋时期颍上（今安徽颍上县）人，是齐国的重要辅臣，与齐桓公共同开创了齐国的霸业。管仲的治国理念和政策措施对后世产生了深远的影响，被誉为“春秋第一相”。“管仲的传说”以口头传说的方式在民间广为流传，记录了管仲的生平事迹、智慧故事和道德风范。这些传说不仅丰富了人们的精神世界，还成为了研究春秋时期历史和文化的重要资料。

“管仲的传说”作为对管仲生平事迹的艺术再现，成为人们了解这位历史人物真实面貌的重要途径。这些传说以生动具体的形象和简洁明快的语言，描绘了管仲的聪明才智、治国理念和人格魅力。例如，传说中管仲辅佐齐桓公进行政治改革、发展经济、富国强兵的故事，不仅展现了管仲作为政治家的卓越才能，还反映了春秋时期社会变革的历史背景。通过对这些传说的研究，我们可以更加全面和深入地了解管仲这一历史人物的真实面貌，进而探讨其在历史上的地位和作用。不仅如此，“管仲的传说”还还原了他的视角和经历，反映了春秋时期的社会风貌。这些传说涉及政治、经济、军事、文化等多个领域，揭示了春秋时期社会的复杂性和多样性。例如，管仲提出的“尊王攘夷”外交政策、发展盐铁业的经济措施等，反映了春秋时期国家间政治斗争的激烈和经济发展的新趋势。通过对这些传说的研究，可以更加直观地感受到春秋时期社会的脉动和变迁，进而深入理解那个时代的历史特点和文化内涵。“管仲的传说”作为对春秋时期历史的一种艺术再现，为历史学研究提供了宝贵的资料。

传说虽然具有一定的虚构性，但往往蕴含着丰富的历史信息和文化内涵。通过对这些传说的深入挖掘和分析，可以揭示出春秋时期社会的某些方面和细节，为历史学研究提供新的视角和思路。例如，通过对“管仲的传说”中经济措施的研究，可以了解春秋时期经济发展的状况和特点；通过对管仲治国理念的研究，可以探讨春秋时期政治制度的演变和趋势。

（二）文化价值

以芜湖市无为市（县级市）的省级民间文学类非遗“米芾传说”为例，剖析这一非遗项目是如何承载并传递着丰富的文化内涵，体现其独特的文化价值的。

米芾是北宋著名的书画家、鉴赏家，其生平事迹和艺术成就为后世留下了丰富的文化遗产，形成了丰富多彩的“米芾传说”。而围绕他产生的各种传说故事，则进一步丰富了他的文化形象，成为民间文学中一道独特的风景线。

“米芾传说”以生动具体的形象和简洁明快的语言，展现了古代文人士大夫的生活风貌与精神追求。在传说中，米芾不仅是一位才华横溢的艺术家，更是一位性格独特、不拘小节的文化人。他对艺术的热爱与执着、对生活的细腻观察与感悟，都在传说中得到了淋漓尽致的展现。例如，米芾“拜石”的故事就生动地反映出他对于自然美的独特鉴赏力和对艺术创作的无限热情。这些传说不仅让人们了解了米芾的个人性格和艺术风格，更让我们感受到了古代文人士大夫那种超脱世俗、追求精神自由的生活态度。

“米芾传说”中承载着丰富的优秀传统文化元素，包括米芾的书画艺术、鉴赏理念、生活哲学等，都是中华优秀传统文化的重要组成部分。通过对米芾传说的研究和传承，人们可以更好地弘扬这些优秀传统文化元素，增强民族自豪感和文化自信心。而这些传说也为人们提供了丰富的教育资源，有助于培养青少年的审美情趣和文化素养。同时，这些传说与无为当地的历史、地理、风俗等紧密相连，通过“米芾传说”，无为市也很好地展现了其地域文化的独特魅力。米芾在无为军任职期间所留下的“墨池”“投砚亭”等遗迹和相关的传说故事，不仅丰富了无为军的文化内涵，还成为无为当地重要的旅游景点和文化符号。通过对这些传说的研究，人们可以更加深入地了解安徽地区的地域文化特点和文化传承脉络。

（三）社会价值

芜湖市镜湖区的省级非遗项目“张孝祥与镜湖的故事”是一个体现民间文学类非遗项目研究社会价值的典型代表。

张孝祥与镜湖的故事发生在800多年前的南宋时期。该故事主要讲述了南宋著名诗人张孝祥在芜湖捐田造湖、蓄水防涝的事迹。芜湖地区地势低洼、水系发达，历史上经常遭受水患。张孝祥罢官回乡后，面对当地农业生产的困境，毅然捐出自家良田百亩，挖掘成湖，有效缓解了水患问题，为当地百姓带来了福祉。这片人工湖后来被称为“陶塘”，即今天的镜湖，成为芜湖城市的一部分，见证了芜湖的变迁与发展。

“张孝祥与镜湖的故事”作为芜湖市的标志性文化符号，具有强大的社会凝聚力和文化认同感。故事中的张孝祥以其胸怀报国之志、心系百姓疾苦的形象深入人心，成为当地民众敬仰的英雄人物。镜湖作为张孝祥捐田造湖的实物见证，更是成为连接过去与现在、历史与现实的桥梁。通过讲述和传播“张孝祥与镜湖的故事”，当地民众能够感受到共同的文化记忆和情感纽带，从而增强对家乡的归属感和自豪感。这种文化认同感和社会凝聚力对于维护社会稳定、促进社会和谐具有重要作用。

镜湖已成为芜湖市标志性景观之一，芜湖市每年都会举办镜湖文化旅游节活动，以“张孝祥与镜湖的故事”为主题，通过文艺演出、文化展览、民俗体验等多种形式，展示镜湖的美丽风光和深厚文化底蕴。这些活动不仅吸引了大量游客前来参观游览，还促进了当地文化产业的发展和文化产品的推广。同时，这些活动还加深了游客对“张孝祥与镜湖的故事”的了解和认同，进一步提升了芜湖城市的知名度和美誉度。此外，为了更好地传承和弘扬“张孝祥与镜湖的故事”，芜湖市还建设了张孝祥纪念馆和镜湖公园书屋等文化设施。这些文化设施的建设在丰富城市的文化内涵的同时，也提升了城市的文化品位和吸引力。

“张孝祥与镜湖的故事”作为社会生活的重要组成部分，为我们研究社会变迁和文化传承提供了宝贵资料。这些故事在传承过程中，不断适应时代需求进行改编和创制，体现了其“层累”演变的复杂过程。通过对这些故事的研究和分析，我们可以揭示出社会变迁对文化传承的影响以及文化传承在社会变迁中的作用和意义。

（四）学术价值

“庄子传说”作为广泛流传于安徽乃至全国的民间传说，蕴含着深刻的哲学思想和文学价值，对学术研究具有不可忽视的重要意义。

庄子生于宋国蒙邑（今安徽蒙城县），是道家学派的代表人物之一，与老子并称“老庄”，共同奠定了道家哲学的基础。“庄子传说”不仅记录了庄子的生平事迹，还融入了民间对庄子思想的理解和想象，形成了丰富多彩的故事体系。

“庄子传说”的学术价值首先体现在对庄子哲学思想的传承与阐释上。庄子哲学以其深邃的思想体系和独特的思维方式在中国哲学史上占有重要地位。“庄子传说”通过生动的故事情节和人物形象，将庄子的哲学思想具象化、生活化，使得普通民众也能够理解和接受。这些传说不仅保留了庄子关于宇宙、自然、社会、人生等方面的深刻见解，还通过民间智慧对其进行了丰富和拓展，为学术研究提供了宝贵资料。

在学术研究中,“庄子传说”成为解读庄子哲学思想的重要依据。哲学研究者们通过对传说的分析,可以窥见庄子哲学在不同历史时期、不同地域文化中的传播与演变情况,进而深入探讨庄子哲学的内涵与外延。例如,庄子的“无为而治”“逍遥游”等思想在传说中得到了生动的体现,不仅有助于我们理解庄子哲学的核心理念,还能够为我们提供新的视角和方法去审视和阐释这些思想。

章末小结

本章全面剖析了安徽民间文学类非遗在全球化与数字化背景下的生存现状、独特价值及传承挑战。全球化带来的文化同质化趋势,使许多独特的民间文学形式面临消失的风险,但同时也促使人们重新审视文化多样性的价值。数字化技术的兴起,为非遗的保护与传承提供了新的可能,通过数字记录、在线传播等手段,让古老的文化遗产焕发新生。

安徽民间文学类非遗以其深厚的历史底蕴、独特的地域特色和丰富的艺术表现,展现出强大的生命力。这些非遗项目不仅记录了安徽人民的生活习俗、思想观念和情感表达,还通过口头传承、书面记录等多种形式得以保存和流传。它们是集体智慧的结晶,更是民族性与地域性的集中体现,对研究中华文化的多样性和整体性具有重要意义。

在非遗保护与传承方面,我国已构建起一套相对完善的法律与政策框架,为非遗工作提供了坚实的保障。安徽省积极响应国家政策号召,通过开展资源普查、推进名录体系建设、加强传承人培养与扶持等一系列措施,全面提升非遗保护与传承水平。这些努力不仅促进了非遗项目的有效保护,还增强了公众对非遗文化的认知度和认同感。安徽民间文学类非遗的独特价值在于其历史传承的连续性、地域文化的独特性、艺术表现的创新性和社会功能的多样性。这些非遗项目为研究历史、文化、社会变迁等提供了宝贵资料,同时也通过教育、娱乐等多种社会功能对当地社会产生了积极影响。

然而,安徽民间文学类非遗译介传播仍面临诸多挑战。如何在保持文化原味的同时,跨越语言和文化障碍,让国际受众理解和接受这些宝贵的文化遗产,是研究者们需要深入思考的问题。虽然安徽省在这方面已进行了有益的探索和实践,但仍需不断创新译介策略和传播方式,以更好地展示中华优秀传统文化的独特魅力。

第二章　安徽民间文学类非遗传承情况

安徽作为中华文明的重要发祥地之一，留存着大量珍贵的非物质文化遗产。这些非物质文化遗产扎根于民间生活，有着广泛的群众根基，不仅塑造了安徽独特的文化魅力，更是安徽人民精神财富与智慧的体现，是中华文明宝库中的璀璨明珠。其中，民间文学类非遗更是独树一帜，闪耀着独特的光芒。它们主要以口口相传的方式进行传播，承载着安徽人民的历史记忆与文化情感，是安徽文化多样性的重要体现。安徽民间文学类非遗不仅丰富了安徽人民的精神世界，也为中华文明的传承与发展贡献了独特力量。截至2024年10月，安徽省非物质文化遗产的保护成果显著：国家级非遗项目已达99项，省级非遗项目共计606项，市县级非遗项目超过6000项。在非遗传承人才队伍建设方面，国家级非遗传承人共119名，省市县级非遗传承人数量接近8000名。此外，在非遗保护的基地建设上，国家级非遗生产性保护基地有3个，省级非遗传习基地（传习所）数量为87个，省级非遗教育传习基地有30个。

第一节　安徽民间文学类非遗传承概览

一、安徽省民间文学类非遗项目清单

截至2024年10月，安徽入选国家级民间文学类非遗项目5项（表2.1），省级民间文学类非遗项目31项（表2.2）。

经统计，安徽31项省级民间文学类非遗项目在全省16市的分布情况见表2.3。

表 2.1 安徽省国家级民间文学类非遗项目名录一览表(截至 2024 年 10 月)①

序号	批次	类 别	名 称	申报地区
1	2	民间文学	桐城歌	安庆市桐城市
2	4	民间文学	孔雀东南飞传说	安庆市怀宁县
3	4	民间文学	孔雀东南飞传说	安庆市潜山县②
4	4	民间文学	老子传说	亳州市涡阳县
5	5	民间文学	包公故事	合肥市

表 2.2 安徽省省级民间文学类非遗项目名录一览表(截至 2024 年 10 月)

序号	批次	类 别	名 称	申报地区
1	1	民间文学	鞭打芦花车牛返	宿州市萧县
2	1	民间文学	孔雀东南飞传说	安庆市潜山县
3	1	民间文学	孔雀东南飞传说	安庆市怀宁县
4	1	民间文学	桐城歌	安庆市桐城市
5	1	民间文学	六尺巷传说	安庆市桐城市
6	1	民间文学	徽州民谣	黄山市
7	1	民间文学	徽州楹联匾额	黄山市
8	1+	民间文学	徽州民谣(绩溪民歌民谣)	宣城市绩溪县
9	2	民间文学	老子传说故事	亳州市涡阳县
10	2	民间文学	涂山大禹传说	蚌埠市怀远县
11	3	民间文学	小孤山传说	安庆市宿松县
12	3	民间文学	管仲的传说	阜阳市颍上县
13	3	民间文学	包公故事	合肥市
14	3	民间文学	刘铭传故事	合肥市肥西县
15	3	民间文学	捻军歌谣	亳州市涡阳县
16	3	民间文学	伍子胥过昭关的传说	巢湖市含山县
17	3	民间文学	白牡丹的传说	巢湖市居巢区
18	3	民间文学	梁山伯与祝英台的传说	六安市舒城县

① 表 2.1、表 2.2 中,申报地区为获批时的地区名称或管辖情况,部分信息与现今有所不同,具体情况将以注释形式进行说明。

② 2018 年 7 月 14 日,撤销潜山县,设立县级潜山市,由安徽省直辖,安庆市代管。

续表

序号	批次	类　别	名　　称	申报地区
19	3	民间文学	皇藏峪的传说	宿州市萧县
20	3	民间文学	垓下民间传说	蚌埠市固镇县
21	3	民间文学	安丰塘的传说	淮南市寿县
22	4	民间文学	庄子传说	亳州市蒙城县
23	4	民间文学	蒙城歌谣	亳州市蒙城县
24	4	民间文学	张孝祥与镜湖的故事	芜湖市镜湖区
25	4	民间文学	九井沟传说	安庆市宿松县
26	5	民间文学	陈抟传说	亳州市
27	5	民间文学	祠山张勃传说	宣城市广德市
28	5	民间文学	有巢氏传说	合肥市巢湖市
29	5	民间文学	柳下惠传说	亳州市利辛县
30	5	民间文学	二乔传说	安庆市潜山县
31	6	民间文学	米芾传说	芜湖市无为市
32	6	民间文学	浮山传说	铜陵市枞阳县
33	6	民间文学	裁襟励子	安庆市桐城市

表 2.3　安徽省级民间文学类非遗项目在 16 市的分布情况(截至 2024 年 10 月)

序号	地市	省级民间文学类非遗项目数(项)
1	安庆	7
2	亳州	6
3	合肥	4
4	芜湖	2
5	黄山	2
6	宣城	2
7	蚌埠	2
8	宿州	2
9	阜阳	1
10	淮南	1
11	六安	1

续表

序号	地市	省级民间文学类非遗项目数(项)
12	铜陵	1
13	池州	0
14	马鞍山	0
15	滁州	0
16	淮北	0

通过表2.3可以发现,安徽省级民间非遗项目的分布在不同城市差异显著。安庆市入选省级民间文学类非遗项目数最多,达到7项;亳州市紧随其后,有6项入选;合肥市作为省会,也有4项入选;芜湖市、黄山市、宣城市、蚌埠市、宿州市等5个城市各有2项入选;阜阳、淮南、六安、铜陵等4个城市各有1项入选;而池州、马鞍山、滁州、淮北4个城市则没有项目入选。

二、安徽民间文学类非遗的历史渊源

安徽,位于中国华东的广袤土地上,其独特的地理环境为民间文学类非遗项目的产生与发展提供了丰沃的土壤。从北部的淮北平原到中部的江淮丘陵,再到南部的皖南山区,多样的地形地貌、气候条件和自然资源,不仅塑造了安徽丰富多彩的自然景观,也深刻影响了当地人民的生活方式和文化创造,进而孕育了众多具有鲜明地域特色的民间文学类非遗项目。

淮北平原的广袤与肥沃,为农耕文化的繁荣奠定了基础。在这片土地上,"鞭打芦花车牛返"的传说便是对农耕生活与孝道文化的生动诠释。故事中,闵子骞的孝行感动了后母,使得家庭和睦。这一传说不仅体现了古代社会对孝道的重视,也反映了淮北平原农耕文明中家庭伦理的核心价值。此外,平原地区的广阔也便于人口流动与文化交流,促进了民间故事的传播与演变。例如,"老子传说"正是得益于这种便利的地理环境和人口流动,在淮北平原乃至更广泛的地区传播开来,产生了深远的影响。"老子传说"在淮北平原地区的传播过程中,与当地的文化传统和民俗风情相融合,形成了具有地域特色的传说版本。这些传说不仅讲述了老子的生平事迹和哲学思想,还融入了当地人民的生活经验和价值观念。在淮北地区,老子被描绘为一位智慧而慈祥的长者,他的故事与当地的自然风光、历史事件或民俗活动相结合,使得传说更加生动有趣,易于被当地人民接受和传颂。

淮南市寿县"安丰塘的传说"与江淮丘陵地带的地理环境之间存在着密切的关系。江淮丘陵地带作为山区与平原的过渡区域,其复杂多变的地形特征为传说的产生提供了丰富的自然背景和想象空间。这个地区既有开阔的平原，为农业生产和人口聚居提供了得天独厚的自然条件，使得安丰塘成为当地重要的灌溉水源和民生保障；又有崎岖的山地，激发了人们对自然力量的敬畏和想象，为传说的创作提供了丰富的素材。安丰塘，古称芍陂，是我国历史上较早的大型陂塘灌溉工程之一。始建于春秋楚庄王时（前 601—前 593 年），为楚相孙叔敖征集民力所建，“周百二十里”“纳川吐流，灌田万顷”，被誉为“世界塘中之冠”，与都江堰、漳河渠、郑国渠并称为中国古代四大水利工程，比都江堰还早 300 多年。芍陂之名，始见于《汉书·地理志》，传说因当时陂塘建有“白芍亭”而名。东晋时此地侨置安丰县，又称安丰塘。从此，安丰塘与芍陂两名并用，自清以来，多称安丰塘。1988 年，国务院将其列为全国重点文物保护单位；2015 年，国际灌排委员会将其列为世界灌溉工程遗产。其传说往往与水源、灌溉等自然现象紧密相连。江淮丘陵地带的水系发达，但水资源分布不均，旱涝灾害频繁。安丰塘的修建正是为解决这一地区的水利灌溉问题，保障了农业生产。因此，传说的安丰塘被赋予了神话色彩，如孽龙作祟导致久旱不雨等情节，既反映了当时人们对自然现象的朴素理解，也体现了对安丰塘这一重要水利工程的崇敬和感激之情。

皖南山区，以其秀美的自然风光和丰富的自然资源，激发了无数文人墨客的创作灵感，也孕育了众多富有诗意的民间文学作品，如“徽州民谣”，不仅记录了皖南人民的生活点滴，还蕴含了深厚的文化底蕴和地域特色。当地有首非常有名的民谣，名为《前世不修》，歌词如下：

前世不修，生在徽州；十三四岁，往外一丢。
前世不修今世修，苏杭不生生徽州。
十三四岁少年时，告别亲人跑码头。
徽州徽州梦徽州，多少牵挂在心头；
徽州徽州梦徽州，举头望月数星斗，句句乡音阵阵愁。
前世不修来世修，转世还要生徽州。
十三四岁少年时，顺着前辈足迹走。
徽州徽州梦徽州，做个女人空房守；
徽州徽州梦徽州，举头望月怜星斗，夜思夫君泪沾袖。
前世不修来世修，转世还要生徽州；
多少辛酸多少泪，悲欢荣辱也轮流。
前世不修来世修，转世还要嫁徽州；
书香门第也富贵，忠孝节义美名流。
徽州徽州梦徽州，书香门第也富贵，忠孝节义美名流。

单是这歌词便能够让人感受到那些稚嫩、无邪的童声集体咏诵时的缈缈余音，眼前随之就会出现连绵的群山、冷峭的石桥、曲流的溪水、庄严的牌坊、高阔的祠堂、精巧的民居等一些典型的徽州地理环境特征。

徽州地区自然资源丰富、物产多样，从茶叶、竹子到各种山珍野味，都是当地人民赖以生存的宝贵财富。这些自然资源不仅丰富了徽州人民的生活，也为“徽州民谣”的创作提供了丰富的素材。民谣中经常提到当地的名产特产、劳动场景和风俗习惯，如反映茶农采茶、制茶过程的民谣，以及描述山林狩猎、渔舟唱晚等自然景象的作品，都充分展示了徽州自然资源的多样性和人民对自然环境的依赖与热爱。民谣《家乡特产》是这样唱的：

一月扛锄挖冬笋，万家争做羹与汤。
二月梅花初破绽，烘烤精致喷喷香。
三月春笋尖尖角，干藏鲜食两相当。
四月新茶随雨绿，樱桃红透且先尝。
五月三潭枇杷熟，香菇木耳又下床。
六月花红赶紧摘，杨梅桃李要登场。
七月满地西瓜熟，甜瓜脆来三花香。
八月加工黄花菜，雪梨白嫩名远扬。
九月蜜枣山核桃，香榧板栗猕猴桃。
十月柑橘挂满树，红柿鲜甜金桔香。
十一月里采贡菊，包包菊花进药房。
十二月里雪花飘，荸荠甘蔗窖中藏。

这首民谣涵盖了徽州山区一年四季的土特名产，充满了浓郁的乡土气息和地域特色。安徽的水系也是民间文学类非遗项目产生的重要因素。长江与淮河两大水系贯穿全省，不仅为农业生产提供了水源，也成为安徽文化交流与传播的重要通道。沿江沿河地区，如桐城的“六尺巷传说”所体现的邻里和睦、宽容礼让的精神，便是水文化影响下社会和谐相处的典范。六尺巷的故事，虽发生在桐城，但其背后蕴含的谦和、礼让的价值观，随着水流的流淌，传播到更远的地方，成为安徽乃至全国人民共同的精神财富。

此外，安徽的地理环境还促进了不同文化之间的交流与融合，从而丰富了民间文学的内涵，如“涂山大禹传说”。大禹治水的故事在中国广为流传，而涂山作为大禹娶妻、会诸侯的地方，使得这一传说在安徽地区具有了特殊的意义。它不仅体现了古代人民对治理水患、造福百姓的英雄的崇敬，也反映了安徽地区在古代水系治理中的重要地位。同样，“伍子胥过昭关的传说”也展现了在古代交通要道上，不同地域文化之间的交流与碰撞。伍子胥的逃亡之路，不仅是一条地理上的迁徙线，更是一条文化的传播线，将吴楚文化紧密相连。在安徽的民间文学类非遗项目中，还有许多与自然景观紧密相连的传说，如“小孤山传说”“皇藏峪的传说”“垓下民间传说”等，这些传说往往以山川、湖泊、森林等自然景物为背景，通过虚构的故事情节，赋予这些自然景观以人文意义，使得它们不仅仅是自然存在，更成为承载历史记忆、文化情感的重要载体。例如，在“皇藏峪的传说”中，刘邦藏身于此地，最终成就帝业，这一传说不仅增添了皇藏峪的神秘色彩，也使其成为人们寻求庇护、祈求成功的圣地。

安徽的民间文学类非遗项目，还深受历史上名人文化的影响。如“庄子传说”“管仲的传说”“包公故事”“刘铭传故事”等，这些历史人物的事迹在民间被加工、创作，最终形成了具有鲜明地域特色的传说故事。庄子的逍遥自在、管仲的治国智慧、包公的公正无私、刘铭传的抗法保台，这些人物形象和故事，不仅反映了安徽人民的价值观和审美取向，也成为激励后人、传承文化的重要资源。在战争与动荡的年代，安徽的民间文学类非遗项目同样记录了人民的苦难与抗争，如捻军歌谣，不仅是对捻军起义历史的真实反映，也是人民对自由、平等生活的渴望与呼唤。它们以简洁明了的语言，表达了人民对封建统治的反抗和对美好生活的向往，是安徽民间文学中不可或缺的一部分。

安徽的民间文学类非遗项目还体现了安徽人民对美好生活的向往和对大自然的敬畏。如“梁山伯与祝英台的传说”“浮山传说”“鞭打芦花车牛返”等，这些传说往往以爱情、友情、孝道等为主题，通过浪漫主义的手法，展现了人们对纯真情感的追求和对美好生活的向往。同时，这些传说也蕴含着人们对大自然的敬畏与崇拜，体现了人与自然和谐共生的理念。

综上所述，安徽的地形地貌、气候条件、水资源、自然景观以及历史文化背景等，都对安徽民间文学类非遗项目的发生与发展产生了深远影响。这些非遗项目，不仅是安徽人民智慧与情感的结晶，也是安徽地域文化的重要组成部分，它们以独特的方式，记录了安徽的历史变迁、文化传承和社会生活，成为连接过去与现在、传承与发展的重要桥梁。

第二节　安徽代表性民间文学类非遗的传承机制与传承主体作用

传承机制是民间文学类非遗得以延续的核心逻辑与动力源泉，也是民间文学类非遗研究的重要领域之一。而传承主体不仅是民间文学类非遗传承过程中的关键力量，也是民间文学类非遗可持续发展的核心。所以，要深入了解民间文学类非遗的传承情况，进行民间文学类非遗传承机制和传承主体作用的研究显得尤为必要，这主要体现在：首先，研究民间文学类非遗的传承机制是揭示其内在生命力和持续发展动力的关键。民间文学类非遗作为非遗的一个大类，其传承并非孤立存在，而是与特定的社会、文化、历史背景紧密相连。通过探究其传承机制，我们可以更好地理解民间文学类非遗如何在不同的时空条件下得以保存、传播和演变，从而揭示其内在生命力和持续发展的动力源泉。这对于制定有效的保护措施、促进民间文学类非遗的活态传承具有重要意义。其次，研究传承主体作用对于明确非遗传承的关键力量和推动力量至关重要。传承人是民间文学类非遗传承的核心，他们不仅承载着丰富的知识和技能，还肩负着将这些宝贵遗产传递给下一代的重任。同时，社区成员、政府及非政府组织等也在不同程度上参与着非遗的传承活动。通过深入研究传承主体的作用，可以更清晰地认识到不同主体在非遗传承中的地位、作用以及相互影响，从而更有针对性地制定保护措施和传承策略，激发传承主体的积极性和创造性，推动民间文学类非遗的可持续发展。

本节将选取“桐城歌”“孔雀东南飞传说”及“徽州楹联匾额”这 3 个极具代表性的安徽民间文学类非遗项目，详细分析并阐述其传承机制，包括家族传承、师徒传承等，深入探讨传承主体（如传承人、社区、学校等）在传承过程中的作用与贡献。

一、安徽代表性民间文学类非遗的传承机制

（一）“桐城歌”及其传承机制

“桐城歌”起源于安徽省桐城市，历史悠久，可追溯到唐代。在明代之前，“桐城歌”已在湖北黄梅地区以及江浙吴语区域广泛流传。它凭借独特的七言五句式结构、含蓄凝练的语言风格，以及婉转悦耳的曲调，深受大众喜爱，不仅在民间口口传唱，还被整理成册刊印发行。众多古籍文献为“桐城歌”的流传提供了有力佐证。在《明代杂曲集》中，收录了 25 首“桐城歌”。冯梦龙在《山歌》里更是专门设立“桐城时兴歌”一卷，记录了 24 首“桐城歌”。明代沈德符在《顾曲杂言》中明确提到，在嘉靖、隆庆年间，“闹五更”“寄生草”“罗江怨”“桐城歌”等曲调盛行，从两淮地区一直风靡至江南。万历年间，顾起元在《客座赘语·卷九·俚语》里记载，民间百姓喜闻乐见的曲调，起初有《傍妆台》《驻云飞》《耍孩儿》等，后来又出现《桐城歌》《挂枝儿》《干荷叶》《打枣干》等，这些新曲调虽在音节上模仿之前的曲谱，但歌词更加奢靡，曲风也随之改变。此外，万历年间的戏曲选本《风月词珍》（《词珍雅调》的一种）

选用了54首“桐城歌”作为唱腔曲牌，这是目前已知较早出现在戏曲唱本中有关“桐城歌”的记录，对研究“桐城歌”在戏曲领域的应用具有重要意义。这些文献足以证明“桐城歌”在明中叶就已兴盛，并产生了较大影响。它最初是劳动人民集体创作的一种韵文形式的民间文学，融合了词、曲、表演的艺术特点，来源于人民群众的生活与生产，并在世代流传中不断凝练与升华。其内容丰富多样，涵盖了劳动生活、爱情婚姻、历史传说、风土人情等方面。“桐城歌”以其独特的艺术风格和浓郁的地方特色，在中国民间文学史上占据了重要地位。

“桐城歌”的艺术特点主要体现在3个方面：

1. 语言质朴生动

“桐城歌”的歌词多采用桐城方言，语言质朴、生动，富有生活气息。

2. 曲调优美动听

“桐城歌”的曲调优美动听，旋律简洁明快，具有浓郁的地方特色。

3. 表现形式多样

“桐城歌”在表现形式上丰富多元，涵盖单人演唱、双人对唱以及群体合唱等多种形式。而且，“桐城歌”具备很强的艺术兼容性，能够与舞蹈、戏曲等不同艺术形态深度融合。在与舞蹈结合时，舞者通过肢体动作的韵律来呼应“桐城歌”的节奏，使观众从视觉和听觉上获得双重享受；与戏曲结合时，“桐城歌”独特的曲调融入戏曲唱腔，为戏曲增添别样的韵味，丰富了戏曲的音乐表现体系。

“桐城歌”的传承机制主要有以下4种形式：

1. 家族传承

“桐城歌”作为世代相传的民间艺术形式，家族传承是其古老且稳固的传承方式之一。家族传承以血缘关系为纽带，通过家族成员之间的紧密联系，使得“桐城歌”的传承具有稳定性和连续性。家族长辈作为传承者，将“桐城歌”技艺传授给晚辈，形成了一代又一代的传承链条。家族传承不仅传递了“桐城歌”的技艺，还强化了家族成员对“桐城歌”文化的认同感和自豪感。家族成员在共同学习和演唱“桐城歌”的过程中，加深了对家族文化的理解和认同。“桐城歌”家族传承的典型代表是省级非遗项目传承人吴云芳。吴云芳，1952年生，桐城市范岗镇（原挂车河镇）高岗村人。她的祖父是当地有名的民歌手，她从小耳濡目染，中学毕业时已会唱几十首“桐城歌”，尤以劳动歌见长。她的嗓音高亢激越，音色圆润亮丽，表演朴实率真。

2. 师徒传承

师徒传承是“桐城歌”传承的另一种重要方式。通过师徒之间的亲密传授和示范教学，徒弟们能够系统地学习“桐城歌”的演唱技巧和表演风格，从而确保这一艺术形式的精准传递。在师徒传承的过程中，师傅通常能根据徒弟的实际情况和个性特点制订教学计划，确保徒弟能够全面掌握“桐城歌”的技艺精髓。此外，师徒之间建立了深厚的情感纽带，师傅不仅传授技艺，还关心徒弟的成长，在生活上给予他们精神上的支持和鼓励。这种情感纽带使得徒弟们更加珍惜学习机会，努力传承“桐城歌”技艺。“桐城歌”市级传承人倪渐银和他的徒弟县级传承人江森就是一对优秀的师徒代表，他们经常在基层文艺舞台上同台演唱，成为“桐城歌”师徒传承的佳话。

国家级非遗项目传承人查月华，小学文化，自幼爱唱山歌，1968—1970 年参加文艺宣传队，拜当地较有名气的原生态民歌手陶银龙、胡列强为师，学唱“桐城歌”。她在生产中现学现唱，不仅学会了老一辈民歌手口传心授的原生态调式，还丰富了“桐城歌”的内容和表现形式。她广收弟子，四处传艺，为“桐城歌”的传承培养人才。桐城籍专业歌手斯兰曾向查月华学唱“桐城歌”，斯兰演唱的原创新民歌《桐城歌》多次在中央电视台《音乐频道》栏目播出。

3. 社区传承

社区是“桐城歌”传承的重要阵地之一。在桐城市，许多社区（或村镇）都会定期组织各种形式的“桐城歌”演唱活动，如民歌大赛、群艺大赛、文化节、村晚等。这些活动不仅丰富了社区居民的文化生活，还为“桐城歌”的传承提供了广阔的平台。

如桐城市龙眠街道社区、文昌街道山水龙城社区、范岗社区等，每年都会举办文艺汇演、“桐城歌进社区”、村晚等活动，吸引了众多居民参与。在活动中，社区居民们相互交流、学习，共同传唱“桐城歌”，营造了浓厚的文化氛围。

4. 学校传承

在桐城市，一些学校将“桐城歌”纳入了校本课程，通过课堂教学、社团活动等形式，向学生传授“桐城歌”的知识和演唱技巧。这种传承方式能够培养学生对“桐城歌”的兴趣和热爱，为“桐城歌”的传承注入新的活力。

从 2019 年开始，桐城市在桐城市八中、中华职业学校、卅铺中心小学、沙铺学校等学校设立“桐城歌”校园传习所，“桐城歌”真正走进了中小学生的课堂，成为青少年传统教育和道德熏陶的乡土教材。2024 年 7 月，安徽师范大学外国语学院本科实践团队在桐城市范岗社区开展了“非遗文化进课堂”系列活动，并邀请了“桐城歌”省级非遗项目传承人张小根走进实践课堂，带领学生们深入了解“桐城歌”的文化内涵，丰富了“桐城歌”学校传承的形式。

（二）“孔雀东南飞传说”及其传承机制

《孔雀东南飞》在中国古代文学长河中占据着举足轻重的地位，是我国古代文学史上最早的长篇叙事诗，同时也是民间叙事诗的杰出代表。这首诗最早被收录于南朝时期徐陵（507—583）编纂的《玉台新咏》之中，当时诗名为《古诗为焦仲卿妻作》。它以独特的叙事手法，讲述了焦仲卿和刘兰芝的爱情悲剧，不仅生动展现了当时的社会风貌和人物情感，更凭借其深刻的思想内涵和精湛的艺术技巧，成为古代文学研究的重要范本，对后世文学创作产生了深远影响。《乐府诗集》载入“杂曲歌辞”，原题为《焦仲卿妻》。此诗与《木兰诗》并称为“汉乐府双璧”，同时被誉为“古今第一长诗”（王富仁，1992）。

“孔雀东南飞传说”详细地描绘了焦仲卿和刘兰芝的爱情悲剧，以其生动的情节和深刻的寓意迅速吸引了当时文人雅士的关注。随着时间推移，这个故事逐渐从诗歌文本走向民间口头传说，并在各地广为流传。到了唐代，《孔雀东南飞》已经成为家喻户晓的经典之作。诗人李白客居庐江郡治（今潜山市）时，曾作《庐江主人妇》一诗，有云：“孔雀东南何处栖？庐江小吏仲卿妻。”宋代以后，随着印刷术的发展，《孔雀东南飞》开始以文字形式被更广泛地传播开来。明清两代，《孔雀东南飞》进一步融入了戏曲创作领域，成为众多地方剧种中的常见题材之一。例如，在京剧、越剧等多种戏剧形式中都有改编自《孔雀东南飞》的剧目上演，使得更多普通百姓有机会接触到这段历史佳话。进入近现代以后，《孔雀东南飞》不仅继续作为道德教育的重要内容出现在各类启蒙读物中，而且开始受到影视制作领域的青睐。20 世纪初以来，多部根据《孔雀东南飞》改编的电影、电视剧、歌曲相继问世。这些现代化的演绎方式极大地丰富了《孔雀东南飞》的艺术表现力，同时也扩大了其影响力。

“孔雀东南飞传说”的传承机制是一个复杂而动态的系统，它涵盖了口头传承、集体记忆、文字记录、学术研究、文艺创作、表演艺术、教育普及、社会宣传等多个方面。这些传承方式相互作用，共同构筑了该传说得以世代相传的坚实基础。

1. 口头传承与集体记忆

口头传承是“孔雀东南飞传说”最为原始和基本的传承方式。这种传承方式具有生动性、直观性和情感性强的特点，能够深入人心，触动听众的情感。在怀宁县小市镇（古称小吏港）一带，这一传说几乎家喻户晓，成为当地人民共同的文化记忆。

2. 文字记录与学术研究

随着文字记录的兴起，一些文人墨客开始将“孔雀东南飞传说”整理成书面文本。南朝时期，徐陵在编纂《玉台新咏》时，将《孔雀东南飞》以《古诗为焦仲卿妻作》之名收录其中。这一收录行为意义重大，使得该诗从民间流传状态正式进入文学领域，成为可供后世研究、学习的经典定本，在文学史上留下浓墨重彩的一笔，为古代文学的传承与发展奠定了重要基础。此后，该传说被多次收录在各种古籍和文学作品中，这些书面记录不仅保存了传说的原始形态，也为后人的研究提供了宝贵的资料。

在学术研究方面，学者们运用历史学、文学、民俗学等多学科的研究方法，对“孔雀东南飞传说”的起源、发展、演变等进行了深入细致的研究。截至 2024 年 9 月底，仅在中国知网上检索到的有关“孔雀东南飞传说”的研究论文就多达 1700 多篇。这些研究成果不仅丰富了大家对该传说的认识，还为其传承提供了坚实的学术支持。

3. 文艺创作与表演艺术

在长期的流传过程中，“孔雀东南飞传说”被改编成多种文艺形式，如戏曲、舞蹈、电影等。这些文艺作品不仅丰富了人民群众的精神文化生活，也进一步促进了传说的广泛传播。其中，黄梅戏《孔雀东南飞》是该传说文艺创作中的杰出代表。2003 年，安庆市黄梅戏一团排演了黄梅戏《孔雀东南飞》，同年 10 月在第八届中国戏剧节上获曹禺戏剧奖剧目奖、优秀导演奖及优秀音乐奖，饰演刘兰芝的赵媛媛、饰演焦仲卿的董家林获得优秀表演奖。赵媛媛凭借在《孔雀东南飞》中的精彩表演，荣膺中国戏剧表演艺术最高奖——梅花奖。该剧目通过精湛的表演艺术和动人的音乐唱腔，将焦仲卿与刘兰芝的爱情故事演绎得淋漓尽致，深受观众喜爱。

4. 教育普及与社会宣传

“孔雀东南飞传说”的传承还得到了教育普及和社会宣传的大力支持。统编版高中语文教材编入了《孔雀东南飞》，使其成为历代学子研读的文学经典。围绕这个传说，不少学校通过组织主题活动、排演传统文学话剧等方式，让学生从不同视角感受到这一传说的魅力。

同时，社会各界也积极参与其中，通过举办主题文化活动、出版书籍、制作影视作品等方式，推动“孔雀东南飞传说”的传承与发展。例如，1993 年，北岳文艺出版社出版了张恨水著的《白蛇传孔雀东南飞》；2016 年，安徽文艺出版社出版了谢文中著的《孔雀东南飞传说》；2019 年，连环画出版社出版了《课本绘・中国连环画小学生读库：孔雀东南飞分册》等。

在社会宣传方面，各级政府和文化部门通过举办文化节庆活动、宣传推广等方式提高了该传说的知名度和影响力。安徽怀宁孔雀东南飞文化艺术节至今已举办了 6 届，安庆市潜山市建成了孔雀东南飞文化园 4A 级旅游区，安庆市怀宁县建成了孔雀东南飞影视城，这些文旅项目都助力了“孔雀东南飞传说”的活态传承。

（三）“徽州楹联匾额”及其传承机制

“徽州楹联匾额”是一种形式特殊的民间文学类非遗，体现的是徽州地区的地方传统文化。徽州文化作为地域文化的典型代表，全方位呈现了徽商从兴起、蓬勃发展直至逐渐式微的整个历史进程。其中，徽州的楹联文化凭借其独特的文化凭证价值，从特定的角度真实映照出徽州历史的演变轨迹，以及徽商的传承脉络与精神风貌，以别具一格的形式承载着徽州深厚的文化底蕴与历史记忆。明清时期，徽商经济步入全盛阶段。发家致富后的徽商纷纷在家乡大规模开展土木工程建设，祠堂、宅邸拔地而起，亭台楼阁星罗棋布。由于徽商大多兼具儒商身份，他们高度重视道德教化，尊崇人伦纲常，善于与士大夫阶层交往。于是，他们的处世理念、人生抱负便借助对联这一形式，张贴于建筑之上得以彰显。可以说，有人居住的地方就有对联的存在。依赖于建筑而存在的"徽州楹联匾额"在明清两代达到发展的巅峰，其广泛渗透到社会生活的方方面面便是有力证明。无论是婚丧嫁娶等人生大事，还是店铺开张、日常营业等商业活动，张贴对联都已成为约定俗成的习惯。这些楹联，有的描绘自然景致、咏叹世间万物，有的表达志向情怀、抒发内心感悟，深受男女老少喜爱，甚至妇孺也能对答一二。在当时的徽州，有对联装点的地方便增添了几分文雅气息。

楹联，作为一种由上下联构成的对仗工整、韵律和谐的艺术形式，广泛应用于节日、庆典及人生重要仪式（如婚丧嫁娶）等场合。而匾额，则常被悬挂于门楣之上，用以标识堂号、店铺名称或寄托吉祥寓意。这些文字艺术不仅展现了汉字的独特魅力，还深刻蕴含了丰富的历史文化、哲学思考与道德规范。在徽州地域，无论是显赫官宦还是平民百姓，皆热衷于创作与展示精美的楹联匾额，以此彰显家族声望与个人文化素养。"徽州楹联匾额"在徽州文化中占据着举足轻重的地位，已成为该地区极具标志性的文化象征，尤以黟县西递、宏村等地的楹联匾额为典范。从文化深层次剖析，"徽州楹联匾额"集中体现了中国封建社会主流哲学思想及自然崇拜理念。

明清时期，程朱理学的盛行极大地丰富了"徽州楹联匾额"的内涵，使之既具备中国传统楹联匾额的普遍特性，又独具鲜明的地域色彩与广泛的实用价值。这些楹联匾额流传甚广，不仅深受知识分子青睐，亦在民间广为传颂，尤其在徽州方言的映衬下，更显文化韵味之深厚。它们蕴含了明清数百年间人们在思想、道德伦理、教化、政治经济、文化等多个维度的丰富信息，这些信息珍贵且极具历史价值。

"徽州楹联匾额"的繁盛发展，其背后有着深远的历史文化根源。首先，徽州深厚的文化底蕴，为楹联文化的孕育与成长提供了坚实的历史土壤与文化滋养，促使徽州楹联文化展现出多元而丰富的面貌。其次，徽州地区普遍崇尚耕读传家的传统，读书习字被视为家庭教育不可或缺的一环，无论家境如何，皆弥漫着浓郁的书香气息，这为楹联文化的创作与鉴赏奠定了广泛的群众基础。最后，徽州独特的建筑风格也为楹联文化的繁荣提供了物质条件。徽州民居多采用"三厅两过厢"的布局，廊柱众多，即便是最简单的"一进式"民居，也设有近 20 根廊柱，这些廊柱自然成为展示楹联文化的理想空间。

由于"徽州楹联匾额"形式的独特性，它的传承机制呈现出以下 3 个显著特点：

1. 建筑与文化的深度融合

“徽州楹联匾额”不仅仅是一种相对独立的艺术形式，更是徽州古建筑不可或缺的文化装饰构件。它们被精心设计并悬挂于建筑的显眼位置，如民居的厅堂、宗族祠堂、亭台楼阁等，与建筑本身形成和谐统一的整体。这种融合使得“徽州楹联匾额”不仅具有装饰美化的功能，更成为建筑文化内涵的重要载体。随着建筑的保存与传承，“徽州楹联匾额”也随之得以流传，实现了物质文化遗产与非物质文化遗产的双重保护。

2. 家族与社会的共同维系

在徽州地区，许多家族都有悬挂楹联匾额的传统，这些楹联匾额往往承载着家族的荣誉与期望，成为家族文化的重要组成部分。家族成员通过学习和传承这些楹联匾额的内容与精神，不断巩固家族的文化认同感和凝聚力。同时，“徽州楹联匾额”也广泛流行于社会的各个阶层，成为徽州地区社会文化的共同财富。这种家族与社会的共同维系机制，使得“徽州楹联匾额”能够在更广泛的范围内得到传承和发展。

3. 技艺与文化的双重传承

“徽州楹联匾额”的制作技艺复杂精湛，融合了木工、漆工、刻工等传统工艺的精华，是一种非常独特的手工艺。传承人不仅需要掌握高超的制作技艺，还需要深谙徽州文化的精髓，将文化与技艺相结合，创作出具有深厚文化内涵的楹联匾额作品。这种技艺与文化的双重传承机制，使得“徽州楹联匾额”能够在传承过程中不断保持其独特的艺术魅力和文化内涵。

二、传承主体的作用与贡献

在非遗传承的广阔舞台上，“桐城歌”“孔雀东南飞传说”与“徽州楹联匾额”作为3个各具特色的民间文学类非遗项目，其传承主体的作用与贡献不容忽视。这些项目的传承者不仅是历史的守护者，更是文化的传递者，他们通过各自的努力与智慧，让这些古老的文化遗产焕发出新的生命力。

（一）“桐城歌”的传承主体与贡献

“桐城歌”以其独特的七言五句体式、质朴的语言和悠扬的曲调，深受当地民众喜爱。在“桐城歌”的传承历程中，传承主体涵盖了传承人、文化工作者、研究学者以及广大“桐城歌”爱好者。他们通过传唱、记录、整理、创新等多种方式，共同推动了“桐城歌”的传承与发展。

传承人是“桐城歌”传承的核心力量，他们是“桐城歌”最直接、最重要的守护者。传承人不仅承担着技艺传递的责任，更是传播文化精髓的活化石。

“桐城歌”国家级非遗项目传承人查月华用50余载光阴，让“桐城歌”这门流传千年的艺术从濒临失传到再次焕发青春。她始终以赤子之心为“桐城歌”的发展注入活力，以传、帮、带多种形式培养青年文艺人才，努力一生，换来非遗事业桃李芬芳、薪火相传。2012年，查月华与丈夫江守本，用一年时间，通过寻访老前辈的方式四处收集几近失传的“桐城歌”曲目，最终集齐83首汇集成册并熟练背唱下来。这83首“桐城歌”里有传唱度比较高的经典曲目《采茶歌》《青竹茅蓝紫竹穿》《十八岁大姐周岁郎》，也有比较小众的《郎打小船湖边划》《高也高不过天上星》等。2014年，查月华演唱的《摘茶歌》荣获安徽省第七届皖江八市原生态民歌大赛银奖；2015年，她被评为“桐城歌”省级非遗代表性传承人；2018年，她又被评为国家级代表性传承人；2024年，查月华获评“桐城好人”。

前文提到的省级传承人吴云芳，2007年在中央电视台“金土地”栏目演唱了《养鸭歌》。2008年，她受邀在安徽电视台演唱了《薅草歌》；同年，她被评为省级代表性传承人。2014年，她在皖江八市原生态民歌大赛上演唱“桐城歌”，荣获银奖。经过吴云芳的传、帮、带，如今她的民歌传承队伍不断扩大，其中既有82岁的老民歌手，也有9岁的小民歌手。

除了查月华、吴云芳等优秀的“桐城歌”传唱人之外，中国民间文艺家协会会员、“桐城歌”县级非遗代表性传承人叶濒也为“桐城歌”的活态传承作出了突出贡献，他一直致力于“桐城歌”的发掘、整理和出版。从20世纪80年代至今，在数十位热衷民间文学同仁们的帮助下，叶濒跑遍桐城每个角落和周边地区，采获了上万首原生态民歌资料(包括录音录像资料)。在收集到的原生态歌谣资料里，叶濒精心整理筛选，先后自费出版了《桐城歌谣》(254首)和《桐城传统儿歌三百首》。又在桐城市非遗保护中心的帮助下，出版了《桐城歌》(800首)。此外，他还在另外两书中编入了“桐城歌”350余首。千首以上歌谣的成功出版，极大地丰富了“桐城歌”的内容。鉴于其对“桐城歌”作出的奉献，桐城市非遗保护中心破格授予其县级“桐城歌”传承人的称号。

总体来讲，“桐城歌”的传承主体主要通过传唱和表演桐城歌，让更多人了解和喜爱这一艺术形式。他们的歌声和表演不仅展现了“桐城歌”的独特魅力，还激发了人们对本土文化的认同感和自豪感。随着时代的发展，传承主体逐渐意识到记录和整理“桐城歌”资料的重要性。他们通过文字、录音、录像等方式记录了大量“桐城歌”的原始资料，为后世的研究和学习提供了宝贵素材。在保留“桐城歌”传统特色的基础上，传承主体还不断探索和创新其表现形式和传播方式。他们利用现代科技手段对“桐城歌”进行改编和创作，使其更加符合现代人的审美需求；同时通过各种渠道和平台传播“桐城歌”，扩大其社会影响力。例如，市级非遗代表性传承人倪浙银，虽然已经年逾七旬，还承包了几亩水田和旱地，种水稻、种油菜、种山芋、种黄豆、种玉米。他坚持白天下地干活，晚上说唱鼓书，并制作短视频，把“桐城歌”“搬”到了网上。2024 年初的网络信息显示，倪浙银已发布的“桐城歌”作品已达 860 多部，粉丝 7500 多人，获点赞数达 28.9 万。

（二）“孔雀东南飞传说”的传承主体与贡献

“孔雀东南飞传说”的传承主体主要包括民间故事讲述者、文艺工作者、学者、艺术家等。这些传承主体在传承过程中各自扮演着不同的角色，共同构成了传承网络的核心力量。与其他民间文学类非遗传承主体相比，“孔雀东南飞传说”的传承主体具有 3 个特点：一是深厚的地域文化根基，“孔雀东南飞传说”源自安徽省安庆市怀宁县、潜山县（今潜山市）一带，其传承主体大多来自这些地区，对当地的历史文化、风土人情有着深厚的了解和认同。这种地域文化根基使得他们在传承过程中能够更好地融入地方特色，使传说更加生动鲜活。二是强烈的情感共鸣，“孔雀东南飞传说”讲述的是焦仲卿与刘兰芝在封建礼教压迫下的爱情悲剧，其凄美动人的故事触动了无数人的心弦。传承主体对这一传说往往怀有深厚的情感共鸣，所以他们才能用自己的声音和情感讲述着焦刘的爱情故事，使传说更加感人至深。三是多元的传承方式，“孔雀东南飞传说”不仅通过口头讲述的方式传承，还融入了文学创作、艺术表演、学术研究等多种传承方式。这种多元的传承方式使传说得以更加广泛地传播和被接受，同时也丰富了其文化内涵和表现形式。

民间故事讲述者作为“孔雀东南飞传说”最直接、最生动的传承力量，他们的讲述不仅保留了传说的原始风貌，还通过个人情感的融入和方言特色的运用，使传说更加贴近人心。他们的讲述往往具有高度的灵活性和即时性，能够根据听众的反应和需求随时调整讲述的内容和方式，使传说更加生动感人。在传承过程中，民间故事讲述者还通过家族传承、师徒传承等方式，将讲述技艺传授给下一代，确保了传说的活态传承不断线。他们中的佼佼者，如李智海等老一辈讲述者，不仅自己能够生动地讲述传说故事，还积极培养新一代讲述者，为传说的传承与发展注入了新的活力。专家学者在“孔雀东南飞传说”的传承过程中发挥着重要的学术支撑作用。他们通过深入的历史研究、文化分析和艺术鉴赏，揭示了传说的深层内涵和艺术价值，为传说的传承与发展提供了科学的指导。专家学者们不仅整理出版了相关的研究著作和论文，还通过微信公众号等新媒体方式，向公众普及传说的相关知识，加深了公众对传统文化的认识并引起他们的兴趣。被群众称为“故事大王”的国家级非遗代表性传承人李智海先生，他的传唱内容丰富，特色鲜明，谱系清晰。他长期从事“孔雀东南飞传说”的收集、整理工作，并广泛传唱其故事，突出口头性。他保留有 60 年前高中时代用的载有《孔雀东南飞》的《文学》课本，收集与“孔雀东南飞传说”的相关作品和实物50余件。2008年5月，他出版了《孔雀东南飞故园拾穗》，整理了10多万字的“孔雀东南飞传说”，深入研究、挖掘、梳理其故事内涵。还利用自己的“孔雀东南飞李智海”博客宣传、传播“孔雀东南飞传说”。又如“孔雀东南飞传说”的省级非遗代表性传承人李杏林先生，从事“孔雀东南飞传说”的研究已有半个世纪，其间多次接受央视采访。李杏林先生既是非遗传承人，也是非遗研究的专家，出版孔雀东南飞相关研究专著12本。他虽已是95岁高龄，仍然笔耕不辍，经常在“孔雀东南飞微刊”的微信公众号上发表文章。还有吴延洲老师，李杏林先生评价他不仅是践行“孔雀文化”的先行者，更是“孔雀文化”的新型理论家。自2010年参与“孔雀东南飞传说”传承工作以来，吴延洲老师整理和校对了李杏林、李智海两位先生的著述；查阅了《诗经》《乐府民歌》《古诗十九首》等诗集；阅读了胡适、俞平伯等关于《孔雀东南飞》的论述；陪同央视《走遍中国》栏目组选取外景，并协助拍摄了《孔雀东南飞》纪录片；组建了中心学校传说传承基地；启动了传说传承系列活动；成功申报相关省级课题并完成结题；还出版了散文集《静候花开——孔雀东南飞故里散记》等，为“孔雀东南飞传说”的活态传承作出了贡献。

文艺工作者在“孔雀东南飞传说”的传承过程中发挥着重要的艺术传播作用。他们通过文学创作、戏曲表演、影视改编等多种形式，将传说以更加生动、形象的方式呈现给公众。这些艺术作品不仅保留了传说的核心情节和人物形象，还通过艺术加工和创新手法，使传说更加符合现代观众的审美需求。在文学创作方面，作家们通过小说、散文、诗歌等形式对传说进行再创作，赋予了传说新的时代内涵和艺术魅力。在戏曲表演方面，黄梅戏、京剧、越剧等剧种纷纷将传说搬上舞台，通过精彩的唱腔和表演艺术展现了传说的感人情节和人物形象。在影视改编方面，电影、电视剧等影视作品将传说以视听语言的形式呈现给观众，使传说更加贴近现代生活。例如，2009年，由王文杰导演执导，潘粤明、王姬等主演的古装历史电视剧《孔雀东南飞》就是根据传说改编而来。

地方政府与文化机构在“孔雀东南飞传说”的传承过程中发挥着重要的组织保障作用。通过制定相关政策法规、投入资金资源、组织文化活动等方式，为传说的传承与发展提供了有力的支持。这些措施不仅保护了传说的原始风貌和传承环境，还通过宣传推广和产业化开发等方式，扩大了传说的社会影响力和经济价值。与其他非遗传承主体相比，地方政府与文化机构的独特之处在于他们的组织保障作用具有高度的权威性和系统性。他们能够通过行政手段和政策引导，整合各种资源力量，形成传承合力。此外，他们还能够通过文化节庆、旅游开发等方式，将传说与地方经济社会发展相结合，实现文化传承与经济社会发展的双赢。前文提到的孔雀东南飞文化园4A级旅游区及孔雀东南飞影视城的建成与发展，很大程度上得益于地方政府的大力支持。

（三）“徽州楹联匾额”的传承主体与贡献

“徽州楹联匾额”作为徽州文化的重要组成部分，承载着深厚的历史文化底蕴和独特的艺术魅力。它不仅是一种文学形式，更是一种集文学、艺术、建筑、书法于一体的综合文化表达。在安徽省乃至全国的非遗保护体系中，“徽州楹联匾额”占据着独特的地位。“徽州楹联匾额”在传承过程中，其传承主体主要包括楹联匾额书写与雕刻艺人、民间文学爱好者与研究者、社区居民与游客等。

“徽州楹联匾额”的制作技艺精湛复杂，融合了木工、漆工、刻工等传统工艺的精华，书写与雕刻艺人是传承这一技艺的核心力量。他们不仅需要具备深厚的书法功底和雕刻技巧，还需对徽州文化有深刻的理解和感悟，才能创作出既有艺术价值，又富含文化内涵的楹联匾额作品。在传承过程中，他们不断创新实践，尝试新的材料、工艺和表现手法，使楹联匾额更加符合现代审美需求和市场需求。徽州刻工群体庞大，在雕刻领域造诣极高。他们不仅擅长雕刻诗词、文赋，对于书画、插图等各类题材的雕刻同样游刃有余，展现出全面且精湛的技艺。值得一提的是，徽州刻工中不乏书法高手。黄宾虹在《四巧工传》里记录了徽州刻工在书法与雕刻方面的卓越表现：“立夫家住歙县虬村，村里以雕刻为业的人众多，立夫在其中脱颖而出，无人能及。从古老的籀篆钟鼎文字，到细微的花鸟鱼虫图案，再到书画的摹刻，立夫都能精准还原，毫厘不差。新安的大户人家在建造宗庙、享堂时，其两侧楹柱必定会撰写联语，邀请名人书写，再由工匠涂金镂炭，极尽奢华。虽历经岁月变迁，这些遗迹有所损毁，但偶尔仍能见到，大多是立夫兄弟的杰作。立夫不仅雕刻技艺精湛，还精通书法，所以他所雕刻的字画线条富有变化，神韵生动，完全能达到预期的效果。在闲暇之余，他还会在竹杖、笔格上镌刻铭文，深受人们珍视。”徽州刻工凭借其出色的技艺和独特的艺术表现力，为徽州文化的传承与发展作出了重要贡献（吴锦文，2023）。此外，省级非遗“徽州楹联匾额”传统制作技艺的代表性传承人涂淑华，将漆器雕刻工艺用在楹联、匾额的制作上，呈现出的风格古朴大方，既有传承又有创新。

民间文学爱好者与研究者也是传承“徽州楹联匾额”的重要力量，他们通过收集、整理楹联匾额的文字资料，研究其背后的历史背景、文化内涵和艺术特色，为传承工作提供了丰富的学术支撑。他们不仅关注楹联匾额本身的艺术价值，还深入挖掘其与徽州文化、徽商精神等方面的内在联系。这些研究成果不仅丰富了楹联匾额的文化内涵，也为传承工作提供了科学的指导。例如，黄山市老新闻工作者协会历经两年的辛劳，通过系统地收集、挖掘、整理，广采精编，在 2016 年出版了《徽州楹联精粹》，书中对徽州楹联资料进行了细致的注释、解读，对研究徽州楹联的文化内涵意义重大。南京艺术学院的研究者吴锦文，通过对徽州现存明清匾额的研究，从地域文化视角对匾额及其书法特色等4个方面进行了研究与论述，弥补了徽州匾额书法研究的空缺与不足。

在“徽州楹联匾额”的传承历程中，社区居民与游客作为不可或缺的传承主体，也发挥了举足轻重的作用。他们不仅承载着徽州文化的血脉，还通过自身的参与和体验，将这一文化遗产的魅力传播至更广泛的领域。社区居民作为“徽州楹联匾额”传承的基石，自幼便浸润在这片文化底蕴深厚的土地上。他们与楹联匾额朝夕相伴，对其有着深厚的文化认同感与归属感。这种情感纽带使他们自然而然地成为传承工作的积极参与者和推动者。他们不仅在日常生活中频繁接触和使用楹联匾额，还通过家庭成员之间及邻里之间的交流等方式，促进“徽州楹联匾额”的活态传承。“徽州楹联匾额”的传承离不开特定的文化环境，社区居民作为这一环境的营造者和维护者，通过日常生活中的言行举止、风俗习惯等，不断强化和传承着徽州文化的精髓。他们尊重并维护着楹联匾额这一文化符号的存在和价值，使其在徽州大地上生生不息、代代相传。游客作为“徽州楹联匾额”文化传播的桥梁，通过参观游览和亲身体验，不仅将所见所闻通过社交媒体、旅游分享等渠道传递给亲朋好友，还通过口碑相传等方式吸引更多人前来感受“徽州楹联匾额”文化的独特魅力。这种跨地域、跨文化的传播方式极大地扩大了“徽州楹联匾额”文化的影响力和认知度。同时，游客在“徽州楹联匾额”文化体验中还扮演着见证者与传播者的双重角色，他们通过亲眼看见、亲手触摸、亲身感受等方式，深刻体会到了“徽州楹联匾额”文化的独特魅力。这种亲身体验使他们成为“徽州楹联匾额”文化的忠实拥护者和积极传播者。他们不仅会在旅途中分享自己的所见所闻，还会在回到家乡后继续传播“徽州楹联匾额”文化的独特魅力。

第三节　安徽民间文学类非遗传承面临的挑战与困境

一、传承方式的脆弱性与传承人的老龄化

安徽民间文学类非遗的传承主要依赖于口传心授的传统模式，这种传承方式在现代社会中显得尤为脆弱。随着老一辈传承人逐渐老去，许多宝贵的民间文学形式，如民谣、传说、故事、楹联等正面临失传的风险。例如，在徽州地区流传的一些古老民谣和故事，由于演唱者或讲述者年事已高且后继无人，这些故事难以被原汁原味地完整保留下来，甚至不少内容已无所寻迹。客观上，年轻一代对于传统艺

术形式，特别是民间文学类非遗的兴趣不高，随着老一辈传承人的逐渐离世，没有足够数量的年轻人愿意或有机会学习某一非遗项目，这就造成了传承链条断裂的局面，传统的口述文化便难以找到新的载体来延续其生命力。

杨利慧(2015)[156]认为，在当下，民间文学传承人的传承工作面临着严峻挑战，其中社区内缺乏有效的听众群体是一个关键阻碍。在部分地区，传承人的一项主要任务变成了对着录音机讲述并记录自己所掌握的民间文学内容。诚然，利用多种手段对民间文学进行记录有着不可忽视的重要性，它能够在一定程度上留存这些珍贵的文化遗产。然而，从实际效果来看，这种记录方式并没有真正推动民间文学在日常生活中实现有效的传播与流通。民间文学依旧被当作濒危的知识，以一种静态的方式被保存起来。这种仅仅依靠记录手段，却未能实现民间文学在生活中广泛传播与活态传承的方式，被称为"消极的传承"。它虽然在一定程度上防止了民间文学的消逝，但与真正意义上的传承和发展仍存在较大差距。

郑土有(2015)[173]则认为，在非物质文化遗产保护领域，民间文学类非遗是保护难度较大的类别之一。民间文学类非遗依赖口耳相传的传承模式，随着现代社会人们的娱乐方式日益多元化以及生活方式的显著变迁，绝大多数民间文学作品的生存状况不容乐观，濒临失传的危机。当然，这一现象背后的情况较为复杂，呈现出高度多样化的特征：不同门类的民间文学作品，其生存境遇大相径庭；即便同一门类的作品，在不同地区、不同民族之间，也面临着截然不同的命运。在民间文学类非遗的保护工作中，对传承人的保护至关重要。然而，我们不能忽视一个关键问题：传承人并非与生俱来，而是在后天的环境中逐步培养形成的。因此，深入剖析传承人培养的过程与环境，是确保有效开展传承人保护与培养工作的重要前提。若无法妥善解决这一问题，那么对传承人的保护可能只是短暂的，甚至可能沦为毫无成效的无效保护，无法真正实现民间文学类非遗的传承与发展。

二、社会变迁对"传承场"的冲击

随着城市化进程的加速，农村地区的人口大量向城市迁移，传统社区结构和生活方式发生了巨大变化，使得众多民间文学类非遗失去了原本赖以生存的文化环境，原有的"传承场"，即那些能够承载民间文学类非遗活动或展示的具体场所和情境，正在萎缩，甚至消失。过去，像庙会、说书场、婚丧现场以及田间地头都是民间文学类非遗的主要传播场地。然而，如今的城市化进程让很多乡村的年轻人流入城市工作生活，农村空心化现象严重，这直接削弱了传统"传承场"的功能。例如，在安徽南部山区的一些村庄，曾经是众多民歌、传说流传的地方，但现在由于年轻人外流，村庄变得空心化，传统的节庆活动不再热闹非凡，古老的歌谣和故事也随之被遗忘。同时，现代媒体和娱乐方式的普及进一步挤压了传统文化的空间，人们更倾向于消费流行文化产品，而对需要长时间聆听和深入理解的民间文学缺乏兴趣。很多地方的传统说书场已经关闭，取而代之的是各种现代化的娱乐设施。在这种大环境下，即使个别年轻人有心学习，也难以形成持续性的群体互动环境，这对民间文学类非遗的活态传承构成了巨大障碍。

马盛德(2015)认为，民间文学类非遗的生存与发展，深植于传统的社会经济文化土壤之中。然而，当前这一支撑性环境正经历快速变迁，导致民间文学类非遗的生存空间日益缩减，面临严峻的挑战。在乡村社会，年轻一代普遍选择外出务工以寻求更好的生计，儿童群体则主要聚焦于学校教育，而老年群体则更多地被电视等现代娱乐媒体所吸引。这些原本作为民间文学忠实受众的群体，正逐渐游离于传统民间文学活动之外。与此同时，现代传播媒介、互联网及通信技术的广泛渗透，显著加速了民间文学从口头传统向文字记录及其他多媒体形式转化的趋势。受众基础的持续萎缩，加之代表性传承者与讲述者的不断减少，给民间文学类非遗的传承带来了前所未有的压力。若未能及时采取有效的保护与传承措施，民间文学类非遗或将在时代的洪流中逐渐消失，甚至面临彻底失传的风险，这无疑将是文化多样性领域的一大遗憾。

刘守华(2015)在其文章中记述了一项重要调研，该调研于 20 世纪 80 年代中期由其带领的学生团队实施，旨在考察国内多地民间口头文学的生存状态。调研结果显示，当时乡村文化生活呈现出了 3 种不同的模式：一部分乡村依旧维持着传统的文化生活样式，占据了约三分之一的比重；另一部分乡村则已转向了现代文化生活，同样占据三分之一左右；而剩余的三分之一乡村则处于新旧文化交织融合的状态。然而，随着时代的变迁，大量农民工涌入城市，导致许多乡村人口空心化现象严重，传统民间文学赖以生存的社会环境逐渐瓦解，其活力也随之减弱。以讲故事这一典型的民间文学形式为例，德国哲学家本雅明曾深刻指出，讲故事的氛围主要存在于手工业时代，而进入现代工业化社会后，这种口头语言艺术便逐渐走向衰落。1987 年，著名美籍华人学者丁乃通在评论中国民间文学的发展时，提出中国独特的经济发展路径与欧洲不同，并未因农民大规模进城而导致农村全面衰败。他认为，中国民众在熟悉的环境中，与亲朋好友一同学习现代化，无需经历剧烈的社会分化或根本性变革，因此，大量与传统生活方式紧密相连的民间文学得以存续。然而，现实情况却远非如此。20 多年来，数以亿计的青壮年农民作为乡村发展的中坚力量进城务工，社会发展重心日益向城市倾斜，乡村文化生活的变迁程度远远超出了丁乃通先生当年的预测。近年来，湖北部分县市的普查结果以及笔者在全国多地的实地调研均表明，活态民间文学的整体衰落已成为一个难以扭转的趋势。这不仅意味着民间文学自身的损失，更反映了乡村文化生态在现代化进程中遭遇的严峻挑战。

三、保护意识不足、资源分配不均及记录滞后

尽管政府和社会各界已经认识到保护民间文学类非遗的重要性，并采取了一系列措施，但在实际操作层面仍然存在诸多不足。一方面，公众对于这类非遗的价值认识不够深刻，保护意识淡薄；另一方面，有限的资金和技术往往倾向于那些更易引起关注或具有经济潜力的项目，而忽视了一些相对冷门但同样珍贵的民间文学形式。比如，在安徽省多个城市，虽然当地政府投入大量资源用于开发文化旅游景点，但对于辖区内流传已久的故事传说等非遗却鲜有实际的支持。这种情况不仅限制了民间文学类非遗的广泛传播，也不利于激发更多人参与到保护工作中来。此外，刘锡诚(2015)在其研究中阐述，非遗普查工作中，民间文学的保护策略与其他非遗项目相似，均强调整体性保护原则，旨在维护其口述传统与传承生态。然而，他特别强调，民间文学保护的核心应聚焦于讲述者或演唱者所演绎的作品，这与传统戏剧主要保护剧种的做法有所区别。在《中华人民共和国非物质文化遗产法》的总则部分，“保存”与“保护”被并列提及，共同构成了非遗保护的基本方式。在民间文学领域，“保存”意味着对口述文本进行详尽记录，并通过发表或出版这些记录文本，使更广泛的读者群体能够接触并延续这一文学形式的生命力。

然而，值得注意的是，尽管已有125个民间文学项目被列入国家级名录，但绝大多数保护单位并未公开21世纪10年间新收集的口述文本。刘锡诚作为成员两次参与了文化部组织的非遗工作督查，走访了全国多个省份的县市。在民间文学的调查采录方面，仅发现一个县的调查材料严格遵循了中国艺术研究院·国家非物质文化遗产保护中心编写发布的《中国非物质文化遗产普查手册》要求，且质量达标。相比之下，其他地区提供的调查材料缺乏关于21世纪民间文学活态流传的详细记录。这一现象导致研究者难以将21世纪的普查资料与20世纪80年代的材料进行对比分析，从而难以准确评估现代化进程对民间文学传承的具体影响。此状况严重阻碍了对民间文学传承发展的深入探究，同时也揭示了当前民间文学非遗保护工作在资料收集与整理环节存在的明显短板。

四、创新与发展路径探索中的困难

在快速变迁的时代背景下，安徽民间文学类非遗作为中华民族文化瑰宝的重要组成部分，面临着前所未有的挑战与机遇。为了适应时代变化并确保这些民间文学的生命力得以延续，必须积极探索新的发展路径。然而，这一过程并非易事，

存在着诸多亟待解决的问题。

（一）古老元素与现代生活的融合难题

将古老的民间文学元素融入现代生活，是安徽民间文学类非遗创新发展的首要难题。尽管市场上已有一些尝试将传统故事改编成动画片、舞台剧或融入现代艺术形式的作品，但真正能够深入人心、获得广泛认可的成功案例并不多见。

以“老子传说”为例，这一蕴含深厚哲学思想的民间文学，如何在快节奏的现代生活中找到共鸣点，是一个巨大的挑战。尽管有动画短片、绘本等形式的尝试，但这些作品往往过于简化或表面化，难以传达老子思想的精髓，也难以吸引年轻观众的深度关注。同样，“桐城歌”作为安徽地方特色鲜明的民间歌曲，其歌词多反映乡村生活、爱情故事等，与现代都市人的生活体验存在较大差异，如何在保持其原汁原味的基础上，创作出符合现代人审美和情感需求的作品，同样是一个亟待解决的问题。“孔雀东南飞传说”以其凄美的爱情故事著称，但在现代社会的价值观体系中，如何重新解读和诠释这一传说，使其既保留传统韵味又符合现代人的情感需求，是一个需要深思的问题。“徽州民谣”则以其独特的地域文化和历史背景为特色，但在全球化背景下，如何将这些地域性极强的元素与现代生活相结合，避免文化隔离感，也是其创新发展的难点所在。

（二）文旅融合中的原真性丧失风险

在推动文旅融合的过程中，安徽民间文学类非遗项目面临着过度商业化倾向的风险，这可能导致其原真性丧失。在一些古镇景区内，为了吸引游客，民俗表演往往被包装成商品化的演出，虽然短期内可能吸引了大量目光，但长期来看，这种失去原有文化内涵真实性的表演，难以持续吸引游客，更难以实现对非遗的有效传承。

以“包公故事”为例，作为流传甚广的民间传说，其蕴含的正义、公正精神是核心价值所在。但在一些旅游景点的表演中，“包公故事”被简化成娱乐化的情节，甚至加入了一些与现代价值观不符的元素，这不仅削弱了故事的感染力，也损害了其作为非物质文化遗产的严肃性和教育意义。

“徽州民谣”在文旅融合中也面临着类似的问题。一些景区为了迎合游客的口味，将民谣改编成轻松欢快的曲调，虽然增加了观赏性，但民谣原有的历史厚重感和地域特色却被淡化，甚至消失。这种过度商业化的做法，不仅不利于非遗的传承，反而可能导致其逐渐失去生命力。

（三）数字技术应用的专业人才与技术短缺

利用数字技术保存和推广安徽民间文学类非遗项目，是时代发展的必然趋势。

然而，这一过程需要专业人才和技术的支持，而这恰恰是当前十分稀缺的部分之一。首先，数字技术的应用需要具备一定的专业知识和技能。对于大多数非遗传承人来说，他们往往更擅长于传统技艺的传承，而对于数字技术的了解和应用相对较少。因此，在将非遗数字化的过程中，如何培养既懂非遗又懂数字技术的复合型人才，是一个亟待解决的问题。其次，数字技术的更新迭代速度非常快，如何确保非遗数字化项目的持续性和先进性，也是一个不小的挑战。

以“老子传说”为例，如果将其制作成虚拟现实（VR）体验项目，那么就需要不断更新和优化技术手段，以提供更好的用户体验。但这一过程不仅需要大量的资金投入，还需要持续的技术支持和人才保障。

此外，对于“桐城歌”“孔雀东南飞传说”等以文字和音乐为主要表现形式的非遗项目来说，数字技术的应用同样需要专业人才的参与。例如，将“桐城歌”制作成数字音乐库，需要音乐制作人、音频工程师等专业人才的协作；而将“孔雀东南飞传说”制作成互动叙事游戏，则需要游戏设计师、编剧等多方面的配合。这些专业人才的短缺，无疑限制了非遗数字化项目的创新和发展。

五、建议与对策

综上所述，安徽民间文学类非遗项目在传承过程中面临着诸多困难与挑战。为了解决这些问题，建议从以下几个方面入手：

（一）强化传承机制

1. 建立多元化传承体系

着力推广民间文学类非遗的数字化记录与传播，利用现代数字技术，如音频、视频、VR、增强现实（AR）等技术，对民间文学类非遗进行全方位记录，形成数字化资料库，便于保存与传播。开展教育普及活动，可以采取适当形式，将民间文学类非遗纳入大中小学校课程，通过故事讲述、戏剧表演等形式，激发学生对传统文化的兴趣，培养新一代传承人。完善和优化传承人激励机制，为不同层次的传承人提供相应的物质和精神奖励，如设立专项基金、颁发荣誉证书等，增强其社会地位和职业荣誉感。

2. 加强传承人培养与扶持

实施民间文学类非遗的“师带徒”制度，鼓励老一辈传承人与年轻人建立师徒关系，继续通过口传心授的方式传授技艺。开展针对传承人的系列培训，如定期举办培训班，邀请专家学者进行授课，以此来提升传承人的文化素养和创新能力。为传承人提供必要的政策支持，如提供创业扶持、场地租赁等优惠政策，帮助其更好地开展传承活动。

（二）重塑“传承场”，应对社会变迁冲击

1. 恢复与重建传统社区

大力保护乡村文化生态，加强乡村文化规划和建设，保护传统村落、古建筑等文化遗产，为民间文学类非遗提供足够的生存空间。努力恢复传统节庆活动，鼓励和支持乡村举办庙会、灯会等传统节庆活动，为民间文学类非遗提供展示平台。建立特色安徽民间文学类非遗展示馆，集中展示民间文学类非遗作品和传承人风采，增强公众的文化认同感。

2. 创新传承方式

有效利用现代媒体进行传播，通过社交媒体、短视频平台等新媒体渠道，发布民间文学类非遗作品和传承人故事，吸引年轻观众关注。结合地域特色，充分开展跨界合作，与旅游、教育、艺术等领域进行合作，将民间文学类非遗融入旅游产品、教育课程和艺术作品中，拓宽传承渠道。适时举办非遗节庆活动，在城市举办非遗节庆活动，如民间文学非遗文化（艺术）节、非遗市集等，让市民近距离感受民间文学的魅力。

（三）提升保护意识，优化资源分配与记录

1. 加强宣传与教育

积极开展非遗进校园活动，通过讲座、展览、演出等形式，向师生普及非遗知识，培养青少年的文化保护意识。定期举办非遗宣传活动，在主管部门许可下，可以尝试在社区、广场等公共场所定期举办非遗宣传活动，提高公众对民间文学类非遗的认识和重视程度。广泛利用媒体进行宣传报道，通过电视、广播、报纸等传统媒体和新媒体平台，发布非遗保护信息，营造全社会关注非遗的良好氛围。

2. 优化资源分配与记录

适当加大政府投入力度，增加非遗保护专项经费，用于传承人的扶持、资料的整理、宣传推广等方面。建立民间文学类非遗保护基金，鼓励社会各界捐赠资金，用于支持民间文学类非遗保护项目和研究工作。进一步完善非遗的记录体系，建立全面的非遗记录体系，对民间文学类非遗项目进行分类、整理、归档，确保珍贵文化遗产得以保存。

针对安徽民间文学类非遗传承面临的挑战与困境，需要从强化传承机制、重塑“传承场”、提升保护意识与优化资源分配等方面入手，形成政府主导、社会参与、科技支撑的保护传承体系。通过全社会的共同努力，相信安徽民间文学类非遗将在新时代背景下焕发出更加绚丽的光彩。

章末小结

安徽作为中华文明的重要发祥地之一，拥有丰富多样的非物质文化遗产，其中民间文学类非遗尤为突出。这些文化遗产不仅承载着安徽人民的历史记忆与文化情感，更是中华文明的重要组成部分。本章通过对安徽民间文学类非遗的系统梳理，深入探讨了其传承现状、历史渊源、代表性项目的传承机制以及面临的挑战与困境，并提出了相应的对策与建议。

安徽民间文学类非遗的传承情况呈现出鲜明的地域特色和丰富的文化内涵。截至 2024 年 10 月，安徽共有国家级非遗项目 99 项、省级非遗项目 606 项，其中民间文学类非遗项目在国家级和省级名录中分别占据 5 项和 31 项。这些非遗项目广泛分布于全省 16 个地市，尤以安庆、亳州、合肥等地较为集中。这些项目以口口相传的方式传播，体现了安徽文化的多样性和独特性。

安徽民间文学类非遗的历史渊源深厚，其产生与发展深受地理环境、历史文化背景的影响。从淮北平原的农耕文化到江淮丘陵的水利传说，再到皖南山区的诗意民谣，这些非遗项目不仅反映了安徽人民的生活方式和价值观念，还展现了人与自然和谐共生的理念。安徽的水系、自然景观以及名人文化也为民间文学类非遗的形成与发展提供了丰富的素材。

在传承机制方面，本章选取了“桐城歌”“孔雀东南飞传说”和“徽州楹联匾额”3 个具有代表性的项目进行分析。“桐城歌”的传承机制主要通过家族传承、师徒传承、社区传承和学校传承 4 种形式实现，这些方式不仅确保了“桐城歌”的技艺传承，还强化了其文化认同感。“孔雀东南飞传说”的传承则涵盖了口头传承、书面记录、文艺创作、教育普及和社会宣传等多个方面，形成了一个复杂而动态的传承体系。“徽州楹联匾额”的传承则依赖于建筑与文化的深度融合、家族与社会的共同维系以及技艺与文化的双重传承，使其在徽州地区得以延续。

传承主体在安徽民间文学类非遗的传承过程中发挥了重要作用。“桐城歌”的传承主体包括传承人、文化工作者、研究学者和爱好者，他们通过传唱、记录、整理和创新等方式推动了“桐城歌”的发展。“孔雀东南飞传说”的传承主体则由民间故事讲述者、文艺工作者、学者和地方政府等构成，他们通过多种方式使传说得以广泛传播。“徽州楹联匾额”的传承主体主要包括书写与雕刻艺人、民间文学爱好者与研究者、社区居民和游客，他们通过技艺传承、学术研究和文化传播等方式，使楹联匾额文化得以延续。

然而，安徽民间文学类非遗的传承也面临着诸多挑战与困境。首先，传统的口传心授方式在现代社会中显得尤为脆弱，传承人的老龄化和年轻一代兴趣的降低导致许多非遗项目面临失传的风险。其次，社会变迁和城市化进程的加速使得传统“传承场”逐渐萎缩，民间文学类非遗失去了赖以生存的文化环境。此外，保护意识不足、资源分配不均以及记录工作的滞后，也在一定程度上限制了非遗的广泛传播。在创新与发展路径的探索中，如何将古老元素与现代生活融合、避免文旅融合中的原真性丧失，以及解决数字技术应用中的人才与技术短缺问题，都是亟待解决的难题。

针对上述问题，本章提出了相应的对策与建议。首先，强化传承机制，建立多元化传承体系，推广数字化记录与传播，完善传承人激励机制，加强传承人培养与扶持。其次，重塑“传承场”，恢复与重建传统社区，创新传承方式，利用现代媒体进行传播。最后，提升保护意识，优化资源分配与记录，加强宣传与教育，完善非遗记录体系。通过这些措施，有望形成政府主导、社会参与、科技支撑的保护传承体系，为安徽民间文学类非遗的可持续发展提供保障。安徽民间文学类非遗作为中华文明的重要组成部分，具有极高的文化价值和历史意义。尽管在传承过程中面临诸多挑战，但通过全社会的共同努力，结合现代科技与创新手段，这些珍贵的文化遗产必将在新时代焕发出新的生机与活力。

第三章　民间文学类非遗译介的主要理论视角

安徽非物质文化遗产是中国非物质文化遗产的重要组成部分，在研究安徽民间文学类非遗译介之前，我们先来对国内非遗译介研究作个整体分析，看看我国非遗译介研究有哪些主要的理论视角。

我国非物质文化遗产丰富，种类繁多，涵盖了联合国教科文组织公布的《保护非物质文化遗产公约》所涉及的多项内容。为了让世界更好地了解中国的非物质文化遗产，促进世界不同民族之间的交流，真正实现中国文化“走出去”，非遗译介起着至关重要的作用(苏涛，2022)[34]。非遗译介不是单纯的汉英翻译，而是译者在对非遗原文进行充分消化和吸收基础上的编译，是一种翻译与介绍相结合的翻译形式(陈芳蓉，2013)[65]。

国内对非遗译介的研究起步相对较晚，以 2009 年杨大霑发表在《贵州民族研究》上的《对贵州非物质文化遗产外宣翻译的一些思考》为起点，至今已走过了 15 年的历程，逐渐成为文化翻译领域的研究热点之一(苏涛，2022)[3]。截至 2024 年 12 月 31 日，在中国知网以“非遗”作为主题词进行检索，相关文献达 74126 篇，但分别使用“外宣”“英译”“翻译”“译介”等主题词进行结果内二次检索，仅有相关文献 786 篇。通过对这些文献进行阅读、梳理和分析，最终确定与非遗译介直接相关(论文主题与研究内容均相关)的文献共 355 篇，其中包括期刊论文 326 篇、学位论文 25 篇、会议论文 4 篇(表 3.1)。

表 3.1　非遗译介相关研究文献(截至 2024 年 12 月 31 日)

文献类型	数量(篇)
期刊论文	326
博士学位论文	1
硕士学位论文	24
国内会议论文	2
国际会议论文	2
共计	355

第一节　非遗译介研究的主要理论视角

通过对检索到的355篇文献进行梳理和分析发现，研究者们对非遗译介的研究采用了多达32个不同的理论视角，按照采用相关理论视角进行研究的论文数量排序如表3.2所示。

表3.2　非遗译介研究相关论文发表情况

序号	理论视角名称	论文发表数量(篇)
1	生态翻译学理论	36
2	目的论	17
3	传播学理论	15
4	文化翻译理论	10
5	关联理论	9
6	纽马克翻译理论	7
7	“外宣三贴近”原则	7
8	译介学理论	6
9	多模态话语分析理论	5
10	功能对等理论	5
11	翻译美学理论	4
12	叙事理论	4
13	变译理论	3
14	深度翻译理论	3
15	语境理论	3
16	隐喻理论	2
17	模因论	2
18	顺应理论	2
19	功能语境理论	2
20	释意理论	2

续表

序号	理论视角名称	论文发表数量(篇)
21	互文性理论	1
22	认知框架理论	1
23	图式理论	1
24	丰厚翻译理论	1
25	阐释学翻译理论	1
26	框架语义学	1
27	翻译行为理论	1
28	交往行为理论	1
29	类型术语学理论	1
30	翻译伦理理论	1
31	语用顺应论	1
32	生态美学理论	1

通过文献计量分析表明,国内非遗译介研究在理论应用层面呈现出显著异质性分布特征。如表3.2所示,尽管学界已采用32种不同理论框架开展研究,但各理论视角的应用频率存在明显级差现象。具体而言,生态翻译学理论作为主导范式,其应用频次达36次(10.14%),构成该领域理论应用的单极核心。进一步分析表明,排名前5的理论集群(生态翻译学、目的论、传播学理论、跨文化交际理论及文本类型理论)累计发文量87篇,占总样本量的24.50%,显示出头部理论群体的集聚效应。

结合图3.1的TOP20理论视角柱形图进行可视化解读,可观察到显著的"三级阶梯"结构:第一梯队由生态翻译学理论(36篇)、目的论(21篇)及传播学理论(15篇)构成,三者合计占比达20.28%,形成明显的理论优势区;第二梯队包含应用频次在5～9篇的7种理论,构成中间过渡层;第三梯队则为应用频次少于5篇的10种理论,处于长尾分布区。这种非均衡分布模式折射出当前研究领域存在理论选择惯性与路径依赖的现象,可能与既有研究成果的示范效应及理论工具的适切性认知相关。

值得注意的是,高频理论的应用特征映射出研究者的价值取向:生态翻译学的语言维、文化维、交际维三维转换模型(胡庚申,2011)为非遗文本的多模态转换提供了系统分析框架;目的论的Skopos原则非常契合非遗译介的传播目标导向;传播学理论的应用则凸显非遗跨文化传播的语境重构需求。这种理论选择倾向虽强化了特定研究方向，但也可能造成研究视角的局限性，如对认知语言学、社会符号学等新兴理论的关注不足。所以，在未来对非遗译介的研究中，还应继续拓展理论边界，构建多元方法体系，以应对非遗译介在数字人文时代的复杂挑战。

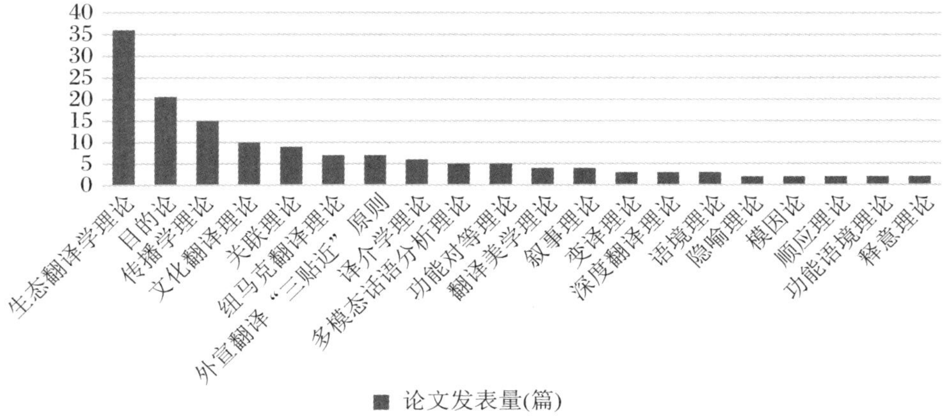

图 3.1　非遗译介研究理论视角论文发表量 TOP20 柱形图

在上述 355 篇非遗译介研究的相关文献中，其资助基金来源呈现出多元化的特点。这些基金不仅涵盖了国家社科基金、教育部人文社科基金等高层次科研项目，还包括了国家级、省级的大学生创新创业训练计划等项目。这些文献在论述角度、理论挖掘的深度、表达的精确性以及所载期刊的层次和被引频次等方面均表现出显著的差异性和多样性。

为了更全面深入地理解这些文献的学术内涵，笔者通过细致地梳理与分析，选取了具有代表性的文章，着重从生态翻译学理论、目的论、传播学理论、文化翻译理论、关联理论以及纽马克翻译理论等 6 个重要的理论视角进行详尽的阐述。这一举措旨在更清晰地揭示这些文献的学术价值和理论贡献，为非遗译介研究的进一步深入提供有益的参考和借鉴。

一、生态翻译学理论

（一）生态翻译学理论产生的背景

任何一种理论的形成，都有其深刻的社会背景，生态翻译学理论的产生也是如此（苏涛，2022）[23]。生态翻译学的兴起是翻译学研究领域对社会文明转型的积极回应。20 世纪 60 年代以来，人类社会逐渐由工业文明迈向生态文明的新阶段。1972 年，联合国颁布的《联合国人类环境会议宣言》标志着环境保护成为全球不同国家共同关注的焦点。在此背景下，中国政府积极响应，不仅高度重视生态环境问题，还相继提出了可持续发展战略与科学发展观。这一时代变迁促使“生态”视角渗透至包括翻译学在内的众多社会科学领域，成为社会发展的必然趋势。

而生态翻译学的诞生，则是现代哲学思想转型的必然结果。20世纪以来，思想界与哲学领域经历了深刻的变革，从主客二分的传统观念转向主体间性的探索，并逐渐实现从中心论向整体观的演变。特别是在20世纪60年代，法国哲学家雅克·德里达提出了“中心”概念的相对性，这一观点颠覆了传统对“中心”的绝对认知。20世纪70年代，挪威生态哲学家阿伦·奈斯提出了“深层生态学”理论，将生态学正式纳入哲学与伦理学的讨论范畴，并引入了生态自我、生态平等及生态共生等核心理念。这一理论在美国生态哲学家戴维·雷·格里芬等人的进一步推动下得到深化。这一系列的哲学进展表明，当代哲学正从传统的认识论向存在论转型，同时也在从人类中心主义向生态整体主义迈进。正是这一哲学转向，为翻译研究开辟了全新的视角，即从“翻译生态”的角度重新审视翻译活动，进而催生了生态翻译学的形成与发展。

（二）生态翻译学理论在国内外的发展

自20世纪80年代起，国际翻译界逐渐将研究视角拓展至生态学领域，围绕“生态”“生存”“适应”等概念开展相关研究。众多学者从不同的角度为生态翻译学的发展添砖加瓦。纽马克在1988年的研究中，把翻译过程里的文化介入细分为五大类别，其中首要类别便是翻译所呈现出的生态学特征，这为从生态角度理解翻译过程提供了基础框架。1999年，卡坦在此基础上更进一步，对翻译生态文化进行了更为明确和细致的分类。他指出，翻译的生态环境涵盖物理环境、政治环境、空间因素以及临时场景等多个方面，极大地丰富了翻译生态环境的内涵。而克罗宁则重点关注语种间“翻译的生态”问题，强调在不同语种的翻译实践中，应当致力于维持一种“健康平衡”，呼吁翻译界重视不同语言生态下翻译活动的协调发展，为生态翻译学在语种翻译层面的研究提供了独特思路。这些学者的研究成果，为生态翻译学的发展奠定了坚实基础，推动翻译研究不断向生态领域纵深拓展。

相较于国际翻译界，国内从生态视角开展的翻译研究起步相对滞后。然而，张明权与季羡林在2005年的研究成果显示，随后有多位学者采纳了“翻译生态”这一术语，围绕翻译质量、翻译理论构建以及翻译行业的动态发展等议题展开了深入探讨，此举为国内生态翻译研究领域开辟了新的道路。在此之前，已有学者提出“人类文化演变的九大法则”，其中首要法则便是“生态环境的横向决定性”，这为生态学与翻译研究之间的关联从文化演变的视角提供了坚实的理论基础。值得注意的是，这些学者在探究与论述的过程中，普遍倾向于采用“隐喻”或“直述”的方式，频繁援引生态学领域内的诸如“生态”“环境”“适应性”以及“翻译的生态环境”等关键术语与概念。这一趋势从侧面有力地佐证了国内“生态导向”的翻译研究已悄然兴起，尽管起步较晚，但正稳步发展并不断充实生态翻译学的理论框架，为后续深入挖掘翻译与生态之间内在联系的研究奠定了坚实的基础。胡庚申于2010年发表了《生态翻译学：产生的背景与发展的基础》一文，明确指出“适应选择”的理论体系以及“论/学一体”的同源贯通，这标志着生态翻译学理论在国内正式形成。

（三）生态翻译学理论的内涵

生态翻译学（eco-translatology）作为一种翻译研究的新范式，根植于生态学的视角。该领域融合了生态学与翻译学两大学科，展现出鲜明的跨学科特性。生态学，作为生物学的一个分支，专注于探究生物与环境间以及生物相互之间的复杂关系。随着人类对生物与环境相互作用机制的认知不断深化，现代生态学的研究范畴已逐渐拓展至人类与自然关系的探讨。20世纪六七十年代，群众性环境保护运动的兴起促使生态学超越了传统生物学的界限，转型为研究人类与自然本质联系的一门学科。近年来，在人文社科领域，“生态”一词已逐渐泛化为一种象征自然健康、平衡和谐状态的普遍概念。生态学以整体主义为基础，其研究方法注重各要素之间的相互联系与相互作用。翻译学则是研究翻译规律与艺术的学科，其核心在于对翻译本质、原理、过程、方法和标准等知识的理性认知与高度抽象。胡庚申于2001年提出的“翻译适应选择论”，以生物进化论中的“自然选择”和“适者生存”原理为理论基础，同时借鉴中国古代哲学“天人合一”“适中尚和”的思想智慧，进而提出了“翻译即适应与选择”的理论框架。

在对生态学与翻译学，尤其是翻译理论深入研究的基础上，研究者从翻译生态的独特视角切入，萃取生态学的核心要义，用以类比翻译的整体架构，并结合翻译实践的实际情况，在相关探索中逐步构建起“翻译生态环境”“翻译生态系统”“译者适应”“译者选择”“求存择优”等一系列专业术语与概念。随着理论研究的不断推进、应用研究的持续拓展以及研究成果的日益积累，“生态翻译学”应运而生。

从研究特性来看，生态翻译学兼具“喻指”与“实指”双重属性。“喻指”层面，是将翻译生态与自然生态进行隐喻类比，以此开展整体性研究，通过自然生态的运行规律来理解翻译活动中各要素的关联与互动。而“实指”层面，则聚焦于译者与翻译生态环境的相互关系，特别是深入探究译者在翻译生态中的生存状态以及能力发展情况，剖析译者如何在特定的生态环境中作出“适应与选择”。总体而言，生态翻译学聚焦于翻译生态系统的整体特性，运用其独有的视角和叙述模式，对翻译的本质特征、操作流程、评判标准、基本原则、实施方法及各类翻译现象进行了别开生面的描绘与解读，为翻译研究领域开辟了一条新颖的道路，促进了翻译理论与实践向更高层次迈进。

（四）生态翻译学的生态理性特征与翻译研究

生态翻译学作为一种跨学科研究范式，以生态整体观为理论基础，融合中华传统文化生态哲学思想，并借鉴达尔文“自然选择”理论的核心原理，致力于构建一个多维度的研究体系。该体系着重探讨翻译生态系统的三大核心要素及其互动关系：其一，翻译活动的生态环境；其二，文本的生命周期与演化规律；其三，翻译群体的生存状态与发展机制。

从方法论角度来看，这一研究路径具有显著的跨学科特征。它不仅整合了生态学的系统思维与研究方法，还将其创造性地应用于翻译学领域。具体而言，生态翻译学的研究视角聚焦于3个关键维度：首先，关注翻译活动所处的生态环境及其影响；其次，重视文本作为有机生命体的演化特征；最后，强调译者在翻译生态系统中的生存状态与发展空间。通过运用生态系统的整体性思维与分析方法，生态翻译学为翻译研究提供了一个全新的理论框架和研究范式。

1. 整体性与关联性

生态学的核心理念在于系统观与关联性思维，其强调各生态要素与整体环境间的依存关系。在生态系统中，各构成要素通过复杂的相互作用形成有机整体，这种整体性特征使得系统功能呈现出显著的涌现性——整体功能远超出各组成部分功能的线性叠加。此类多维度网络化联系不仅显现于自然生态系统之中，亦在翻译生态系统中得到体现。翻译生态系统构成了一个错综复杂的动态网络架构，其内部各个利益相关主体间存在着多维度、交互式的关联与重叠现象。这种复杂的关联性使得翻译生态系统呈现出整体性特征。因此，在研究翻译生态系统时，若仅局限于单一子系统或特定利益相关方的孤立分析，将难以全面把握系统的整体特征。基于生态理性的研究视角，必须充分考虑不同子系统间的相互作用及其整体性关联，才能深入理解翻译生态系统的运行机制。

2. 动态与平衡

在自然界的生态系统中，生物体与生物体之间、生物体与周围的环境之间，通过一系列错综复杂的交互作用，维系着动态的平衡状态。环境因素的多元化，促使生物在形态、生理机能、化学构成、遗传信息及地理分布等多个维度上呈现出显著的差异性。同时，生物体会通过自身的适应性机制来应对各种环境挑战。当生态系统内的各组成部分及其比例维持相对稳定，且能量流动与物质循环的输入与输出达到一种相对平衡的状态时，整个生态系统便处于相对稳定的平衡中。具体来说，在这种平衡状态下，物种的构成及其数量比例保持相对恒定，能量流动与物质循环的输入与输出量大致相当，从而确保了生态系统的整体动态平衡。

翻译活动也构建了一个复杂的生态系统，该系统与自然生态系统之间存在着显著的关联性、相似性以及结构上的同源性。鉴于这种相似性，自然生态系统中的平衡特性在翻译生态系统中同样得到了体现和映射。在翻译生态系统中，翻译的主体（如译者）与客体（如文本）之间、翻译主体与其外部环境（如文化、社会背景）之间，通过持续的交互作用与相互影响，形成了相互依存且保持动态平衡的生态网络。其中，翻译生态系统的自我调节能力主要依赖于以译者为核心的“翻译社群”的整体效能，这种效能是维系系统稳定与平衡的关键要素。

3．生态美学的体现

自然界既展现了美的特质，又体现了理性的本质。其美感源于丰富的色彩、多样的线条以及悦耳的声音；而其理性则表现为秩序与和谐的统一。色彩是自然的重要表达：朝霞的绚烂、落日的红艳、森林的翠绿、天空的湛蓝、土地的黄褐以及海洋的深蓝，无不彰显其多彩之美。线条同样是自然的语言：地平线的辽阔、山崖的陡峭、高原的巍峨、海浪的汹涌、湖水的涟漪、闪电的弧线、太阳的圆盘以及雪花的棱角，构成了其形态的多样性。此外，自然也是一曲交响乐：大海的咆哮、泉水的叮咚、春雨的沙沙、溪流的潺潺、雷电的轰鸣、长风的呼啸、微风的呢喃，以及人声、兽语和鸟鸣的交织，共同谱写了自然的乐章。这些独特的色彩、形态、位置与声音，以及自然界内在的秩序与和谐，都激发着人们对美的感知、思考、喜悦与追求。

4．翻译群落

在自然界的生态系统中，生物之间及其与生存环境之间通过相互作用，共同维持着动态的平衡状态。相似的，这种关系也在翻译生态领域内得以体现。

在翻译生态中，“翻译社群”这一概念囊括了翻译活动中所涉及的各类参与者，其中，译者占据了核心地位，而读者、作者、资助者、出版商及评论家等也构成了这一社群的重要组成部分。由于这些参与者在思维方式、教育背景、个人偏好、翻译哲学、审美取向及实践经验等方面存在多样性，加之翻译文本类型、读者需求、文化接纳程度、传播媒介及规范环境等外部因素的复杂性，翻译社群中的个体需根据主客观环境的变化，进行不同程度的适应与选择，并动态调整自身行为，以满足翻译生态环境的整体需求。与此同时，翻译生态系统的各个组成部分需相互协同，以实现有效的互动、共生与共同发展。将译者及其所在的翻译社群视为一个整体进行考察，凸显了翻译生态系统所具备的整体性、关联性、动态性及平衡性特征，这些特征是生态翻译学研究的重要基石。此外，生态翻译学的独特价值在于其对译者及“人”因素的关注，这为翻译研究开辟了新的视角，并提供了方法论上的支持。

5．翻译伦理

生态翻译学的伦理观念提出了四项基本原则。第一项原则为“文本生态平衡”，强调在翻译实践中既要保持原文的生态特性，又要确保译文的生态完整性不受损害。第二项原则为“多维度融合”，该原则认为译文的评价不应仅仅局限于对原文的忠实度或对读者的迎合程度，而应更加注重译文在新语言、新文化及交际生态中的适应性和生存力，追求译文的综合适应选择度。第三项原则为“多元共存”，它倡导翻译理论的多样性和不同译本间的共存状态，正如自然生态中的生物多样性一般，翻译理论的多元化与译本的共生应成为翻译学发展的常态，各种翻译理论和译本在翻译生态环境中遵循“适者生存”的原则，不断进化与发展。第四项原则为“译者职责”，它要求译者在翻译的全过程、行为表现及整体活动中承担全面责任，协调“翻译社群”（即人）、“翻译情境”（即境）与“翻译成品”（即文）三者间的相互关系，从而通过“译者全责”的理念来体现“人、境、文”之间的互动和谐，构建翻译生态的整体平衡观念（胡庚申，2011）[97]。

6. 多样性与统一性

多样性与统一性的融合，深刻体现了人类生活与自然界中对立统一的普遍法则。宇宙这一宏大的整体，正是多样统一和谐特征的生动展现。多样性彰显了事物间纷繁复杂的个性差异，而统一性则揭示了这些事物间存在的共性及其内在关联。这种多样统一的特质，赋予了我们丰富而不紊乱、生动且有序的感受。在生态系统中，这一特征不仅蕴含了多元的变化，还融入了诸如对称、均衡、对比、节奏、韵律等多种美学元素及生态审美准则。多样统一的生态理念，其指导意义不仅局限于微观层面的文本处理实践，更对中观层面的理论框架构建提供了重要启迪，乃至在宏观层面的译学研究架构设计中，其引领作用同样不可或缺。胡庚申（2011）曾强调，尽管任何理论在特定范围内都可能具有一定的普适性，但总有一种理论能在整体上展现出更为广泛的普适性。这一见解凸显了多样统一理念在翻译学研究中的广泛应用价值与核心重要性。

（五）生态翻译学的三维转换

生态翻译学的三维转换是指语言维、文化维和交际维的全方位转换。三维转换是生态翻译学理论的核心概念之一，它强调在翻译过程中，译者需要综合考虑这三个维度的适应性转换，以实现翻译的最佳效果。

语言维转换要求译者在翻译时不仅要忠实于原文的语言形式，还要考虑目标语言的文化背景和语言习惯。这包括词汇、语法、句式等语言要素的适应性调整，以使译文在语言层面与目标语环境相适应。文化维转换强调译者在翻译过程中要关注源语言和目标语言之间的文化差异。译者需要具备跨文化意识，不仅要传达原文的字面意义，还要传递其文化内涵，以避免因文化误解导致的误会。交际维转换关注的是翻译的交际功能。译者需要确保译文能够在目标语言文化中实现与原文相同的交际效果。这要求译者不仅要理解原文的交际意图，还要考虑到目标读者的接受能力，以确保译文在交际层面的适应性。

（六）生态翻译学视角下非遗译介研究综观

生态翻译学作为我国一种土生土长的翻译理论，强调翻译活动的生态系统，关注译者在翻译过程中的适应与选择。近年来，学者们从生态翻译学视角对非遗译介进行了广泛研究，探讨了非遗文化负载词的翻译策略、文化内涵的传递以及翻译实践中的具体问题。

1．生态翻译学与非遗译介的内在逻辑

晋剑琴（2024）指出，生态翻译学与非遗对外传播之间存在紧密的内在逻辑关系。非遗的对外传播需要维持其生态结构，而生态翻译学能够帮助译者在翻译过程中更好地呈现非遗的内涵。生态翻译学强调翻译活动的生态系统，包括原文、译文、翻译者和翻译环境之间的相互依存与作用。在非遗译介中，译者需要在语言、文化和交际三个维度中进行适应性选择，以实现翻译生态的平衡。王一岚（2024）通过对比分析 Bilibili 和 YouTube 上贵州少数民族非遗宣传短视频的英译解说词，发现归化和异化策略在处理译本生态方面各有优缺点。为避免文化传播中的偏差，王一岚提出，译者在翻译过程中应优先考虑从西方文化中选取与汉语文化意象相对应的表达方式，以更有效地传递原文的文化内涵。

2．生态翻译学视角下非遗译介的策略

（1）语言维的适应性选择

在语言维上，生态翻译学强调译者需要根据目标语言的语言习惯和文化背景，对原文进行适当的调整和转换。田俊风（2024）以《贵州省非物质文化遗产田野调查丛书——遵义市卷（卷八）》为例，探讨了语言维的适应性选择。他指出，在翻译四字格词语时，可采用直译、省译和意译；翻译流水句时，应先找到核心主题和核心动词，确定核心句，最后采用增译和合译的翻译方法，以确保译文的逻辑关系清楚，语义明晰。胡志洪（2024）也指出，在语言维上，主要采用词性转换、主动语态转被动语态和流水句合译等翻译技巧，使译文符合英语的语言规范。这些研究结果表明，语言维的适应性选择是实现非遗译介的重要基础。

（2）文化维的适应性选择

在文化维上，生态翻译学强调译者需要在翻译过程中充分考虑文化背景和文化内涵的传递。田俊风（2024）指出，在文化维层面，对于非遗食品词汇和文化负载词的翻译，可采用直译、意译和音译加注的翻译方法，以最大程度地保留源语文化，同时又传达了原文的文化内涵。胡志洪（2024）也指出，在文化维上，主要采用等化、等化加注、音译加注和音译加类别词等翻译技巧来传递原文的文化信息。这些研究结果表明，文化维的适应性选择是实现非遗文化内涵传递的关键。

(3) 交际维的适应性选择

在交际维上,生态翻译学强调译者需要在翻译过程中实现有效的交际意图。田俊风(2024)指出,在交际维层面,作者采用词汇衔接的照应、替代、连接手段实现了语篇的连贯,以实现交际意图。胡志洪(2024)也指出,在交际维上,主要采用释义、增译和省译等翻译技巧来实现交际意图。这些研究结果表明,交际维的适应性选择是实现非遗译介的重要保障。

3. 生态翻译学视角下非遗译介的实践案例

(1) 贵州非遗译介实践

王一岚(2024)针对贵州少数民族文化通过网络平台"走出去"的现象,选择Bilibili和YouTube这两个中美两国代表性的社交媒体平台上的贵州少数民族非遗宣传短视频的英译解说词为研究语料,以生态翻译学为理论框架,通过对比分析英译文化负载词的翻译策略,发现归化和异化策略在处理译本生态方面各有优缺点。王一岚提出,译者在翻译过程中应优先考虑从西方文化中选取与汉语文化意象相对应的表达方式,以更有效地传递原文的文化内涵。田俊风(2024)以《贵州省非物质文化遗产田野调查丛书——遵义市卷(卷八)》为例,探讨了生态翻译学在非遗文本翻译中的应用,分析了语言维、文化维和交际维三个维度的最佳适应性转换。这些研究为贵州非遗的对外传播提供了实践指导。

(2) 河南非遗译介实践

吕雯霞(2024)以《河南省公共服务领域英文译写参考(试行)》(简称《参考》)中收录的河南非遗英译名录为研究案例,深入探讨了其采用的翻译策略及实际效果。基于《参考》的实践经验,她从生态翻译学的视角出发,提出了非遗名录英译应遵循的三个基本原则,即重视生态系统的完整性、促进生态系统整体平衡以及维护中华传统文化生态系统的独特性。这些研究为河南非遗的对外传播提供了理论支持和实践指导。

(3) 其他地区的非遗译介实践

杨贝艺(2023)基于生态翻译学理论,以翻译适应选择论为基础,从语言维、文化维、交际维等层面对湖南非物质文化遗产外宣翻译展开剖析。研究发现,非物质文化遗产在外宣翻译过程中具有复杂性、独特性,需要明确实施主体,选择恰当方法策略,讲究技术手段的支撑,以及充分利用多种传播媒介,促进湖南非遗文化真正"走出去"。张云(2023)在生态翻译学的理论框架下,以沈绣为主要研究对象,探索非遗译介的策略。她根据不同的翻译生态,选择性地使用归化、异化策略,采用直译、改译、编译、增译等方法,在语言维、文化维、交际维的三个维度进行适应性的选择并转换;同时进行顺应性设计,实现了非遗文化在译语文化中的适应。这些研究为其他地区的非遗译介提供了参考和借鉴。

4. 生态翻译学视角下非遗译介研究的意义

(1) 提升翻译质量,保护文化特色

生态翻译学强调在翻译过程中维持非遗文化的生态结构,让译文读者能够在阅读过程中感受到来自中国的文化气息。晋剑琴(2024)强调,译者在从生态翻译学的角度进行翻译实践时,必须对源语言和目标语言的文化背景有深刻的理解,包括语言的发展历程、传统习俗、文化惯例以及价值观念等,以便在译文中更精准地传递源语言的文化内涵。田俊风(2024)同样指出,在翻译过程中,译者应运用生态翻译学的理论方法,注重文化细节的差异,并借助特定文化背景下的专业术语进行翻译,从而提升译文的准确性。这些研究成果表明,生态翻译学不仅有助于提高翻译质量,还能有效保护文化特色,促进非物质文化遗产的国际化传播。

(2) 改善传播效果,促进文化交流

生态翻译学的一个重要优势在于其能够显著提升文化传播的效果。晋剑琴(2024)提出,在翻译非物质文化遗产时,译者应突出文化的独特性,并深入分析目标受众的需求与兴趣,从而选择适合的翻译策略。胡志洪(2024)着重指出,在翻译非物质文化遗产的过程中,探索目标语言文化与非物质文化遗产的共通之处,实现二者的和谐融合至关重要,这恰好与生态翻译学的核心理念相契合,即强调两种语言与文化间的相互渗透与贯通。这些研究成果进一步表明,生态翻译学不仅能够显著提升文化传播的效能,还能有效增进不同文化间的交流与相互理解。

(3) 推动非遗的发展与传承

从生态翻译学的视角来看,非物质文化遗产的对外传播不仅具有文化输出的意义,更对推动非物质文化遗产的保护与发展起到了重要作用。晋剑琴(2024)认为,在翻译实践中,生态翻译学为译者提供了方法论支持,使其能够根据非物质文化遗产的特性,灵活运用直译、意译、音译等策略,既保留非物质文化遗产的独特内涵,又实现与目标语文化的有机融合,从而促进非物质文化遗产的创新与发展。田俊风(2024)进一步指出,生态翻译学强调从“生态”的角度出发,译者需综合考虑非物质文化遗产所处的自然环境及其内在结构,通过翻译助力非物质文化遗产走向国际舞台,进而推动当地经济增长与文化传承。这些研究成果表明,生态翻译学在非物质文化遗产的发展与传承中发挥了重要的推动作用。

5. 生态翻译学视角下非遗译介研究的不足

尽管生态翻译学视角下非遗译介的研究取得了一定成果,但仍存在一些不足之处。首先,部分研究对生态翻译学理论的运用还不够深入,存在理论与实践脱节的现象。在翻译实践中,一些译者对生态翻译学的理解还不够透彻,未能充分发挥其在非遗传播中的优势。其次,对于非遗中一些具有深厚文化底蕴和独特表现形式的内容,在翻译过程中如何更好地实现文化内涵的传递和再现,仍是一个需要进一步探讨的问题。一些非遗项目具有地域性、民族性和独特性，如何在翻译中既保留其特色，又能使其被外国受众理解和接受，是当前研究的难点之一。此外，对于新媒体平台在非遗传播中的作用和应用，研究还不够充分。虽然部分文献提到了新媒体平台的重要性，但对于如何充分利用新媒体平台的特性，如互动性、即时性、多媒体性等，来创新非遗的传播方式和内容，尚未形成系统的理论和实践指导。最后，对于非遗文化对外传播效果的评估体系还不够完善。目前对于传播效果的评估多停留在定性描述层面，缺乏科学、系统的定量评估指标和方法，难以准确衡量非遗对外传播的实际效果。

二、目的论

（一）目的论的起源

德国学者卡塔琳娜·赖斯（Katharina Reiss）被视为目的论的奠基人，其在1971年发表的著作《翻译批评：可能性与局限性》中，首次提出了功能主义翻译批评理论。该理论通过明确不同文本类型的翻译准则及评估标准，为目的论的形成奠定了坚实的理论基础。赖斯的学生汉斯·弗米尔（Hans Vermeer），对这一理论进行了深入的拓展。弗米尔从全新的维度对理论进行了诠释，指出翻译与其他人类活动一样，均具备明确的目的性。他进一步阐述道："所有的翻译活动，包括翻译过程本身，均可视为一种具有明确目的的行为，且每一种行为均服务于特定的目标或意图。"

（二）目的论的核心概念

目的论（skopos theory）是将skopos这一概念应用于翻译研究的重要理论，其核心观点为翻译行为的核心驱动力在于其整体目标。skopos源自希腊语，意为"目的"，这一术语由弗米尔首次引入翻译研究领域，用以指代翻译行为的最终目标。Paul Kussmaul认为，目的论是一种以目标为导向的翻译方法论。译者在决定如何呈现目标文本时，需综合考虑目标读者的知识背景、价值观念、文化规范以及对文本的预期。此外，目标读者的社会环境和文化氛围也会对译文产生重要影响。因此，译者在翻译过程中需要充分考虑这些因素，并对原文内容进行适当的调整与修改，以确保译文符合目标语境的需求。

根据弗米尔所言，翻译的"目的"可能有三个：第一，对译者来说，即以翻译为职业来赚钱谋生；第二，在特定情境下，如针对目标文本指导听众或观众的交流沟通；第三，用作翻译策略或者方法，如展示源语言的结构特征。目的论中"目的"，对应其中第二种解释，该理论认为，源文本提供“目标受众所接受的文化信息”。

（三）目的论的发展阶段

功能派翻译理论的发展历程可分为 4 个关键阶段，其理论体系在多位学者的贡献下逐步完善。

第一阶段：赖斯开创性地将功能分类引入翻译研究领域，通过整合语言功能、文本类型与翻译策略，构建了以原文本与目标文本功能关联为核心的批评框架，初步形成了功能派理论的基础。赖斯主张，理想的翻译需在概念内涵、语言形态与交际功能上实现多维对等，但实际翻译实践中应优先确保译本的功能适应性。

第二阶段：弗米尔突破传统以原文为中心的研究范式，提出目的论。该理论将翻译定义为以原文本为基础、以目标为导向的跨文化行为，强调翻译过程需遵循以目的原则为核心的三项原则。其中，目的原则要求译文需符合预设的翻译目标；连贯性原则规定译文需符合目标语境的逻辑与可接受性；忠实性原则则要求译文与原文本保持关联性。这三项原则的提出，使翻译评价标准从静态的“对等”转向动态的“目标充分性”。弗米尔还提出“翻译委托”概念，赋予译者根据翻译目标自主选择策略的权利，包括对原文内容的保留、调整或删改。

弗米尔强调，目的原则是翻译行为的最高准则，翻译策略的选取需与具体目标相匹配。在其理论框架中，目标受众的文化背景、阅读期待及交际需求是决定翻译目的的核心要素。因此，翻译的本质是“为目标语境中的特定受众及目的而构建的文本”。这一观点显著降低了原文本在翻译中的地位，使其仅作为信息源存在，而非传统理论中的绝对权威。

第三阶段：贾斯塔·霍茨-曼塔里（Manttari）融合交际理论与行为理论，提出翻译行为理论。该理论将翻译定义为以目标驱动、结果导向的社会交互行为，强调翻译活动的人际互动属性。其核心理念与目的论高度契合，后期弗米尔将二者理论框架进行了系统性整合。

第四阶段：克里斯汀娜·诺德（Nord）对功能派理论进行了系统地整合与深化拓展。她首次以英语全面阐述了在翻译文本分析中需综合考量的内外部因素，并创新性地设计了基于原文本功能的翻译策略制定方法。通过对功能派理论发展脉络的梳理，诺德提出了“功能＋忠诚”的全新原则，这一原则要求译者在追求翻译功能实现的同时，必须兼顾对原作者及目标读者的双重责任，从而进一步完善了功能派理论体系，实现了功能与伦理要求的有机整合。

（四）目的论的三个原则

在目的论体系中，涵盖了三大重要原则，具体内容如下：

第一是目的原则。目的论明确阐述了在所有翻译活动中，首要且核心的原则为目的原则。这意味着翻译活动需在译入语的情境与文化框架内，以符合译入语接收者期望的方式发挥其功能。翻译的预期目的对整个翻译流程起着决定性作用，简而言之，即结果导向的翻译方法。在多数情况下，“目的”主要指的是译文的交际目的，即在译入语社会文化背景下，译文对译入语读者产生的交际效果。因此，在特定的翻译语境中，译者需首先明确翻译的具体目的，并据此选择合适的翻译策略，如直译、意译或二者相结合。

第二是连贯性原则。连贯性原则要求译文需满足语内连贯的标准，即译文应具备良好的可读性和可接受性，确保接收者能够顺畅理解，并在译入语文化及使用译文的交际语境中具有合理性和意义。这一原则强调了译文在目标语言环境中的逻辑性和内在一致性。

第三是忠实性原则。忠实性原则指出原文与译文之间应保持一定程度的语际连贯性。这与其他翻译理论中的忠实于原文相类似，但忠实的程度和表现形式则取决于译文的目的以及译者对原文的理解。这一原则要求译者在翻译过程中，需兼顾原文的意义与译文的表达，确保译文在忠实于原文的基础上，实现其交际目的。

（五）目的论的评价标准

在目的论的理论框架下，其采用“充分性”作为评价译文质量的核心准则，取代了传统的“等值”概念。充分性强调译文需满足翻译目的的各项要求，即在翻译过程中，根据预设目标选择能够实现该目的的符号，这一概念与翻译行为紧密相连，呈现出动态特征。相比之下，等值则侧重于描述翻译结果的静态特征，指译语文本与源语文本虽处于不同的文化语境，却实现了相近的交际功能，可视为充分性的一种具体体现。与传统的等值观念不同，德国功能目的论更侧重于译文的预期功能，而非译文与原文的完全对等。它强调译者在翻译时，应从译文的预期功能出发，综合考虑各种语境因素，选择最为恰当的翻译策略。

（六）目的论视角下非遗译介研究综观

在中国文化“走出去”的战略背景下，翻译作为跨文化传播的关键环节，其质量直接影响非遗的传播效果。近年来，很多研究者基于目的论，对非遗外宣翻译进行了深入研究，探讨了翻译过程中面临的挑战以及相应的解决策略，为非遗的国际传播提供了理论支持和实践指导。

1．目的论与非遗外宣翻译

目的论强调翻译活动应以目的为导向，即译文需根据预期功能和目标受众的需求进行调整。这一理论为非遗外宣翻译提供了重要的理论框架,非遗外宣翻译不仅要传递准确的信息,还需考虑目标受众的文化背景和理解能力,以实现文化交流与传播的目的。在这一框架下,学者们通过具体的案例分析,探讨了非遗外宣翻译中的问题及解决策略。

2. 非遗外宣翻译中的问题分析

(1) 文化差异

文化差异是非遗外宣翻译中较为常见的问题之一。杨晨(2024)以浙江省国家级非遗项目为例,指出文化差异可能导致目标受众对非遗项目的误解。例如,某些非遗项目背后的文化内涵和历史背景在不同文化中可能缺乏对应的概念或理解方式,这无疑增加了翻译的难度。

(2) 方言表达

方言表达的翻译也是非遗外宣翻译中的难点。杨晨(2024)指出,许多非遗项目具有鲜明的地方特色,其名称或描述中可能包含方言词汇。如何在保留地方特色的同时,确保目标受众能够理解,是翻译过程中需要解决的问题。

(3) 专业术语的准确性

专业术语的准确翻译对于非遗内涵的完整传达至关重要。陈纯(2024)以北海"一珠三雕"(南珠、贝雕、牛角雕、木雕)为例,分析了现有外宣英译版本中存在的问题,指出专业术语的不准确翻译可能导致文化信息的丢失或误解。

(4) 翻译策略的选择

徐倩、马慧(2023)强调,在非遗的外宣翻译领域,翻译策略的应用不应拘泥于固定模式。译者需在坚守翻译原则的基础上,灵活且综合地采纳包括异化、归化在内的多种翻译策略。翻译原则作为指导性的框架,为翻译活动提供了基本遵循。异化策略有助于保留源语言的文化特色,使读者能够感受到非遗的原始风貌;而归化策略则更侧重于采用目标语言读者易于理解的表达方式,以提升译文的接受度。在实际的非遗外宣翻译实践中,译者应根据具体的文本类型、翻译目的以及目标受众的特点,对这些策略进行有机组合与运用,从而实现非遗准确、有效的对外传播。非遗项目本身的特点和外宣目的决定了翻译策略的多样性。例如,某些非遗项目需要保留其文化特色,应采用异化策略;而另一些非遗项目则需要考虑目标受众的理解能力,应采用归化策略。

3. 目的论视角下的翻译策略

(1) 遵循目的论的三大原则

徐倩、马慧(2023)认为,非遗外宣翻译应在目的原则、连贯性原则和忠实性原则的指导下进行。目的原则强调译文需根据预期功能和目标受众的需求进行调整;连贯性原则要求译文在目标语文化中具有逻辑性和可读性;忠实性原则则要求译文准确传达源语信息。通过遵循这些原则，译者可以在目标语文化和源语文化之间找到合适的平衡点。

(2) 综合运用翻译方法

赵丽丽、王文雅(2020)以山西民俗文化为例，提出译者需灵活运用音译、增译、减译、释译、转译等方法，以实现非遗"走出去"的目的。庞亚飞(2020)以佛山木版年画为例，探讨了非遗负载词的翻译策略，强调在汉英语言差异下，需通过多种翻译方法提高译文的可读性和文化传递效果。

(3) 考虑受众思维与文化背景

邱慧青、李成静(2022)对非遗湘绣的外宣英译进行了详细探讨，指出翻译时需考虑受众的思维和理解能力，合理取舍内容，准确传达核心信息。邱夏子(2019)也强调，翻译应根据具体目的选择归化或异化策略，综合运用直译、音译、意译等方法，既迁就读者的思维模式，又保留非遗的民族性和异质性。

4．目的论指导下非遗译介的实践探索

在目的论的指导下，众多学者纷纷开展对所在地域的非遗译介的实践，具体如下：

(1) 浙江省非遗项目

杨晨(2024)通过浙江省国家级非遗项目的案例分析，提出了多种对策，旨在提高非遗外宣英译的准确性和有效性。这些对策包括文化背景的补充说明、方言词汇的合理转换以及专业术语的准确翻译等。

(2) 北海"一珠三雕"

陈纯(2024)对北海"一珠三雕"的外宣英译进行了深入分析，提出了针对专业术语和文化内涵的翻译策略，为非遗外宣翻译工作提供了有益的启示。

(3) 湘绣外宣翻译

邱慧青、李成静(2022)通过湘绣的外宣英译实践，探讨了如何在翻译过程中合理取舍内容，确保译文能够准确传达非遗的核心信息，同时兼顾目标受众的理解能力。

(4) 黑龙江传统技艺

廖阳露、崔姗(2021)以黑龙江传统技艺的英译为例，分析了非遗翻译文本的特点，提出了适合黑龙江省非遗的英译策略。

(5) 山西民俗文化

赵丽丽、王文雅(2020)通过山西民俗文化的翻译实践，探讨了音译、增译、减译、释译、转译等翻译方法的灵活运用，为非遗外宣翻译提供了具体的实践指导。

(6) 佛山木版年画

庞亚飞(2020)通过佛山木版年画的案例，探讨了非遗负载词的翻译策略，强调在汉英语言差异下，需通过多种翻译方法提高译文的可读性和文化传递效果。

(7) 石塘堆花米酒酿造技艺等非遗项目

曾畅怀(2022)通过“石塘堆花米酒酿造技艺”“南华诞庙会”“猫头狮”等非遗项目的翻译实践，探讨了不同类别的非遗项目如何在外宣翻译中实现文化交流和传播目的。

5. 目的论视角下非遗译介研究的意义

研究者们普遍认为，通过目的论指导非遗译介，能够有效提升译文质量，促进非遗的跨文化交流。在目的论的正确指导下，我国非遗的译介灵活采用多种翻译策略，对目标语读者了解我国非遗及其历史背景、提高中国软实力具有重要意义。未来的研究可以进一步探索不同文化背景下的非遗翻译策略，结合现代技术手段，如人工智能翻译和多模态传播，以更好地推动我国非遗的国际传播。

三、传播学理论

(一) 传播学及翻译交际学理论在国外的发展概述

传播学的研究起源于20世纪20年代，并在四五十年代逐渐成型。进入20世纪七八十年代，在北美、西欧及日本等发达国家，传播学迎来了快速发展期，成为一门拥有众多理论学派、学说丰富、著作频出的重要学科。

传播学主要探究人类传播行为与过程的起源、发展规律，以及传播与人类和社会之间的关系，是一门专注于人类利用符号进行社会信息交流的学科。在其发展历程中，传播学分化出了多个学派，其中最具代表性的两大派别分别是以美国为代表的经验学派(或传统学派)和以欧洲为代表的批判学派。这两大学派在研究重点和理论学说方面存在显著的差异。

加拿大批评学者斯迈司从3个方面归纳了两大学派的不同：首先，两大学派所关注的研究问题不同。经验学派聚焦于传播的方式及其有效性，强调传播效果；而批判学派则关注传播的原因及为谁而传播，侧重于传播的意义。其次，两大学派采用的研究方法存在差异。经验学派倾向于定量的实证研究，而批判学派则侧重于基于价值判断的思辨研究。最后，两大学派对现有政治、经济秩序的意识形态倾向性不同，即研究立场或取向存在差异。经验学派往往对现状持肯定态度，而批判学派则持否定态度。

传播学的诞生是多重因素综合作用的结果，这些因素大致可分为社会历史发展的外在因素和学科自身演变的内在因素。从学科自身角度来看，传播学主要有3个来源：一是以科学主义和实证精神为基础的行为科学；二是以信息论、控制论和系统论（“三论”）为核心的信息科学；三是以新闻传播及其规律为研究对象的新闻学。在传播学的持续发展中，拉斯韦尔（Lasswell）与施拉姆（Schramm）两位关键人物对传播学理论的演进产生了深远影响。1948年，拉斯韦尔发表了《传播在社会中的结构与功能》，这部著作被视为传播学领域的奠基之作，对传播学的发展具有双重重要意义。一方面，拉斯韦尔提出了著名的5W传播模式，即传播者（who）、传播内容（what）、传播渠道（in which channel）、传播对象（to whom）以及传播效果（with what effect）。这一模式以简洁的方式清晰地描绘了传播过程的基本构成，为后续的传播学研究提供了基础框架。另一方面，与5W传播模式相对应，拉斯韦尔还提出了传播学的5种分析维度：控制分析、内容分析、媒介分析、受众分析和效果分析。这5种分析维度从不同视角深入剖析传播过程，为研究者提供了全面解析传播现象的路径，极大地促进了传播学理论体系的构建与完善。5W传播模式与5种分析维度的关系如图3.2所示。拉斯韦尔对传播学的另一项重大贡献在于他总结了传播的三大核心功能，即环境监视、社会协调与文化传承，这一理论已成为传播学领域的经典学说。

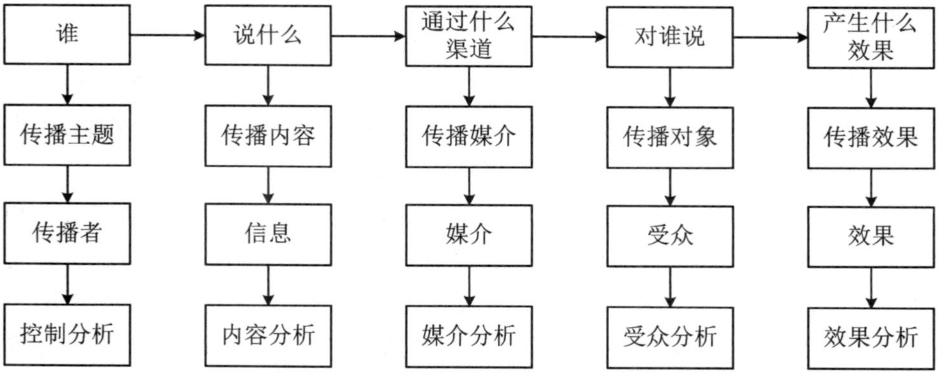

图3.2　5W传播模式与5种分析维度的关系

施拉姆毕生致力于传播学研究，撰写了超过30部相关著作，对传播学学科的创立与发展作出了卓越贡献。传播学是在众多先驱者的研究成果基础上逐渐形成的，而施拉姆在其中扮演了关键的整合角色，因此被誉为“传播学之父”。施拉姆的贡献主要体现在3个方面：首先，他创建了首批专注于传播学研究与教学的机构，推动了传播学作为一门独立学科的发展；其次，他培养了大量杰出的传播学研究人才，确保了传播学研究的连续性和传承性；最后，他出版了一系列在学术界广泛传播的传播学经典著作。施拉姆认为，传播过程包含八个关键要素，即信源（source）、信息内容（message content）、编码者（encoder）、传播渠道（channel）、解码者（decoder）、信息接收者（receiver）、反馈机制（feedback）以及干扰因素

(noise)。

之后,尤金·奈达(Eugene A. Nida)提出了翻译的交际学理论,该理论认为翻译本质上是一种交际活动。依据此理论,任何无法履行交际功能的信息均被视为无价值。换言之,若译文无法被目标语言接收者理解,无法实现交际目的,则该译文被视为不合格且无效。为了确保译文能被接收者理解,翻译过程中必须全面考量与语言交际活动相关的所有因素。从交际学视角研究翻译,结合交际学和信息论的相关理论,将翻译视为一种信息交流活动,即两种语言间进行信息传递与思想交流的方式。

(二)翻译传播学在国内的发展概述

我国的传播学研究始于1978年,尽管起步较晚,但发展速度颇为迅猛。至20世纪90年代中后期,翻译学领域的学者开创性地引入了翻译传播理论,该理论将翻译学纳入传播学的框架内进行研究,强调翻译本质上是一种传播行为。在这一领域,国内涌现了一批具有显著影响力的学者,诸如吕俊、廖七一、姚亮生、唐卫华等。

吕俊作为国内翻译传播理论研究的先驱,于1997年在《外国语》杂志上发表了题为《翻译学:传播学的一个独特分支》的论文,率先在国内倡导翻译学传播理论。他指出,翻译是一种跨文化的信息交流行为,其核心在于传播。无论是口译、笔译、机器翻译,还是文学、科技文本的翻译,其核心使命均可归结为信息的有效传播。从传播学的视角来看,翻译具备传播学的基本特征,是一种社会信息的传递过程,涉及传播者、传播渠道、接收者之间的复杂关系,是一个由传播关系构成的动态且结构化的信息传递系统。同时,翻译也是一种社会活动,其反映的关系体现了社会关系的特质。

廖七一同样在翻译传播领域作出了开创性贡献。1997年,他在《四川外语学院学报》上发表了《翻译与信息理论探析》一文,将信息论的基本原理应用于翻译研究。他认为,信息论中的关键概念,如编码、解码、信道容量、噪音、冗余和传输负荷等,为翻译研究与实践开辟了新的视野。他从这一全新视角探讨了如何调和原文信息传输量与译文读者解码能力之间的张力。此外,廖七一还指出,译文读者背景、译文语言的流畅性和易懂性日益受到重视,这既表明研究重心从作者、文本向读者转移,更关注翻译对读者的影响,也反映出信息理论等相关学科的交叉渗透对翻译研究产生了积极影响。

还有不少学者也为翻译传播理论在国内的早期发展作出了重要贡献。如贾玉新认为,翻译本质上是一种信息传播或交际活动,即跨文化、跨语言的交际行为。张俊则提出,传播学视角能够全面审视翻译过程中的各个要素,构建整体的翻译观念。翻译传播理论促使人们对翻译过程中的任一要素进行控制，并探究其与其他要素之间的相互作用。陈敏则指出，尽管翻译活动具有特殊性，但在许多基本属性上与传播学原理相契合，只是表现出一些独特的性质和特点。二者都属于社会信息的传递过程，涉及传播者、传播渠道、接收者之间的复杂关系，是一个由传播关系构成的动态且结构化的信息传递系统，也是一种反映社会关系的社会活动。

（三）翻译传播学的研究对象及研究方法

随着翻译传播学作为一门新兴交叉学科在国内蓬勃发展，众多研究者致力于探索其理论架构。谢柯、廖雪汝在《上海翻译》发表了《“翻译传播学”的名与实》一文，以名实问题为核心，不仅在“名”的层面论证了翻译传播学存在的合理性、研究的有效性和该学科发展的科学性，同时在“实”的层面界定了翻译传播学的研究对象并论述了其研究方法(2016)[14]。该文对促进翻译传播学基本理论框架的形成具有极其重要的学术价值。

翻译传播学作为一门交叉学科，有着独特的研究范畴与方法体系。谢柯和廖雪汝(2016)[16]指出，翻译传播学的研究对象涵盖7个主要方面，即传播主体、传播内容、传播媒介、传播受众、传播效果、传播目的和传播环境。

翻译传播学在方法论上借鉴了传播学的框架，其核心原则在于融合定量研究与定性研究，以及结合历时分析与共时分析。定量研究侧重于对研究对象的数量特征、关系及变化进行深入剖析，以此构建对对象的认知框架；而定性研究则更关注对象的本质属性，通过对其性质、特点等进行详细阐释与评估。历时研究作为动态视角，关注研究对象在不同时间点或时间段内的演变情况；共时研究则选取特定时代的截面进行细致描绘与分析，揭示其内在规律，属于静态的研究范畴。这一综合且成熟的方法论体系，若应用于翻译研究领域，有望产生新颖且有意义的发现，同时也为传统翻译研究方法提供了重要的补充与拓展。在具体研究方法上，翻译传播学分为定性与定量两大类。定性研究方法涵盖了文献综述、自主归纳、案例研究、焦点小组讨论、深度访谈、专家评审以及实地调研等多种手段。而定量研究则是对传统翻译研究方法的有效补充，有助于推动翻译学向更加科学化的方向发展，具体技术手段包括问卷调查、内容量化分析以及控制实验等。

（四）传播学视角下非遗译介研究综观

检索的文献显示，不少研究者基于传播学视角，对非遗译介的原则、策略、现状及问题进行了系统性研究，为提升非遗的国际传播效果提供了理论支持和实践指导。以下重点对基于传播学视角非遗译介的相关研究成果进行梳理与归纳，以展现该领域的研究进展与成果。

1. 传播学视角下非遗译介的研究现状与问题分析

(1) 研究现状

有些学者针对不同地区的非遗外宣翻译现状展开了研究。例如,赵傲扬(2024)对河南非遗外宣翻译现状进行了深入调研,梳理出现存的主要问题;宋洁(2020)通过对广西非遗外宣英译现状的调研,剖析了其在外宣英译传播上存在的问题;陈蕾、周莉(2020)以全域旅游为背景,深入探讨了张家界市非遗的传播现状。也有部分学者聚焦于研究传播学视角下特定类型的非遗,如梁娟、刘书晴(2023)基于5W传播理论,探讨了香云纱非遗外宣英译存在的问题;胡娇(2021)以贵州蜡染英译文本为例,深入探讨了其染料、制作方法和制作步骤的翻译;李丽(2023)则梳理了新疆非遗的研究现状,指出其翻译工作仍处于初级阶段,并在跨文化传播视域下分析了新疆非遗翻译的重要环节及难点。

(2) 问题分析

第一,在传播主体方面,部分地区的非遗译介主体缺乏专业性,导致翻译质量参差不齐。如宋洁(2020)指出广西非遗外宣英译中存在翻译主体专业素养不足的问题。第二,在传播内容方面,非遗译介的内容存在片面性,未能充分展现非遗的丰富内涵。如赵傲扬(2024)指出河南非遗外宣翻译中对文化背景和历史渊源的介绍不够深入。第三,在传播受众方面,部分研究发现,非遗译介未能充分考虑目标受众的语言习惯、接受程度和文化背景,导致传播效果不佳。如陈蕾、周莉(2020)指出张家界市非遗传播中缺乏受众意识。第四,在传播媒介方面,非遗外宣翻译在传播媒介的运用上较为单一,缺乏多样性和创新性。如刘炜(2022)指出江西非遗传播中传播媒介和样态不够丰富。第五,在传播效果方面,整体来看,非遗译介的传播效果有待提升。部分地区的非遗在国际上的知名度仍较低,未能有效促进文化认同和文化交流。

2. 传播学视角下的非遗译介翻译原则与策略

(1) 翻译原则

杨玲燕(2024)和胡娇(2021)的研究均强调非遗外宣翻译应遵循目的性原则,即翻译活动应以传播非遗、促进文化交流为目标,确保翻译内容能够准确传达非遗的文化内涵和价值。李文雅(2024)、陈蕾和周莉(2020)则分别指出,非遗外宣翻译需以受众为中心,充分考虑目标受众的语言习惯、文化背景和接受能力,使翻译文本易于理解和接受。陈蕾、周莉(2020)还提出,在非遗外宣翻译中应遵循文化认同原则,通过翻译加深目标受众对中国文化的认同,增强文化自信。

(2) 翻译策略

因为研究者的非遗研究对象有异,研究视角有别,所以在翻译策略方面,各有侧重。赵傲扬(2024)建议河南非遗传播应从明确传播目标入手,根据不同受众群体和传播需求，制定有针对性的翻译策略。刘炜(2022)、梁娟和刘书晴(2023)则指出，非遗外宣翻译应充分利用多种传播媒介和样态，如社交媒体、短视频、文化展览等，以提升传播效果。刘炜(2022)强调，非遗传播需提高翻译专业化水平，培养具备跨文化交际能力和翻译能力的专业人才。赵傲扬(2024)提出，非遗传播应注重受众体验，通过互动式传播和体验式活动，增强受众对非遗的兴趣和认同感。杨红(2022)在拉斯韦尔的5W线性传播模式理论框架下，基于海派花丝镶嵌技艺的文本英译实践，构建了传统技艺类非遗翻译能力模型，为提高非遗外译水平提供了有益尝试。

四、文化翻译观

(一) 文化翻译观的起源与发展

自20世纪50年代起，学界针对翻译问题的研究逐步迈向理论化阶段，作为新兴学科的翻译学也随之逐步建立。在翻译学创立初期，其研究方向多以语言学作为理论指导。在这一时期，涌现出许多具有代表性的经典论著，例如，苏联费道罗夫1953年著的《翻译理论概要》、法国乔治·穆南1963年发表的《翻译的理论性问题》，以及英国卡特福德1965年出版的《翻译的语言学理论》，这些著作在当时的翻译学研究领域均产生了深远影响。奈达的结构主义语言学翻译观也在同一时期影响着翻译界，使得翻译研究倾向于从语言层次的研究入手。语言学翻译观给翻译提供了语言学理论支撑，对于翻译的语境、语义、语言结构提供了理论指导，帮助翻译学初步建立起来。然而，仅将翻译行为视为语言的转换，是将翻译简单化了。吕俊(2001)[8] 指出，奈达的结构主义语言学翻译观"把翻译活动变成一种纯语言的操作，忽视了其人文性和社会性的一面"。"特别是翻译研究中越来越普遍的纯语言学倾向，随着人们对翻译活动的不断认识和探索，也日益显示出其明显的不足与局限。"(许钧，2002)[221] 翻译是一个复杂的过程，受到多方面因素的影响，翻译中产生的诸多问题难以用语言学加以解释。同时，对于语言学的过分关注也必然导致翻译过程中过多地关注词性转换、语态变换等微观的语言形式转换，而忽视了宏观的文化视野、历史视野，将翻译视为简单的、技术性的语言形变，见树不见林。因此，西方学者纷纷转向符号学、逻辑学、阐释学、应用语言学、哲学等理论寻找出路，许多翻译流派在此过程中产生了。在这一背景下，20世纪80年代，文化学派应运而生，其主要主张便是文化翻译观。

文化翻译观彻底摆脱了语言学理论的影响，更具有颠覆性，对文化的研究也更为深入。文化学派的代表人物是苏珊·巴斯奈特(Susan Bassnett)。巴斯奈特是英国沃瑞克大学的比较文学理论和文学翻译中心的创建者，比较文学理论和文学翻译教授，同时是翻译家、诗人、文化学家，历游欧洲多国，对比较文学颇具心得。因而一开始她便以比较文学为出发点进行翻译研究，认为翻译须“放在比较文学的中心”（Bassnett，1990）[1]。巴斯奈特在20世纪八九十年代，就文化翻译的研究发表了大量著作，包括《翻译研究》（*Translation Studies*，1980）、与美国学者勒弗维尔合编的《翻译、历史与文化》（*Translation*，*History and Culture*，1990）、《建构文化》（*Constructing Cultures*，1997）等，对文化翻译理论的创立和发展产生了深远影响。1990年，巴斯奈特在《翻译、历史与文化》一书中首次提出“文化转向”的口号。所谓“文化转向”，就是将目光转向政治、文化、历史、哲学、史学、诗学等诸多方面，从更宏大的文化语境去认识翻译行为，关注翻译作为一种跨文化交际行为对于文化传播的作用。

（二）文化翻译观与语言学翻译观的比较

与此前产生巨大影响的语言学翻译观相比，文化翻译观——反翻译界重语言轻文化、重微观轻宏观，以及过于重视技巧的倾向，以译文为中心，关注文本所立足的或文本中蕴含的文化大背景。它否定语言学翻译观的静态对等性，而倡导动态交流性，在文化层面来说，即原语和译语所在的两种文化间的交流。正如巴斯奈特在《翻译、历史与文化》一书中指出的，文化翻译观认为翻译的基本单位“是文化而不是文字、句子或段落”（Bassnett，1990）[4]，翻译追求的等值应当是两种文化的等值。

（三）文化翻译观的主要内容

巴斯奈特对文化翻译观作出了详细界定，具体如下：其一，在翻译实践中，应以文化元素作为翻译的基本单元，而不能仅仅将关注点置于以往所强调的篇章层面；其二，翻译绝非仅仅是简单的解码与重新组合的机械流程，更为关键的是，它是一种文化交流互动的行为；其三，翻译工作不应仅仅局限于对源语文本进行单纯地描述，而应着重追求该文本在目标语文化环境中实现功能上的对等；其四，在不同的历史阶段，翻译所遵循的原则与规范存在差异，然而追根溯源，这些原则与规范的制定皆是为了满足多样化的需求。简而言之，翻译的本质就是满足文化发展以及特定文化中不同群体的实际需求。以下将从翻译目的、翻译单位、翻译方法、翻译与译者、翻译与读者、译文的“可懂性”6个方面来解读。

1. 翻译目的

翻译不只是两种语言间的交际，更重要的是跨文化的交流。翻译的目的是使译文在目标语文化中起源语在源文化中同样的功能（Bassnet，1990）[8]。翻译作为语言转换的一个中间过程，打破语言不同造成的文化传播障碍，促进文化间的交流。一方面，介绍不同民族的独特文化，向读者展示不同文化间的异同，这就促进了文化间的比较研究；另一方面，将他国、他民族的文化引进，使得本民族文化得以更加丰富，从而带来译语文化的发展。

2. 翻译单位

如前所述，巴斯奈特认为翻译的单位是文化，而非语言层面的文字、句子或段落。在两种文化的动态交流中，实现翻译的完全对等是不可能的。将文化作为基本单位要求翻译者在翻译时将文化置于第一位，信息置于第二位，如此翻译不必局限于原文本的描述，相反，为了实现原文本在译语文化中功能上的等值，译者可以更为自由地“衡量译语与源语文化而进行文化操作的空间”（孙红梅，2008）[95]。也就是说，唯有译者把翻译的基本单位从语篇转变为文化层面的考量，文化信息才能够在目标语文本中实现功能上的等效复制。反之，即便采用逐字逐句的翻译方式，若未完成这一翻译单位的转换，也难以达成文化功能对等的目标，无法让目标语读者获取与源语读者相似的文化体验。

3. 翻译方法

归化和异化的翻译方法是韦努蒂在《译者的隐身——一部翻译史》（*Translator's Invisibility: A History of Translation*）中提出的。归化倡导在翻译操作时充分考量目标语的文化习俗，将源语言内容进行本土化处理，使译文处于目标语读者易于理解的认知范畴内，以此提升译文的可读性。而异化则要求译者重视不同民族文化间的差异，保留并展现出异域民族的独特特征以及语言风格，为译文读者呈现原汁原味的异国情调。文化翻译观着重关注认知层面的差异，即认识到翻译作为一种跨文化交流活动，必然面临源语文化与目标语文化之间的相同点与不同点。基于此，文化翻译观主张译者在处理文本语言结构中蕴含的“文化因子”时，应以“异化”为主要策略，保留文化差异。然而，民族文化在各类文本中广泛存在，想要对翻译文本进行完全的异化处理是不现实的。若单纯为了促进文化交流就贸然一步到位地采用异化策略，不仅缺乏策略性与步骤规划，还可能适得其反。因为过度异化的译文可能会让读者难以理解，甚至产生排斥效应。有观点认为，采用归化策略是为了引导读者逐步理解具有异化特征的内容，帮助读者更好地接受异域文化。因此，对主要的文化信息采取异化，而对次要的文化信息采取归化，是十分必要的。

4. 翻译与译者

在翻译领域，译者长期被视作一种“透明的存在”，在这样的认知里，一个译者越是“隐形”，对于原文的主动改动越少，对于信息的传递越“忠实”，译文与原文就越对等，翻译就越成功。20 世纪 90 年代，韦努蒂将翻译定义为“翻译是译者在理解的前提下，用目标语的能指链来代替源语文本中的能指链的过程”，凸显了译者在翻译过程中的作用，一反过去要求译者“隐形”的观念。同样，巴斯奈特的文化翻译观也认为，如果译者不以在翻译中展现译语原有文化为目的，而意在通过对原语文化的关注完善补充译语文化，那么相比“纯语言学角度”，译者应当被允许有更多的自由（Bassnet，1990）[4]。面对两种语言的文化差异，译者应能够主动灵活地作出自己的应对，在翻译行为中充分发挥他的作用。

5．翻译与读者

文化翻译观关注译文的读者。一方面，读者阅读其他民族或国家的文学作品的目的是不完全一样的，对于不同的阅读群体、不同的阅读需求，译者应当从功能上选择合适的译语。另一方面，文化翻译观对于读者也有一个预设，即读者在阅读一本译作时，“他已经有了接受外国文化的准备了，也有这样的心里期待”（杨仕章，2000）[69]。它要求读者对于文化的差别有认知能力，并能够包容地去理解和接受。文化翻译观既然以跨文化交流为主旨，又有这样的心理预设，在采取异化的翻译策略时便不会顾虑重重，可以大胆地进行文化移植。

6．译文的“可懂性”

一个国家或民族的文学作品往往有其独特的比喻形象、别具一格的语言特征、意味深长的联想思维。在不同的历史文化背景下，源语文化和译语文化中这些风格通常有较大差异。这些差异是一个民族独特文化的重要组成，在巴斯奈特看来，如果为了追求译文的易读性而删去这些特色风格，是不可取的。文化翻译观主张保留文化特征，译文在内容与形式上都要重现原文的风格，而非把内涵意义直接道出。对应到翻译的策略，则是直译为主，意译为辅。相较于直接将联想意义道出，直译虽难懂，但允许读者亲自深入到文学作品的内部，从字里行间揣摩作者的真实意图。

五、关联理论

（一）关联理论的起源

关联理论（relevance theory）诞生于 20 世纪 80 年代，其正式提出的标志为 1986 年丹·斯珀波（Dan Sperber）与迪埃钰·威尔逊（Deirdre Wilson）合著的《关联：交际与认知》（*Relevance：Communication and Cognition*）一书。随后，威尔逊的学生恩斯特·奥古斯特·格特（E. A. Gutt）在此基础上进行了深入的探索。1991 年，格特在其专著《翻译与关联：认知与语境》中，创造性地提出了关联翻译理论，该理论从交际与认知的全新维度对翻译活动进行了深入剖析和阐释。这一理论的提出，立即引起了西方翻译界的广泛关注。历经多年的发展与完善，关联翻译理论在翻译理论研究领域内已占据举足轻重的地位，成为翻译研究不可或缺的重要理论支柱之一。

（二）关联理论的核心内容

关联翻译理论将翻译视为一种认知推理的交际过程，在“明示-推理”这一语言交际模型下分析翻译活动。人类的语言交际活动主要包含两类意图：信息意图和交际意图。前者类似字面含义，能够直白清晰地为信息接收者指示信息发出者的交际意图；后者往往包含隐藏含义，需要信息接收者根据明示的语义信息进行推理，找出交际活动内在的关联性，获得最佳的关联效果。关联理论涵盖认知原则（最大关联性）和交际原则（最佳关联性）。其中，关联性取决于两个关键因素，即推理时投入的精力（processing effort）和收获的语境效果（contextual effect）。具体而言，投入精力越少，获得的语境效果越显著，关联性也就越强。在理解文本时，读者通常期望以最小的精力投入获取最丰富的语境效果，这就要求译文具备较高的关联性。基于此，译者在翻译过程中扮演着关键角色。一方面，译者需要深入领会原文作者的意图，精准推断出原文作者话语在何种层面体现关联性，并在译文中精准呈现这一层面的关联性，确保读者能够在同一层面正确推断出译文含义。另一方面，译者还需主动了解译文读者的认知语境，合理预估读者理解文本所需付出的努力。综合考量原文作者意图与译文读者认知语境后，译者再抉择采用何种策略、方法与技巧进行翻译。如此一来，译文不仅能够准确传达信息内涵，还能为读者消除阅读障碍，提供流畅的阅读体验，尽可能使原作者意图与读者期待达成一致，从而实现交际目的。

六、纽马克翻译理论

（一）纽马克翻译理论的起源

交际翻译理论和语义翻译理论诞生于20世纪60年代，是英国语言学家、翻译家彼得·纽马克（Peter Newmark）基于德、法、英三语多年翻译教学经验得出的理论。他在《翻译问题探讨》（*Approaches to Translation*）一书中提出这两种翻译理论模式。纽马克的翻译相关理论极大地推动了当代翻译理论研究发展及翻译实践活动开展。

（二）纽马克翻译理论的内涵

纽马克认为，交际翻译以译语读者为中心，力求译文对译语读者所产生的效果应该尽量接近原文对源语读者所产生的效果；语义翻译则要求保持原文结构形式，尽量在译语语义语法框架内实现原文的表达方式及意义内涵等。

纽马克从以下 6 个方面区分交际翻译和语义翻译。

(1) 在关注对象上，交际翻译以译文读者为导向，关注其阅读感受和审美体验；语义翻译着眼于原作者，考虑在译文中呈现其思维过程、语言风格、表达方式等。

(2) 在文化上，交际翻译将外来文化融入目标语文化，为读者带来新鲜奇特的文化体验；语义翻译倾向于保留源语文化，为读者呈现原汁原味的文化特色。

(3) 在时空来源方面，交际翻译依赖当下语境，而语义翻译并无时空限制。

(4) 在同原文的关系上，交际翻译努力摆脱原文结构形式上的束缚，以达成交际目的；语义翻译强调忠于原作，因而受到原文的限制程度更高。在源语和译语使用方面，交际翻译尊重源语形式，但考虑到源语和译语的内部差异，会选择符合译语的习惯表达方式，可以对原语中的表达错误进行修改完善；而语义翻译重视对原文词句结构的分析，遵从源语规范。即使原文表达存在疏漏或不当之处，也应予以保留。

(5) 在适用范围上，交际翻译多应用于非文学文本，如新闻、教科书、报告、科技写作以及公告等信息型文本和号召型文本；语义翻译一般用于指导抒发个人情感的表达性文本和审美性较强的文学文本翻译，常见于书信、诗歌、小说艺术等文学作品。

(6) 在译文呈现效果上，交际翻译模式下的译文多简洁流畅，直观明确，符合特定语境，重视主旨的整体呈现而非形式结构上的一一对等，因而容易出现缺译(under-translatioin)的情况；语义翻译往往细腻凝练，由于需要再现原文语义结构，完整准确传达原文信息，有时会出现超译(over-translation)的情况，使译文呈现生硬晦涩、复杂繁琐的效果，给译语读者造成一定的阅读理解障碍。

纽马克对交际翻译和语义翻译进行补充完善，于 1994 年提出关联翻译法(correlative approach to translation)这一概念，强调源语文本的语言重要性决定了翻译贴近原文的必要性。他表示，语言的重要程度由译文特定场合、翻译任务委托人标准要求、原文价值及原文作者地位等方面决定。而贴近原文的翻译可将其理解为具体语境下的准确对等翻译。例如，翻译词语时，不仅需要保留词的用法，还需要根据上下文将其内涵及外延意义展现出来。

尽管交际翻译和语义翻译存在许多差异之处，但二者并非二元对立的关系，而是存在一定共同点。二者都建立在认知翻译的基础上，是对认知翻译的调整完善，译文需考虑原作者和读者的情感意图表达和信息接收体验，受制于源语与译语的语言规范要求。二者相辅相成，相互联系，共同作用，最终服务于译者的翻译实践活动。因此，译者在进行翻译时，需要根据翻译材料性质，结合具体语境，交替使用这两种翻译理论来处理篇章词句，解决相关问题，保障译文质量。

（三）三种文本类型

纽马克将文本划分为3个类别，即表达型、信息型和呼唤型，并据此提出了语义翻译与交际翻译两种翻译策略。

表达型文本的核心在于传达作者的思想感情。其典型代表包括：

(1) 严肃的文学作品，诸如抒情诗、小说及戏剧等。

(2) 权威性言论，如政治人物的演说、法律文件及权威人士撰写的科学、哲学和学术著作。

(3) 当自传、散文及个人信函主要用于表达作者情感且读者背景模糊时，同样归类为表达型文本。

信息型文本则旨在传递信息、反映客观事实，其语言通常客观、中立，不带有个人色彩。常见的信息型文本，包括教材、技术文档、报纸杂志、学术论文及会议纪要等。然而，若文学作品表达特定价值观或评判，或作者具备较高地位及权威性，则可能归类为表达型文本。

呼唤型文本以读者为中心，旨在激发读者按照作者的意图行动或思考。通知、广告及部分小说等均属于此类文本。为实现呼唤功能，这类文本通常采用易于理解的语言，并通过不同的称呼或语法形式体现作者与读者之间的关系。

值得注意的是，纯粹的表达型、信息型或呼唤型文本较为罕见，大多数文本兼具这3种功能，只是其中一种功能更为显著。纽马克基于这3种文本类型提出了语义翻译与交际翻译策略。他认为，表达型文本的核心在于作者，翻译时应采用语义翻译，以保留原文及作者的个性和特色；而信息型文本和呼唤型文本的核心分别是信息的准确性和读者群体，翻译时应采用交际翻译，以突出文本信息内容，提升译文的可读性。纽马克对翻译理论的最大贡献在于明确区分了语义翻译与交际翻译，并深入阐释了两种翻译策略的本质及适用范围。

第二节　民间文学类非遗译介研究的主要理论视角

在笔者检索到的与非遗译介直接相关的355篇文献中，以民间文学类非遗作为研究对象的文献有26篇，其中采用频率较高的理论视角有“外宣三贴近”原则、译介学理论、多模态话语分析理论、功能对等理论、翻译美学理论和叙事理论等6种翻译理论。笔者将结合具体文章简述这些理论。

一、“外宣三贴近”原则

“外宣三贴近”原则由中国翻译协会副会长黄友义于2004年在《中国翻译》发表的《坚持“外宣三贴近”原则，处理好外宣翻译中的难点问题》一文中最早明确提出。“外宣三贴近”原则的具体内容包括以下3个方面：

(1) 贴近中国发展的实际

要求外宣工作真实、准确地反映中国经济社会发展的现状、成就和趋势，避免夸大或缩小事实，确保所传播的信息能够客观展现中国的真实情况。在介绍中国的发展成果时，要结合具体的数据、案例和事实，让国外受众能够清晰地了解中国的发展现状。例如，在宣传中国的科技创新成果时，可以列举一些具体的科技成果及其应用案例，而不是空泛地进行描述。

(2) 贴近国外受众对中国信息的需求

需要深入了解国外受众对中国信息的关注点和需求，有针对性地选择和传播他们感兴趣的内容，从而提高外宣工作的吸引力和影响力。通过市场调研、社交媒体分析等方式，了解国外受众对中国文化、经济、社会等方面的兴趣点。例如，很多国外受众对中国传统文化感兴趣，外宣工作就可以重点介绍中国的传统节日、传统手工艺等内容。

(3) 贴近国外受众的思维习惯

要充分考虑国外受众的文化背景、思维方式和语言习惯，避免因文化差异导致误解或不理解，使外宣内容更易于被国外受众接受。在翻译和传播的过程中，根据国外受众的思维习惯对内容进行适当的调整和加工。例如，在翻译一些具有中国特色的词汇或表达时，可以采用增译、减译等方法，使其更符合国外受众的语言习惯。

整体来看，“外宣三贴近”原则强调在对外宣传中要充分考虑国内外受众的差异，注重内容的针对性和适应性，从而提高外宣工作的效果，更好地向世界展示中国的真实形象。严格来讲，“外宣三贴近”原则并不属于真正意义上的翻译理论，而更偏向于一种对外传播的指导原则或实践策略。不过，它与翻译活动存在密切关联，尤其在跨文化传播和翻译实践中具有很强的指导意义。

“外宣三贴近”原则与翻译理论的区别与联系主要体现在以下3个方面：

(1) 范畴不同

翻译理论关注的是语言转换的规律、方法和原则(如功能对等理论、目的论、异化与归化等），核心是解决“如何译”的问题。而“外宣三贴近”原则侧重于强调内容生产需要适应受众需求和文化差异，核心是解决“传播什么”和“如何传播”的问题。

（2）对翻译实践的指导意义不同

在对外宣传文本的翻译中，“外宣三贴近”原则要求译者做到以下3点：

① 在语言层面应注意调整表达方式以符合目标受众的语言习惯（如避免中式英语等）。

② 在文化层面应努力化解文化隔阂，用目标文化易于理解的方式传递信息（如解释中国特色概念等）。

③ 在传播效果层面应注重信息接受度，避免自说自话。

虽然在一定程度上，“外宣三贴近”原则与翻译理论中的目的论有相似之处，但其并未提出系统的翻译方法论。

（3）理论化程度不同

翻译理论通常有明确的学术体系（如生态翻译学理论、关联理论等），而“外宣三贴近”原则更偏向于政策导向的实践原则，尚未形成独立的理论框架。“外宣三贴近”原则可视为一种与翻译相关的跨文化传播策略，对翻译实践有指导作用，但其本身并非传统翻译理论的组成部分。若将其与翻译理论结合（如结合目的论或功能对等理论），可以更系统地指导外宣翻译实践，提升跨文化传播效果。

在对外宣传翻译领域，众多学者基于“外宣三贴近”原则，对不同文化文本的外宣翻译策略进行了深入研究。其中，梁惠慧和任婧（2024）以刘三姐歌谣为例，探讨了其外宣翻译所面临的困境，并结合外宣翻译的特点、原则和策略，灵活运用直译、意译、直译加注、变译等多种翻译方法，对刘三姐歌谣进行了具体的外宣翻译实践研究，从而帮助目标语读者更好地理解刘三姐歌谣所蕴含的文化内涵。徐晨琳（2022）提出了外宣翻译应遵循的精准性原则，她强调，在翻译过程中，译者需以目标语受众为核心，确保源语文本中的文化信息能够准确无误地传达给目标读者。为此，译者需全面考量目标读者的文化背景、思维习惯及信息接受度，以保障翻译的精确性和实效性。此外，王辉与许小倩（2020）在研究中指出，外宣翻译应遵循目的再现、信息再现及文化再现三大核心原则。这一观点清晰界定了外宣翻译在达成传播目标、传递信息内容及展现文化特质方面的基本要求。从外宣人员实践角度出发，仇贤根（2016）提出了“内外区分”“外外有别”“隐含表达”及“以语篇为主导”的四项原则。这些原则为外宣翻译实践提供了更为详尽的指导，强调了跨文化传播中应充分关注不同受众群体的差异性，以及保持语篇的连贯性和整体性。在非遗的外宣翻译中，尊重并弘扬民族优秀传统文化特色尤为重要。这一原则要求译者在翻译时不仅要确保文化信息的准确传递，还需注重保留文化的核心价值与独特风貌，以强化文化自信与认同。

二、译介学理论

（一）译介学的内涵

译介学与传统的翻译研究在本质上有着显著的区分。可以说，译介学的起源可追溯至比较文学中的媒介学视角，而现今，它更多的是从比较文化的维度对翻译活动（特别是文学翻译）及其衍生的翻译文学作品进行深入探讨。从严谨的角度来看，译介学并非语言学研究的范畴，而是隶属于文学或文化研究。其研究重点不在于语言层面上源语言与目标语言之间的转换技巧，而是着眼于跨语言转换过程中，原文信息可能出现的遗失、变异、增添或拓展等现象。此外，译介学还深入探究文学翻译作为一种跨文化交流实践所承载的独特价值与深远意义。目前，译介学尚未形成一个固定的英文术语。有学者曾建议将其译为“medio-translatology”，其中“medio-”表示“媒介”或“中介”，源自英语“mediology”（媒介学），“translatology”则指“翻译学”，这一组合勉强能够表达译介学的核心含义。在西方比较文学领域，与译介学相关的术语通常是“translation studies”或“translation study”，但这些术语的含义相对宽泛，其涵盖的内容范围远远超出了严格意义上的译介学研究范畴。

1. 译介学的理论意义及实践价值

译介学的研究拓展并深化了人们对翻译及其研究的理解。长期以来，翻译常被狭义地理解为两种语言文字之间的转换，如古人所言“译即易，谓换易言语使相解也”，即通过语言的变通实现相互理解。这一观念在全球范围内产生了深远的影响，塑造了人们对翻译的传统理解。然而，当比较文学家将翻译置于比较文化的广阔背景下重新审视时，其内涵得到了极大的丰富与拓展。例如，20 世纪 80 年代，法国比较文学家布吕奈尔（Pierre Brunel）等人在著作《什么是比较文学》中阐述道：“文学，如同其他艺术形式，首先是对现实、生活和自然的‘诠释’，随后是公众对其不断的‘再诠释’.”这里“翻译”的概念已超越了语言文字层面的简单转换，它涵盖了文学艺术对现实的“再现”，以及公众（尤其是读者）的理解、接纳与阐释。因此，“翻译”不再被视为一个孤立的语言行为，而是人类社会中普遍存在的交流现象，只要存在交往与沟通，翻译便无处不在。

在译介学的框架下，关于译者风格的探讨与传统翻译研究存在显著的差异，并展现出独特的风貌。传统翻译研究往往倾向于认为译者风格应当隐匿，理想的翻译应追求“透明性”，即让读者仿佛直接面对原作，感受不到译者的介入。这种观点将翻译比作媒介，一旦其桥梁作用完成，便应悄然“退场”。然而，这一观点是否完全站得住脚？实际上，众多读者对特定译者的风格念念不忘，甚至对其译作情有独钟。例如，钱锺书先生晚年仍对林译本的译文情有独钟；又如傅雷、朱生豪、卞之琳等译者，他们的翻译风格鲜明独特，非但没有“隐形”，反而成为其译作不可或缺的一部分。这充分表明，译者的风格不仅有其存在的合理性，更拥有原作所无法替代的独特魅力与价值。

2. 对“创造性叛逆”的研究

译介学对文学翻译中“创造性叛逆”的研究，不仅肯定了文学翻译的价值，还提升了文学翻译家的地位。这一观点最初由法国文学社会学家埃斯卡皮在《文学社会学》中提出。他指出：“翻译本质上是一种创造性的叛逆。”具体而言，翻译被视为“叛逆”，是因为它将作品置于一个全新的语言参照体系中；而其“创造性”则体现在为作品赋予新的面貌，使其能够与更广泛的读者展开新的文学交流，并为作品赋予第二次生命。译介学研究者在此基础上，结合中外翻译史上的丰富实例，进一步深化和拓展了对文学翻译中创造性和叛逆性的探讨。例如，殷夫对匈牙利诗人裴多菲名诗的翻译：“生命诚可贵，爱情价更高。若为自由故，二者皆可抛。”这种整齐的诗体结构、抑扬顿挫的韵律，以及层层递进的意境，均被视为译者艺术加工的成果，而原作的核心思想——“为自由献身，甘愿抛弃一切”——才是原作者的贡献。需要强调的是，译介学对“创造性叛逆”的研究并非仅停留在对该观点的简单论证上，而是具有更深远的意义。通过这一理论，译介学生动地证明了文学翻译的再创造价值。研究者指出，经过文学翻译家的再创造，译作中已融入了译者的艺术贡献，即使是最忠实的译作，也无法与原作完全等同，而是成为一个相对独立的存在。这一观点从根本上肯定了文学翻译的独立价值和文学翻译家的创造性劳动。

3. 对翻译文学归属的探讨

译介学对翻译文学的归属问题进行了深入探讨，并明确提出了“翻译文学是中国文学的重要组成部分”这一重要观点。这一观点的提出，不仅为文学翻译研究开辟了相对独立且广阔的研究空间，还引发了对传统国别文学史编写原则的深刻反思。从某种意义上说，这或许可以被视为译介学对学界的重要贡献之一。如果承认翻译文学应在译入语文学史中占据一席之地，那么随之而来的问题便是：目前尚未将翻译文学纳入其中的文学史是否应被视为不完整的，甚至需要重新被编撰？由此可见，译介学对翻译文学归属问题的思考，为当前民族或国别文学史的编写者提供了重要的启示和反思契机。

4. 对翻译文学史编写的深思

译介学通过对文学翻译中“创造性叛逆”的分析，明确了翻译文学与外国文学之间的差异性，并强调翻译与创作在建构民族或国别文学发展史中具有同等重要的创造性和意义。在此基础上，译介学进一步指出，翻译文学与外国文学虽有联系，但又具有相对独立的文化和文学特性。因此，译介学提出了编撰翻译文学史的构想。在我国学术史上，尽管此前已有学者提出编撰翻译文学史的设想，并进行过相关实践，但由于历史原因，翻译文学史与文学翻译史常被混淆。一些著作虽以“翻译文学史”为名，但实际上仍聚焦于文学翻译事件，本质上属于文学翻译史范畴。

译介学的一大突出贡献在于其首次清晰界定了翻译文学史与文学翻译史这两个概念之间的区别。译介学研究者指出，以叙述翻译事件为主导的所谓“翻译文学史”，在严格意义上并不等同于翻译文学史，而应归类为文学翻译史。文学翻译史聚焦于翻译事件本身，着重梳理其在历史长河中的时间序列。相比之下，翻译文学史则不仅关注翻译活动的历史演变，更将焦点放在翻译事件所处的文化环境、译者的文学文化意图，以及被引入中国文学领域的外国作家身上。翻译文学史致力于将翻译文学置于特定时代的文化脉络中进行审视，剖析翻译背后的文化动因、表现形式、为实现特定文化目标所采用的翻译策略及其成效，并深入探讨翻译文学与本土民族文学在特定历史时期的关系及其重要意义。刘艳华(2019)从译介学视角出发，从民间文学非遗英译的研究成果和辽宁地区民间文学类非遗的特点两个方面，探讨辽宁地区非遗外宣翻译，并提出相应的翻译策略，达到提高民间文学类非遗文本的翻译实效的作用，最终实现保护和传承辽宁民间文学的目的。刘艳华(2019)还从译介学视角探讨辽宁地区民间文学类非遗英译，不仅增强了译者对于文本传播方式和受众文化背景重要性的认知，从而深入理解翻译目的、原则和策略，同时还能更好地达到增强外国读者理解度的目的。

三、多模态话语分析理论

(一) 多模态话语分析理论的发展概述

法国作家及思想家罗兰·巴特(Roland Barthes)被视为多模态话语分析理论的先驱人物之一。他于1977年发表的《图像的修辞》一文，深入探讨了图像与语言在意义传达中的相互作用。在此基础上，克莱斯(Gunther Kress)与范莱文(Theo van Leeuwen)进一步构建并完善了多模态分析的社会符号学理论架构，他们将语言的三大元功能拓展至视觉模态，认为视觉语法如同语言语法，同样规定了人物、地点、事物如何以不同复杂程度组合成“表述”。

在国内，李战子于2003年率先引入了多模态话语分析的概念，并阐述了该理论在英语教学中的重要性。此后，国内学者对该理论展开了全面而深入的研究。朱永生(2007)从多模态话语的起源、界定、特性、理论根基、内容范畴及方法论意义等多个维度进行了系统阐述。胡壮麟(2007)则对多模态符号学与多媒体符号学进行了明确区分，并指出人类社会已迈入社会符号学多模态化的新纪元。张德禄(2009)基于系统功能语言学的视角，从文化、语境、内容及表达4个层面探讨了多模态话语。李战子等(2012)对过去20年的多模态研究进行了全面总结，梳理了其基本理论与方法论，并展望了多模态研究的跨学科应用前景。

近年来，多模态理论在翻译研究领域的应用日益广泛。许勉君(2017)对我国多模态翻译研究进行了综述，指出多模态翻译涉及多模态话语的翻译、不同模态间的转换以及多模态理论在翻译实践中的应用。陈风华与董成见(2017)结合多模态翻译理论框架与话语分析框架，从文化、语境、内容和表达4个维度系统剖析了《习近平谈治国理政》的多模态符际翻译特征。陈曦、潘韩婷与潘莉(2020)则认为，将多模态理论应用于翻译研究能够突破传统文本的局限，指出不同模态间的转换本身就是一种翻译过程，而翻译的复杂性也体现了其多模态特性。此外，还有诸多学者从多模态话语分析的角度展开了研究，如汪道祝(2017)、耿卫娜(2018)、周雨竹(2019)、俞萌萌(2019)及王晓燕(2020)等，他们的研究主要集中在影视翻译、多模态翻译教学体系构建及口译研究等领域。然而，值得注意的是，目前将多模态理论应用于非遗译介研究的学者仍较为罕见。

（二）多模态话语分析框架的四个层面

多模态话语综合框架主要涵盖文化、语境、内容和表达4个层面。

在文化层面，多模态交际的传统、形式与技术均受文化因素的制约(张德禄，2009)[27]。因此，在字幕翻译过程中，译者不仅要遵循翻译原则，运用合适的策略、方法和技巧，还需关注文化现象，揭示文化内涵，减少文化差异对观众理解的阻碍。

在语境层面，多模态交际的开展离不开特定的语境，其中话语范围、基调和方式等语境因素对其影响显著。译者在翻译时，应充分结合上下文语境，考虑具体情境以及观众所处的现实文化背景，以确保翻译的准确性和适应性。

在内容层面，多模态话语涉及话语和形式两个维度。话语层面通过各类话语因素体现概念、人际和篇章结构意义；形式层面则涵盖听觉、视觉等多模态元素，如音乐、语言、图像和文本等。译者在翻译时，需从话语因素中提炼原作的意义，同时借助形式元素调动观众的感官，增强观影体验。

在表达层面，字幕翻译作为书写符号，以字符形式呈现影片信息，属于视觉传播的范畴。然而，译者在翻译时还需综合考虑音调、语音语调、字幕字体以及屏幕布局等语言媒介特征，以优化翻译效果，确保字幕与影片的其他元素协同作用，提升信息传递的完整性和准确性。

四、功能对等理论

（一）功能对等理论发展概述

功能对等理论，最初由奈达于1969年提出时被称为“动态对等”，其核心理念在于确保“译文读者对译文的感受与原文读者对原文的感受大体相同”，简而言之，即追求“最贴近的自然对等”。在《翻译科学探索》这部著作中，奈达详细阐述了翻译应选择最为贴切且可行的对等方式，其中关键的对等方式包括形式对等与动态对等。形式对等侧重于在翻译过程中尽可能保留源语信息的形式及内容，旨在使目标语读者能够尽可能以源语读者的思维方式去理解，从而更深入地把握源语的思维方式、表达特色及文化习俗。

20世纪60年代初，奈达首次引入了形式对等的概念，随后在20世纪80年代对动态对等理论进行了进一步的深化。为了消除对“动态对等”的误解，并凸显“功能”在翻译中的核心地位，奈达在20世纪90年代的《语言与文化——翻译中的语境》一书中将其更名为“功能对等”。奈达强调，翻译不应局限于文字层面的机械对应，而应追求两种语言在功能层面的对等。功能对等涉及词汇、句法、篇章结构、语用等多个维度，其核心在于以读者反应为导向，不再仅仅关注目标语信息与源语信息的直接对应，而是更加重视目标语读者与源语读者对信息反应的一致性。

奈达的翻译理论在我国的发展经历了3个阶段：最初是全面推崇奈达理论的阶段，随后是对其理论进行全面质疑的阶段，而现阶段则趋向于理性审视奈达理论。无论对奈达理论持肯定还是否定态度，我国翻译研究者都在学习和批判奈达理论的过程中，积极寻求将其与我国传统翻译理论相融合的途径。因此，奈达的翻译理论无疑对我国翻译学科的发展产生了重要的推动作用。

（二）功能对等理论与民间文学类非遗译介的适应性

民间文学类非遗的翻译，其显著特点在于语言所蕴含的文学性。这类文本富含高密度的文化负载词汇，以及大量人名、地名等专有名词。译者在处理这些词汇时，需广泛收集资料，并从词汇的语义内涵出发，力求译文简洁且易于理解。功能对等理论中的词汇对等原则与民间文学类非遗的翻译目标高度一致，均追求语言表达的自然与贴切。在实际翻译过程中，译者可通过对比分析，评估源语词汇在目标语中的语言结构是否能够实现功能上的对等，并据此作出灵活调整。此外，民间文学类非遗的可译性问题同样值得深入探讨。奈达基于语言共性提出了诸多富有洞见的翻译观点，其中功能对等理论作为其翻译理论的核心组成部分，对词汇、语义、句法等多个层面进行了详尽阐述。这一理论打破了翻译活动的传统束缚，为译者的创造性翻译以及语言意义的充分传达提供了坚实的理论支撑。在功能对等理论的指引下，民间文学类非遗的翻译实践能够更好地实现理论与实践的有机结合，进而提升其整体可译性。

五、翻译美学理论

（一）翻译美学理论发展概述

翻译美学，作为翻译研究与美学融合的跨学科领域，致力于从美学视角探讨翻译活动，揭示其美学基础，并超越传统翻译理论的局限，以促进对翻译科学性与艺术性的全面认知（方梦之，2004）。从历史维度审视，美学在中西方翻译研究中均扮演了关键角色。在西方翻译史上，马丁·路德的翻译理念鲜明地体现了美学思想，他强调译文需具备“读者可理解且审美上令人愉悦的本土特色”，凸显了译文的审美价值。诗人贺拉斯在《诗艺》中也提及，翻译应追求美学上的愉悦与创造性。捷克学者列维则将文学翻译视为复制与创新的双重过程，旨在达到等值的美学效应。这些观点均彰显了翻译与美学之间的紧密联系。在我国，美学与翻译理论的结合同样历史悠久，如玄奘的“文质兼备论”、严复的“信达雅”标准、傅雷的“神似”理念以及钱锺书的“化境论”，均体现了中国译论深厚的美学底蕴。

随着翻译研究的文化转向，研究者开始超越语言层面的转换，更加聚焦于文化因素对翻译的影响，在此背景下，翻译美学理论应运而生。国际上，Shirley Chew 与 Alistair Stead 于 1999 年合著的 *Translating Life: Studies in Translational Aesthetics* 较早地对翻译美学进行了系统阐述。在我国，傅仲选 1993 年出版的《实用翻译美学》标志着我国翻译美学理论框架的初步构建，为后续研究奠定了坚实基础。刘宓庆 1995 年出版的《翻译美学导论》则进一步构建了翻译美学的基本理论框架，回顾了翻译研究的美学传统，并从语音、文字、句段、意境、文化等多个维度分析了文本的美学特质，阐述了审美再现的过程与法则。毛荣贵 2005 年出版的《翻译美学》则从主体审美、美学探索、朦胧美及实践应用等视角，对比了英汉语言及思维模式的差异，探讨了不同文体的翻译策略与方法。这些著作从理论层面对翻译美学进行了深入探究。

近年来，翻译美学的研究成果持续涌现。张柏然（2001）在《对当代翻译美学的反思》中倡导加强具有中国特色的翻译美学研究，强调中华文化与中国翻译美学与其他文化间的多元互补。李洁（2007）对当代中国翻译美学的发展历程进行了梳理与回顾，分析了当前研究的优势与局限。在应用研究领域，翻译美学在文学类文本

（如诗歌、散文、戏剧）的翻译研究中得到了广泛应用。例如，刘小燕（2005）基于翻译美学理论，识别了沈从文《边城》中的美学特质，并从采风美与意境美两个角度探讨了译者戴乃迭的审美再现策略。这些研究表明，翻译美学正不断发展并日益受到关注。

傅仲选（1993）指出，翻译实践本质上是一种审美活动，译者（审美主体）通过自身的审美意识（审美媒介）将原文（审美对象）转化为译文（另一种审美对象）。在翻译美学的指导下，译者需提升审美素养，从语言层面入手，捕捉原文的美学特征，并通过“理解—转换—再创造”的过程，在词汇选择、文体风格、篇章结构等方面传达原文的思想精髓与特色，自然流畅地再现原文的美学韵味与魅力。最终，译文应更好地被目标语读者所理解与接受，实现跨语言交流中的有效情感传递与意义表达，这正是翻译美学的核心使命。

（二）翻译美学理论的核心概念

在翻译美学的理论框架内，审美主体与审美客体构成了两个至关重要的概念。一般而言，审美客体指的是那些能够契合人类审美需求，并具备审美价值的客观存在，它与审美主体形成了一种相对关系。党争胜（2010）在翻译研究领域内进一步指出，审美客体不仅包括原文，同时也涵盖译文。而审美主体，则是指那些积极参与审美活动的人，在翻译过程中，特指译者这一角色。译者在理解原文精髓、确保译文质量以及再现或创新原文审美元素方面，扮演着不可或缺的关键角色。刘宓庆（2005）对审美客体的语言审美特征进行了深入剖析，认为其主要体现在形式系统与非形式系统两大层面。形式系统，作为审美对象的外在展现形式，也被称为语言系统，主要涵盖语音、词汇、句法等语言要素；而非形式系统，则更多地体现了审美对象的内在特质，包括意象、意境的营造，文化内涵的传递，以及言外之意的捕捉等方面。在翻译实践中，译者需充分调动自身的审美感知与审美创造力，力求在形式系统与非形式系统两个维度上，精准传达原文的美学价值。

六、叙事学理论

（一）叙事学理论概述

叙事学起源于20世纪60年代末的法国，随后在20世纪80年代中期传入我国。该学科术语叙事学（narratology）由法国学者托多罗夫（Tzvetan Todorov）在1969年首次提出，他将其定义为专注于研究叙事作品的科学领域（尚必武，2007）。

关于叙事学的分类，学界目前广泛采纳两种主要观点，其分歧聚焦于是否认可叙事学成为独立学科前的叙事阶段。本文采纳三分法的分类框架，将叙事学的发展划分为3个阶段：第一阶段可追溯至19世纪的欧洲和美国，这一时期被视为传统叙事学（即经典叙事学之前）的萌芽期；第二阶段为叙事学作为独立学科的成型与发展阶段，即结构主义叙事学（或经典叙事学）；第三阶段则是叙事学的深化与拓展期，涵盖了后结构主义叙事学、女性主义叙事学等多元视角的新叙事学时期。

与传统叙事定义有所差异，蒙娜·贝克（Mona Baker）在其著作《翻译与冲突——叙事性阐述》中，对叙事进行了新的界定，她认为叙事是公共与个体层面的故事，它们引导我们认同并规范我们的行为模式。她强调，翻译不仅仅是搭建沟通的桥梁或消除隔阂的手段，更是叙事传播与促进的关键过程。贝克从微观与宏观层面深入探讨了翻译叙事的传播机制、译者在传播链条中的角色，以及翻译与权力、冲突之间的复杂关系，从而将叙事理论与翻译研究紧密结合。她指出，世界上的叙事均以多样化的版本存在，同一叙事的不同版本在不同时期具有不同的价值。翻译是对原文叙事的再表述，这种再表述实际上是一种控制形式，塑造了个体在社会中的身份认同。在多元化社会中，翻译在解决跨文化、跨语言的冲突协商中扮演着至关重要的角色。译者在将一种叙事转换成另一种语言时，往往会融入适应新语境传播的元素，这些“调适”后的叙事版本可能会进一步扩散。

翻译叙事理论根植于社会学和交际理论，专注于跨文化、跨语言的翻译活动研究。与文学和语言学研究叙事的方法不同，社会学视角下的叙事理论将叙事视为人们理解和体验世界的基本且不可避免的模式。文学和语言学方法通常将叙事视为一种文体类型，而本书采纳费什的观点，认为“叙事中的各类文体，乃至技术性话语，均是生活经验的组成部分”（Baker，2000）。叙事的建构性假设强调，在实践中不能孤立地评价叙事中的单个元素，也不能预设一个默认的、按逻辑或时间顺序排列且完全独立于叙事者视角的故事情节。实际上，没有任何叙事能够完全真实无误地再现某个事件。

（二）叙事的类型划分

贝克在萨默斯关于叙事类型分类的基础上，进一步细化了叙事类型，将其划分为本体叙事、公共叙事、概念叙事及元叙事4种。

本体叙事聚焦于个体的生活经历、人际关系及其与社会的互动，即便是高度个人化的故事，也需借助集体叙事资源如语言、符号结构等进行解读和传播，体现了个人叙事与集体叙事间的紧密联系。在叙事重述过程中，重述者往往会受到新语境中语言和叙事资源的影响。与本体叙事紧密相关但有所区别的是集体叙事，即共享叙事，它是由群体成员在长期互动中共同构建的故事，反映了群体的共同记忆与价值观，而本体叙事则在集体叙事的文化背景下得以阐释和维护，通过个体叙述促进集体叙事的传承与发展。

公共叙事是由家庭、宗教团体、教育机构、媒体及国家等社团或机构传播的故事，其传播范围超越个体，接受程度取决于个体对所属组织的认同程度。公共叙事会随时间演变，其传播与接受往往受到权力机构支持及支持者信念的影响。为适应社会与政治变迁，公共叙事会不断自我调整与完善。在引入外来文化时，人们会进行删减或改编，以符合本国公共叙事的特征，促进广泛传播。在此过程中，译者作为公共叙事的重述者，会融入个人理解与诠释。同时，译者也会将本国叙事传播至国外，或寻求更广泛的支持，或借助外国视角反思本国叙事。尽管公共叙事与集体叙事相似，但前者更侧重于特定机构内部的传播，后者则用于描述更广泛的叙事模式。

贝克采纳了萨默斯与吉布森对概念叙事的定义，将其界定为学者针对研究目标所作的叙述与阐释。概念叙事是学术研究的产物，各学科均有自己的概念叙事，如达尔文的生物进化论。部分概念叙事仅在学科内部传播，而有些则渗透至社会领域，影响公共叙事。然而，概念叙事对公共叙事的影响并非全然积极（Baker，2000）。

元叙事，亦称主导叙事，是指叙事者作为当代历史的参与者，展现诸如进步、衰退、工业化及启蒙等宏大主题的叙事类型（Baker，2000）。元叙事反映了叙事者所处的时代背景，如资本主义与社会主义的意识形态对峙、个人与社会的价值冲突等。元叙事的成功传播需借助话语操控，其广泛传播不仅受政治与经济因素的影响，更关键的是其与当时价值观的契合。叙事者需在理性框架内构建稳定的叙事，以确保其权威性的长期维持。例如，“恐怖”作为元叙事，与“恐怖主义”这一公共叙事存在本质区别。尽管元叙事具有广泛的传播性，但也易受到质疑。

翻译在不同叙事类型中扮演着各异的角色。本体叙事的重述受限于现有语言和叙事资源，但当译者将其转化为集体叙事时，叙事的传播范围得以拓宽。邓瑜(2017)指出，从本体叙事至元叙事，叙事的传播范围逐渐扩大，本体叙事传播范围最小，而元叙事则跨越时空，长期存在并广泛传播。无论译者选择何种叙事类型进行重述，其背后均蕴含着明确的目的。

杜鹃(2023)在其研究中，以叙事学理论为切入点，深入剖析了山西非遗译介过程中的叙事路径与策略。她将研究重点聚焦于译前、译中和译后 3 个关键环节，通过系统化的分析，提出了具有针对性的建议和方法。在译前阶段，杜鹃强调了对叙事取材的重要性。她指出，非遗译介的首要任务是深入了解目标受众的文化背景和需求，只有充分倾听叙事接受者的声音，才能精准地选取与之契合的内容进行编译。这一过程不仅是对非遗内涵的挖掘，更是对跨文化交流的深刻洞察。通过对受众需求的精准把握，译者可以为后续的译介工作奠定坚实的基础，确保所选取的非遗内容能够真正引起目标受众的兴趣和共鸣。在译中阶段，杜鹃着重探讨了叙事建构的策略。她认为，译者需要从文本的叙事语言和叙事视角等方面进行精心协调。叙事语言是非遗译介的核心载体，译者应根据目标语言的特点和受众的语言习惯，对原文进行精准而生动的转换。同时，叙事视角的运用也至关重要。不同的叙事视角可以为受众带来不同的阅读体验，从而影响他们对非遗的理解深度和接受程度。通过巧妙地运用叙事语言和叙事视角，译者能够在跨文化语境中构建一个既忠实于原文又易于理解的非遗叙事框架，使非遗在异国他乡焕发出新的活力。在译后阶段，杜鹃提出了进一步优化叙事接受效果的方法。她指出，由于叙事接受者的知识结构和兴趣文化存在差异，译者需要根据这些差异灵活运用增删重构等编译技巧。对于那些受众可能难以理解或兴趣不大的内容，可以适当删减；而对于那些能够引发受众共鸣或具有重要文化价值的内容，则可以进行补充和强化。通过这种有针对性的编译处理，译者能够更好地满足不同受众的需求，提高山西非遗译介的叙事接受效果，使非遗文化在跨文化传播中更具吸引力和影响力。

章末小结

本章系统梳理了我国民间文学类非遗译介的主要理论视角，深入分析了国内非遗译介研究的现状与发展趋势。研究发现，我国非遗译介研究虽然起步较晚，但发展迅速，已逐渐成为文化翻译领域的研究热点。本章通过文献计量分析，揭示了非遗译介研究在理论应用层面的异质性分布特征，指出生态翻译学理论、目的论、传播学理论等为非遗译介研究的主导范式，且共同构成了非遗译介研究的基本理论框架。

生态翻译学理论以翻译活动的生态系统为视角，强调译者应在语言、文化和交际 3 个维度进行适应性选择，以实现翻译的最佳效果。这一理论为非遗译介提供了系统分析框架，有助于提升翻译质量，保护文化特色，提高传播效果，推动非遗的发展与传承。目的论则聚焦于翻译活动的目的性，认为翻译应能在译入语情境和文化中，按译入语接受者期待的方式发生作用。目的论为非遗译介提供了明确的方向性指导，帮助译者在面对文化差异、方言表达等挑战时，灵活运用归化、异化等策略，实现非遗的有效传播。传播学理论将翻译视为一种跨文化的信息交流与交换活动，强调翻译在文化传播中的重要作用。基于传播学视角的非遗译介研究，注重分析传播主体、传播内容、传播媒介、传播受众和传播效果等要素，探讨非遗译介的原则、策略及问题，为提升非遗的国际传播效果提供了理论支持和实践指导。此外，本章还分别介绍了文化翻译观、关联理论和纽马克翻译理论等非遗译介的重要理论视角，并分析了它们在非遗译介研究中的应用。这些理论视角共同为非遗译介提供了丰富的理论资源和多元化的研究路径。

在民间文学类非遗的译介研究中，“外宣三贴近”原则、译介学理论、多模态话语分析理论、功能对等理论、翻译美学理论和叙事理论等也发挥了重要作用。“外宣三贴近”原则强调贴近中国发展实际、国外受众需求和思维习惯，提高了非遗译介的针对性和适应性。译介学理论则从比较文化的角度出发，关注翻译过程中的信息失落、变形等问题，为非遗译介的文化价值研究提供了新思路。多模态话语分析理论通过文化、语境、内容和表达 4 个层面的分析，为非遗译介的多模态转换提供了理论支持。功能对等理论强调译文读者与原文读者反应的一致性，有助于实现非遗文化的有效传递。翻译美学理论则从美学的角度探讨翻译的科学性和艺术性，为非遗译介的美学再现提供了理论支撑。叙事理论则关注民间文学类非遗故事的叙述方式和传播效果，通过叙事路径和策略的优化，提升了民间文学类非遗译介的叙事接受效果。

综上所述，本章通过对非遗译介主要理论视角的梳理和分析，揭示了不同理论在非遗译介研究中的应用特点和价值，为我国非遗的国际传播提供了多元的理论支持和实践指导。未来研究应继续拓展理论边界，构建多元方法体系，以应对非遗译介在数字人文时代的复杂挑战。同时，应加强对非遗译介效果的评估体系建设，提高非遗的国际传播效果，推动中国文化更好地走向世界。

第四章　安徽民间文学类非遗的翻译与传播

第一节　安徽民间文学类非遗通观

安徽作为中华文明的重要发源地之一，拥有丰富的非物质文化遗产资源。这些非物质文化遗产不仅形成了安徽独特的文化韵味，而且代表了安徽人民的精神瑰宝与智慧成果，同时也是中华文明宝库中不可或缺的组成部分。国务院自2006年起，陆续公布了5批国家级非物质文化遗产代表性项目名录，旨在保护与传承这些珍贵的文化遗产。该名录将非物质文化遗产细致划分为10大类别，具体包括：民间文学，传统音乐，传统舞蹈，传统戏剧，曲艺，传统体育、游艺与杂技，传统美术，传统技艺，传统医药，民俗。这些分类不仅体现了非物质文化遗产的多样性和丰富性，也为后续的保护与研究工作提供了清晰的框架与方向。据统计，截至2024年12月31日，全国各类国家级非遗项目共3610项，其中民间文学类非遗项目251项，其数量在10类非遗项目数中排第7（图4.1），占国家级非遗项目总数的6.95%。安徽省的国家级非遗项目共99项，在全国34个省、自治区、直辖市、特别行政区中排第18名，与排名前3的浙江省（257项）、山东省（186项）、山西省（182项）有非常大的差距。在安徽的99项国家级非遗项目中，民间文学类非遗项目共5项（图4.2），占比5.05%。此外，安徽省级非遗项目共606项，其中民间文学类非遗项目31项，它的数量在10类省级非遗项目数中排第8（图4.3），占比4.98%。

从图4.1、图4.2及图4.3，可以看出，无论是从我国国家级非遗项目数量看，还是从省级非遗项目数量看，民间文学类非遗项目的数量比很多类别的非遗项目数量都少，特别是国家级传统技艺非遗项目数量为629项，而民间文学类非遗项目数量仅为251项（图4.1）；安徽国家级传统戏剧类非遗项目25项，而国家级民间文学类非遗项目数量仅为5项（图4.2）；安徽省级传统技艺类非遗项目达195项，而省级民间文学类非遗项目仅31项。虽然民间文学类非遗项目数量相对并不算多，但是，我们也要看到，相较于其他非遗类别（特别是传统音乐、传统舞蹈、传统戏剧、传统技艺等），民间文学类非遗在译介传播方面确实存在一定的特性与优势，这些特点与其本体特征密切相关，主要体现在以下6个方面。

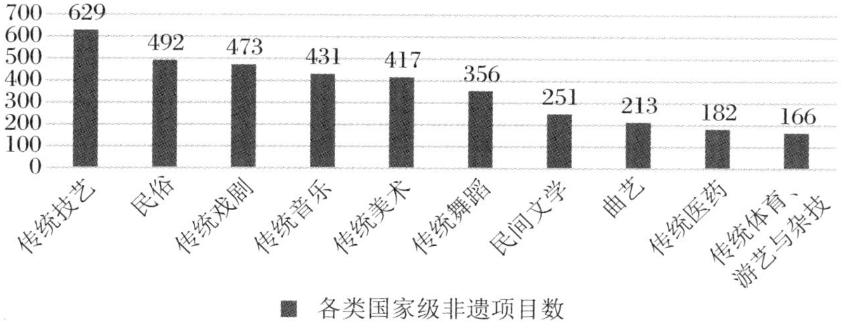

图4.1　我国国家级非遗项目数量柱形图

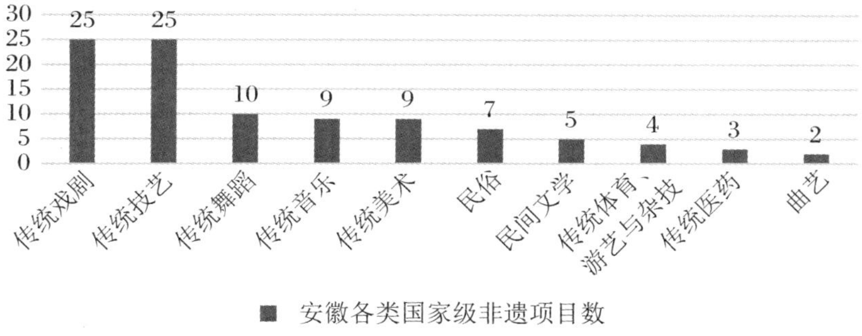

图4.2　安徽各类国家级非遗项目数量柱形图

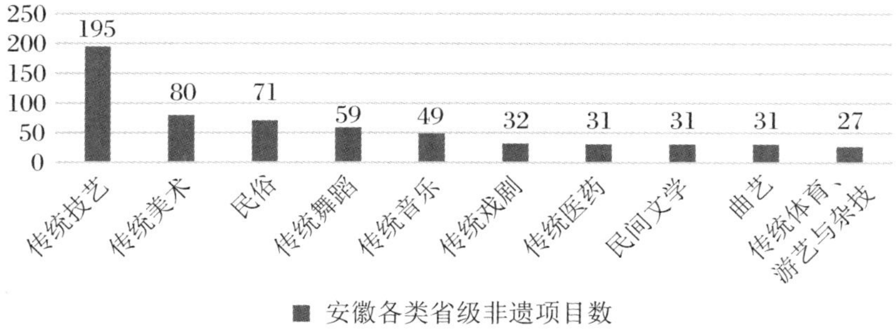

图4.3　安徽各类省级非遗项目数量柱形图

一、文本的可转换性

民间文学类非遗以语言为载体的特性(民间传说、民间故事、民间歌谣、楹联匾额等),使其天然具备文字固化的可能性。相较于依赖肢体语言(传统舞蹈)、声音介质(传统音乐)或物质载体(传统技艺)的非遗形式,民间文学类非遗的核心内容可通过文字记录实现跨时空稳定的传播。这种特性使得民间文学类非遗的译介具有较高的可行性,可以通过双语对照文本实现意义转换,如目前有多种版本的《孔雀东南飞》英译文本。同时,民间文学类非遗的原始口述文本也可衍生出绘本、动画、戏剧等不同的改编形式。如"桐城歌"的数字化叙事,通过视频录制,记录"桐城歌"的演唱现场,包括演唱者的表情、动作等,增强叙事的直观性和感染力;将采集到的音频和视频资料进行分类整理,存储于专门的数据库中,然后利用网络平台(如官方网站、社交媒体等),将"桐城歌"的音频和视频资料上传至线上,供公众浏览和欣赏;也可以制作"桐城歌"的数字化宣传册和海报,通过社交媒体等渠道进行广泛传播,提高"桐城歌"的知名度和影响力。目前,已有大量民间文学典籍能够为研究者提供译介参照。以《淮南子》为例,这部典籍融合了道家、儒家、阴阳家等多家思想,内容广泛,涉及哲学、历史、地理、自然等多个领域,这要求译者建立多维术语对应系统。其中《淮南子·说山训》《淮南子·说林训》将道德训诫巧妙融入自然现象的阐释之中,形成独特的隐喻翻译场域;《淮南子·时则训》则记载了祭祀乐舞词章,为宗教类民间文学翻译提供了语境参照。

二、文化符号的集中性

民间文学类非遗作为地域文化基因库,其文本中凝结着原型意象系统。例如,徽州传说中的"牌坊—祠堂—民居"建筑意象群常作为叙事触发器,能够激活当地人的深层文化记忆。如在《棠樾牌坊群传说》中,每座牌坊都对应着一个伦理困境,如孝子寻药、贞妇守节等。在《徽商大宅院传说》中,天井排水系统故障预示着家族衰败,建筑成为命运征兆的物化载体。此外,很多安徽民间文学类非遗以故事的形式传递着中国古代优秀的价值观和生态智慧。如"六尺巷传说"讲述的是清朝康熙年间,大学士张英的家人与邻居吴家因宅基地边界产生纠纷,张英得知后作诗劝解家人谦让,最终张家与吴家各退让三尺,形成了一条六尺宽的小巷。这个故事彰显了邻里和睦、谦和礼让的美德,成为中华民族传统美德的生动写照。在现代社会,"六尺巷传说"传递的价值观仍然具有重要的现实意义。它提醒人们在面对矛盾和冲突时,应该以宽容的心态去理解他人的立场和想法,不计较个人的得失和恩怨。

同时，它也倡导人们在面对荣誉、利益和权力时，应该秉持谦让的态度，懂得将个人利益置于集体利益和他人利益之后。最终，通过人们的宽容与谦让，实现社会的和谐共处。而“涂山大禹传说”则承载了丰富的治水文化记忆，提醒人们要铭记历史，珍惜水资源，保护生态环境。所以，民间文学类非遗是一种高密度的文化符号集群，它使译介过程能够通过注释体系（如文化专有项的处理）和副文本策略（如插图、导读等）实现文化解码，较之抽象的艺术形式（如戏曲唱腔）而言，显然民间文学类非遗更容易构建起跨文化理解的通道。

三、叙事结构的弹性

民间文学类非遗的活态性是其传承的核心特征之一，其本质在于通过动态的传承实践，使传统叙事框架不断适应社会语境的变化，从而保持文化生命力。以安徽民间文学类非遗项目为例，这种活态性具体表现为叙事内容的再生产、传播媒介的迭代、传承群体的互动以及地域文化的融合，最终其赋予叙事框架以弹性与适应性。

（一）叙事内容的再生产

“徽州民谣”（如《十送郎》《十二月花》等）以口耳相传的形式记录了徽商文化、农耕生活与伦理观念。其活态性体现在内容随时代语境不断重构，如《十送郎》原为妻子送别外出经商的丈夫，歌词中“一送郎君出家门，包袱雨伞要随身”反映徽商“十三四岁，往外一丢”的谋生传统，叙事核心是家庭伦理与乡愁，此为传统语境。而在当代传承中，歌词被注入了新的元素。例如，黄山黟县民谣艺人将“包袱雨伞”改为“手机充电宝”，并加入了“创业莫忘家乡路，高铁通到西递村”等词句，既保留了离别情感，又融入了乡村振兴、科技生活的现实图景。这种“旧瓶装新酒”的改编，使传统叙事框架具备包容现代性的弹性，实现了由传统语境到现代语境的自然转换。

（二）传播媒介的迭代

“桐城歌”作为安徽国家级民间文学类非遗，其活态传承一定程度上依赖于媒介形式的创新。如安庆市的一些新媒体机构将“桐城歌”改编为动画短片，通过虚拟主播演唱、短视频平台传播，利用弹幕互动重构“听—唱”关系。媒介转换并未消解“桐城歌”劝善的核心功能，反而通过年轻化表达扩展了受众边界，体现了叙事框架对技术变革的适应性。

（三）传承群体的互动

“巢湖民歌”[①]的活态性则体现在传承人与受众的共构关系中。“巢湖民歌”从传统上是由“歌师傅”主导传唱，内容多围绕渔猎生活（如《巢湖好》）。而如今，在合肥市的大中小学里发起了“民歌进校园”活动，学生根据环保主题创作新词，如“巢湖水面清如镜，禁渔护鸟不能停”，然后由非遗传承人谱曲后纳入民歌库。这种“专业传承人＋大众参与者”的模式，让“巢湖民歌”的演唱主体泛化，使叙事框架从封闭的地方知识转化为开放的公共文化资源。“巢湖民歌”还实现了功能转型，使民歌从生产协调工具（如秧歌号子）转变为地方文化的认同符号。例如，在巢湖文化旅游节中，民歌表演融入实景灯光秀之中，叙事重点从“劳动协作”转向“文旅品牌塑造”，凸显叙事框架对社会需求的响应能力。

（四）地域文化的融合

“徽州楹联匾额”作为安徽民间文类非遗的一个独特代表，虽属文学形式，但其活态传承体现了民间文学叙事框架的延展性。首先，传统的“徽州楹联匾额”依附于祠堂、民居建筑（如宏村承志堂的内联：“淡泊明志，清白传家”，外联：“敦孝弟此乐何极，嚼诗书其味无穷”），其叙事功能是宗族的教化。但在当代应用中，楹联被印制于文创产品（如歙砚包装盒），内容结合徽商精神与全球化语境，如“诚信通达丝路远，匠心雕琢砚田丰”，形成了有效的跨文化对话。此外，黄山市还将楹联美学植入城市形象宣传片，以“墨韵徽州”为主题，用三维动画演绎楹联中的历史典故，使文字叙事转化为视觉叙事。这种跨媒介转译并未割裂文化的基因，反而通过多元表达强化了徽州文化的整体性，将地域特色文化有机融合。

从以上例子，可以窥见安徽民间文学类非遗的活态性驱动叙事弹性的内在逻辑。首先是恒定的核心母题。无论是“徽州民谣”的“离别”，还是“巢湖民歌”的“人与自然”，抑或徽州楹联匾额的“伦理教化”，始终为叙事的内核，从而确保了地域文化认同的连续性。其次是流动的表达形式，具体体现在通过媒介创新、群体参与和功能调适，使叙事能够承载不同时代的价值诉求。最后是开放的文化边界，以上所列举的安徽民间文学类非遗在保持地域特色的同时，由于与时俱进地主动吸纳了外部元素（如科技、环保议题等），从而有效避免了叙事的僵化。

四、接受门槛的优势

相较于其他形式的非遗，安徽民间文学类非遗在受众的认知接受方面具有三

① 2006 年 5 月 20 日，“巢湖民歌”列入第一批国家级非物质文化遗产名录。

重便利性。

首先是媒介的普适性，相比传统戏剧对舞台的要求，民间文学类非遗无需特殊的展演设备。如“包公故事”过去多以口头讲述为基础，可以在市区的一些茶馆、乡村的田间地头通过“讲古”的形式进行传播。随后又衍生为庐剧《铁面无私》、连环画《包公案》等多元形式的载体，甚至被改编成电视剧（如《少年包青天》），覆盖了不同文化层次的受众。在安徽舒城等地，“梁山伯与祝英台的传说”通过黄梅戏《梁祝》唱段以及清明节的“化蝶”民俗活动等不同的形式被传播。当地还开发了现代景区梁祝文化广场，结合光影技术再现“十八相送”场景，媒介形式从口头叙事升级为沉浸式体验。在巢湖市含山县，“伍子胥过韶关的传说”以景区中的碑刻文字、导游讲解、实景演出（如《一夜白头》）等形式传播。游客可通过扫码听语音故事，实现“走到哪听到哪”的碎片化接收，达到历史叙事的场景化传播的效果。

其次是理解的共通性，像“包公故事”的核心是“清官断案”“惩恶扬善”的普世价值观。在《铡美案》中，包公体现的不畏权贵、追求正义的精神，跨越古今中外的文化差异，引发了不同国家、地域人民的广泛共鸣。而蒙城歌谣以皖北方言进行传唱，内容聚焦家庭伦理（如“孝亲敬长”）和劳动智慧（如“麦收三晌，虎口夺粮”），贴近我国古代农耕文明的共性。即使不是皖北人，也能从“粒粒粮食汗珠换”等歌词中理解珍惜粮食的深意。还有“梁山伯与祝英台的传说”，其倡导的“自由恋爱对抗封建礼教”主题极具跨文化的穿透力。安徽版本的梁祝更是突出了祝英台女扮男装的机智（呼应徽州女子的持家传统），既保留了普世的爱情悲剧内核，又融入了徽州地域特色，增强了地域文化的认同感。

最后是传播成本的低廉。像“包公故事”的传统传播途径依托茶馆说书人（仅需一张桌、一把扇）即可开讲，而现代传播则可以通过短视频平台剪辑经典片段（如龙头铡场景），零成本即可实现传播内容的裂变式扩散。在舒城当地，民间艺人自发创作了梁祝的主题剪纸、刺绣等衍生品，外地游客购买后即可通过社交平台分享，形成“实物载体 + 数字传播”的复合式低成本链条。

可以说，安徽民间文学类非遗通过三重便利性构建了一种“活态传承生态”。在这一生态系统下，民间文学类非遗的传承从口传到数字化，始终选择最“轻量化”的载体；同时，它们以人类共情为锚点，将地域叙事升华为世界语言；而且，这些非遗往往可以借助生活场景、文旅消费等现成渠道实现“借船出海”。这种“接地气、通人心、低成本”的特质，使“包公故事”“梁山伯与祝英台的传说”等具有代表性的民间文学类非遗在短视频时代依然焕发着新生，为非遗传承提供了可持续的民间智慧样本。

五、学术阐释的深度

安徽民间文学类非遗在译介过程中展现出的学术阐释深度，源于其与中华文明核心哲学思想、历史文化的深度绑定，以及跨学科研究的丰富可能性。诸如“孔雀东南飞传说”“老子传说故事”和“庄子传说”等民间文学类非遗，其译介不仅涉及语言转换，更通过学术视角激活文本的深层意蕴，成为不同国家及地域之间跨文化对话的思想资源。

美国著名翻译家、汉学家巴顿·华兹生（Burton Watson）在《哥伦比亚中国诗歌选集：从早期到13世纪》一书中（他所译的《孔雀东南飞》也被收录其中），将刘兰芝的“自沉殉情”译为“a ritual of silent resistance”（无声抵抗的仪式），结合汉代女性“七出”制度注释，揭示了其悲剧背后的性别压迫结构。译注中引用了安徽潜山出土的东汉织机残片与《列女传》的互文，将民间传说转化为研究中国古代性别权力的社会学标本。“孔雀东南飞”这一诗化标题，在法语译本中被处理为“Les Paons s'envolent vers le Sud-Est”（孔雀向东南飞去），并附长篇导论阐释“东南”在汉代文化中的象征意义（指向庐江郡的行政区划与长江流域的经济地位）。译者通过考据《淮南子》“东方为生门”的方位哲学，赋予地理指向以生命伦理的学术厚度。而德国汉学家顾彬（Wolfgang Kubin）将译本与《罗密欧与朱丽叶》进行母题对比，指出二者共有的“家族秩序与个体自由的冲突”主题，但强调《孔雀东南飞》通过“织素”“箜篌”等生产性意象，展现了中国式悲剧的“劳动异化”维度。这种译介延伸出比较文学领域的新课题。

“老子传说故事”中的“紫气东来”在英语世界常被简化为“祥瑞之兆”，但美国布朗大学的译者将其还原为“The Purple Breath from the East”（东方紫气），并附注考证汉代谶纬思想中“紫微垣”与老子“天道观”的关联，还对比了希腊哲学中“pneuma”（气息）概念的异同，激活了跨文明对话的学术路径。而日本东京大学的译者曾将“老子传说故事”中的“上善若水”与流体力学结合，开发出了“道德经科学隐喻数据库”。在《老子骑牛出关》的日译本中，“水善利万物而不争”被注解为“非平衡态系统的自组织原理”，使古老传说成为复杂性科学研究的隐喻资源。此外，美国麻省理工学院在2023年召开的《道德经》研讨会发布的信息显示，2023—2025年，全球将有超过10所顶尖大学开设《道德经》与认知科学交叉试点课程。预计到2030年，这一课程会在全球TOP50大学得到重点推广，甚至可能替代传统MBA核心课程20%以上的内容。届时，或有望建立起一套成熟的、全球公认的“天道认知指数”（Scientific Development and Cogntive Index，SDCI）量化评估体系，其中东西方文化的权重比为6：4，并将该认知指数纳入企业人才评估体系。

“庄子传说”中《庄周梦蝶》的故事在西班牙语译本中，标题被译为“Zhuangzi y la ontología de las mariposas”(庄子与蝴蝶的本体论)，译者通过分析蒙城方言中“蝴”(hu)与“糊”(黏着)的谐音双关，揭示该传说暗含的“认知粘连”哲学。英语世界则将传说中《濮水观鱼》的故事与生态学相结合，且译本特别标注“濮水”即今蒙城北淝河故道，通过卫星地图展示战国时期水系分布，并附生态学家对“鲦鱼出游从容”的动物行为学解读。这种译介策略使庄子思想介入到当代环境伦理的讨论之中。

这些传说承载着中华文明的核心命题(如道家的“自然观”、儒家的“伦理困局”)，其开放性文本结构允许不断注入新的学术视角。例如，《孔雀东南飞》的主人公“焦仲卿”，在译介中既可作为汉代基层官吏的研究样本，也能成为组织行为学的案例库。

安徽民间文学类非遗的译介实践，本质上是通过学术阐释构建一个“文化解码—再编码”的双向通道，这种“以译介为方法”的路径，不仅传播故事本身，更输出了一套理解中国智慧的阐释系统。

六、数字时代的适配度

民间文学类非遗因其口头性、文本可塑性及文化内核的普适性，在数字时代展现出更高的适配度。相较于依赖物质载体或身体实践的非遗形式(如传统舞蹈、体育杂技、传统技艺等)，民间文学类非遗凭借低转化成本、高叙事弹性和强参与接口三大核心特质，在传播、转化与再创作维度深度融入数字生态。

以“桐城歌”“孔雀东南飞传说”“徽州民谣”为例，其数字实践路径清晰可见。从传播层面来看，“桐城歌”通过短视频平台将方言韵律与现代编曲融合，单条播放量超百万次；“孔雀东南飞传说”以互动小说形式重构经典IP，用户选择分支剧情推动叙事，点击量突破上百万；“徽州民谣”则借助语音社交App打造“声音纪录片”，结合茶道、徽商故事构建沉浸场景。在转化层面，“孔雀东南飞传说”通过国风动画与水墨特效曾斩获文化创新奖；“徽州民谣”依托AR电子地图实现空间活化，扫描古村标识即可触发3D动画与民谣唱诵；“桐城歌”曲谱经AI分析后能生成智能编曲系统，辅助创作新旧融合的民谣作品。在再创作层面，“桐城歌”《十二月花》被电子音乐人采样为12种电音版本，播放量累计超千万；“徽州民谣”则裂变为职场、考研主题漫画，推动地域符号升维为全民文化梗。这些案例印证了民间文学类非遗的数字基因——文本与音频的低门槛数字化、叙事结构的弹性延展、用户从消费者向创作者的转化，使“桐城歌”的“听觉再造”、“孔雀东南飞传说”的“交互叙事”、“徽州民谣”的“符号裂变”能够突破文化遗产的边界，成为数字原住民构建文化身份的话语资源。

需要注意的是，民间文学类非遗在译介方面存在以上特质的同时，也面临着“文本化损伤”（口传特性的消减）与“过度阐释”的风险。为了有效解决这些问题，民间文学类非遗在译介时需构建“活态转译”体系，以平衡口传特性保全与跨文化过度阐释之间的风险。针对“桐城歌”等民间文学类非遗，可以采用“三维记录法”来实现媒介的转换。例如，通过音视频实录原生态场景、用国际音标注解方言声调、用可视化符号标记韵律节奏（用箭头标注音调起伏等），同步开发AR扫描触发方言的诵读功能，维系即兴创作的在场性。在阐释层面，建立与“孔雀东南飞传说”等经典非遗的“双轨阐释系统”：在基础层，采用直译文本并辅以脚注，系统说明不同地域的历史语境；在扩展层，通过VR技术，再现各类传说故事的仪式空间，并借鉴日本能剧“型”概念，适当保留民谣、民歌等程式化的唱腔结构。在数字化创新方面，依托动作捕捉技术，留存“桐城歌”表演者的身体语言，构建“动态文本数据库”，收录不同地域民间文学类非遗的故事变体，搭建“云对歌”或“云创作”平台来延续非遗民歌、民谣的活态应答传统。以“桐城歌”为例，其英译本通过二维码关联艺人表演视频，以“文本—影像—声音”三维架构既保留其特有的节奏范式，又可以规避过度的学术化解读，形成“活态档案建设—跨媒介转译—参与式传播”的协同机制，使非遗在跨文化传播中既能保持基因的稳定性，又能通过数字技术实现适应性的活态创新。这种特性与挑战的辩证存在，恰恰凸显了民间文学类非遗译介研究的学术价值与实践意义。

第二节　安徽民间文学类非遗译介研究的理论轨辙

在本书的第三章中，我们已经对民间文学类非遗译介的主要理论视角进行了全面且系统的梳理。这一过程不仅揭示了非遗译介研究在理论应用层面所展现出的异质性分布特征，还明确指出了一系列在该领域中占据主导地位的研究范式。这些范式包括但不限于生态翻译学理论、目的论、传播学理论、“外宣三贴近”原则、译介学理论、多模态话语分析理论、功能对等理论、翻译美学理论以及叙事理论等，它们共同构成了民间文学类非遗译介研究的理论基石，为后续的深入研究提供了有力的支撑与指导。

本章我们将研究的焦点集中于安徽民间文学类非遗译介，旨在通过结合具体的文章实例，来重点阐释和分析在安徽地域背景下，民间文学类非遗译介研究的理论视角，包括语境理论、隐喻理论、模因理论和知识翻译学理论。通过对这些理论视角的深入探讨，我们期望能够揭示安徽民间文学类非遗译介的独特性与规律性，为相关领域的研究者提供有益的参考与启示。

一、语境理论

（一）语境的基本概念

语境，作为语言学领域的一个核心概念，指的是影响语言产出与理解的各种环境因素。然而，这一术语并未精确界定哪些具体环境要素与语言产出和理解过程紧密相关。传统上，语境多被局限于语言语境，尤其是上下义关系，但这种界定显得过于狭隘。上下义关系仅是语境的一个维度，常见于句子或篇章层面，涉及词汇与其所在文本段落或篇章之间的意义联系。鉴于此，当代语言学家倾向于将上下义关系视为语言语境，即特定词汇周围文本内容的集合。此类语境分析往往侧重于静态视角，难以全面揭示语境的复杂性。

从语用学视角出发，语境涵盖了语言运作过程中涉及的语言及非语言成分，构成了话语产生的背景环境。人们依据这一背景环境，推断话语所传达的具体意义。若将上下义关系从语境中剥离，不视其为语境的构成部分，而单纯地将语境定义为话语产生的环境，则可能导致语境概念的片面化，进而影响对话语意义的准确理解。部分学者主张语境不应包含上下文，理由在于上下文主要用于分析既定的文本段落或篇章，具有形式化和静态化的特征。他们强调，语境与语言行为过程紧密相连，涉及交际双方的主观因素，而非纯粹的客观环境。鉴于语境随语言运作的变迁而不断变化，其动态性特征显而易见。这一观点强调了语境作为一个动态、多维概念的重要性，它不仅包含了文本内部的上下义关系，还涵盖了更广泛的语言及非语言背景信息，这些因素共同作用于语言的理解和产出过程。

（二）语境的特点

当代语用学在语境方面的研究体现出两大显著特点：其一是广泛性，其二是动态性。首先，语境的广泛性意味着其范畴已远远超越了单纯的语言语境，即上下文的概念。语境现在被视为广泛关联于语言意义表达的各类因素的综合体。若将语言视为一种社会现象，则其必然在社会环境的某个框架内被运用。这一社会环境复杂且广泛，不仅涵盖语言交流发生的即时场景，还深入涉及交流双方的身份、地位、性别、年龄差异，以及他们的语言习惯、文化背景、思想观念和民俗传统。

至于语境的动态性，它强调语境不应被视为静态或固定的实体。相反，语境是动态的，与言语行为紧密相连，并随着话语的演变而不断变化。在语言运用过程中，交流者所涉及的内容、目的，以及这些内容和目的本身，都可能经历各种变化。

曾有学者将语境比作一张无形且无所不在的网，认为语言使用者仿佛被这张网所束缚，成为“语言环境的奴隶”（钱冠连，2002）[81]。然而，这种观点过分凸显了语境的客观性，将其视为一种僵化的存在。实际上，人们在为了实现有效交流而选择恰当的语言表达方式时，并非被动地受制于语境，而是积极主动地运用语言，非机械地采用那些无需思考、已固化的表达（何自然，2011）。因此，语境的动态性与人的主观能动性在语言使用中相互交织，共同影响着交流的效果和语言的表达。

（三）语境与翻译研究

1. 早期的语境与翻译论

马林诺夫斯基（Malinowski）于 1923 年最早提出了情景语境和文化语境的概念。他注意到，语言表达的意义并非孤立存在，而是与其社会文化背景和使用环境紧密相连的。这一发现为翻译提供了新的方向——翻译不再是简单的文字替换，而是要在目标语言中重现源语言的文化和情境。

随着语言学的发展，学者们更加重视语境在翻译中的核心地位。例如，英国语学家弗斯（Firth）曾强调，语言的本质功能在于其在实际语境中的运用。这一观点进一步证实了翻译中考虑语境的必要性。翻译的过程，实质上是语境的解码与再编码，涉及对源语言文化的理解和目标语言文化的适应。

2. 卡特福德的语境与翻译论

卡特福德（Catford）在其著作《翻译的语言学理论》中，提出了语境化在翻译实践中的重要性。他将语境分为外语境和内语境，并强调了在翻译过程中如何处理这两种语境以实现等值效果。卡特福德的理论不仅指出了语境对翻译的直接影响，还探讨了如何通过语境来处理翻译中的不可译性问题，为翻译实践提供了具体的方法论。

在卡特福德的框架下，翻译等值的建立离不开对语境意义的深入分析。他提出的利用大量样本来建立翻译规则的方法，为系统化翻译提供了可能。同时，这也体现了语境在确定翻译策略和评估翻译质量中的关键作用。当面对翻译中的一大难题，即语言和文化的不可译性时，卡特福德指出，通过对目标语境的深入理解和适当调整，可以有效地解决这些问题。这种策略不仅体现了语境在解决具体翻译问题中的实际作用，也强调了译者作为文化中介者的重要角色。

3. 哈蒂姆和梅森的语境与翻译论

巴兹尔·哈蒂姆（Basil Hatim）和伊恩·梅森（Ian Mason）所著的《语篇与译者》被认为是开启翻译研究语篇分析时代的里程碑。语篇分析的翻译研究以系统功能语言学为主要理论指导，形成了“语篇—语境”为核心的研究范式。两位学者把语境在翻译中的应用分为 3 个维度，即交际维度、语用维度和符际维度。交际维度的理论基础是语域分析（register analysis），而在他们看来，语域概念属于语境的交际维度；虽然语域分析对翻译中的语义定位能起到非常重要的指导作用，但是无法涵盖语境研究的全部。因此，他们还另外提出语用维度和符际维度两个语境维度。语用维度以语用学为理论基础，主要分析语境中的语用行为；符际维度则以符号学为基础，主要关注语篇中的符号互动、文本话语、体裁等（图 4.4）。

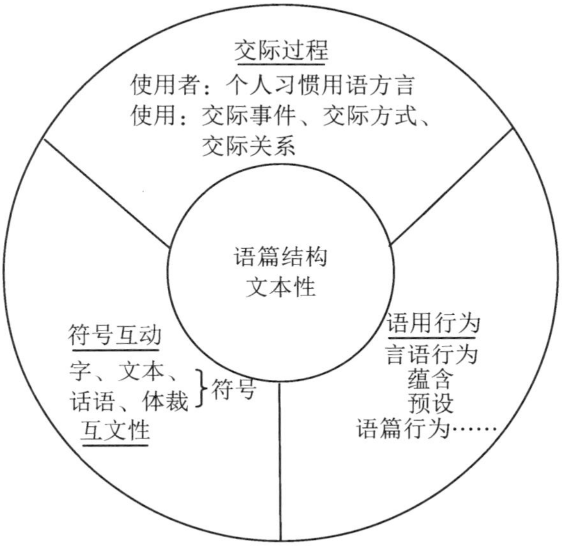

图 4.4　语境的三个层面（Hatim et al.，1990）

4. 奈达的语境与翻译论

作为一位杰出的翻译理论家，奈达早在 1969 年就强调了语境一致性在翻译过程中的核心地位。他的著作《翻译中的语境》深入分析了语境对翻译实践的影响，提出了 9 种不同的语境类型，为翻译工作者提供了实用的指导和深刻的洞见。奈达强调，文化价值观的差异是理解某些术语的关键。行业术语或专业表达往往植根于特定的文化背景之中，理解这些背景对于准确翻译至关重要。这也提醒翻译者，他们不仅是语言的转换者，也是文化的传递者。

5. 格特的语境与翻译论

厄恩斯特-奥古斯特 · 格特（Ernst-August Gutt）的关联理论为我们提供了一个新的视角。格特通过对语境与翻译关系的深入分析，强调了语境在翻译实践中的重要性，并提出了独到的见解。在关联理论的框架下，格特对翻译过程中语境的处理和传达提供了精辟的指导。格特借助关联理论，指出语言交际涉及两种截然不同的大脑重现形式:语义重现和以预设形式出现的思维。在这一转换过程中,语境的使用至关重要。他引用了丹·斯珀波和迪埃珏·威尔逊的观点,将语境定义为听者对外在世界的假设集合,即心理环境。这种环境由交际双方提供的信息及其大脑解读处理的可行性构成。在交际场景中,最佳关联的期待指导着交际双方,以最小的处理成本达到有效的交际目的。格特强调,语境背景的差异是翻译中的一大挑战。在过去,这一点往往被译者和研究者忽视,但近 20 年的发展使人们逐渐意识到正确处理语境差异对翻译质量的影响。译者的任务不仅是文字的转换,更是文化意义和语境的传递,这要求他们为目标语读者提供辅助性材料,帮助他们理解原文的语境。与此同时,格特基于关联理论,为翻译实践提出了具体的指导原则。译者需要完全熟悉原作者的语境背景知识,认识到原文在每一处所想要营造的语境效果,并形成一个对原文意图的全面假设。在翻译过程中,译者应选择与原文意义最接近的目标语语言资源,力求贴近原文所要表达的意义。

李建萍(2014)从跨文化研究的视角对徽州楹联的文化语境进行深入分析,对徽州楹联的文化意象进行了合理定位,探讨了在汉译英翻译过程中如何准确传递其特定的民族文化意象,采取保留形象直译、保留形象加注、改换形象意译、舍弃形象意译 4 种翻译策略传达原作的地域文化特色,力求做到"文化传真"。她解释,翻译的基本操作流程涵盖"理解—语境化—表达"三个阶段,而"译文需贴合语境"则是翻译工作应遵循的基本原则。因此,在进行翻译实践时,译者需综合考虑语言因素与非语言因素,对原语文本进行深入剖析。在此基础上,精心挑选最为贴切的词汇、构建恰当的句式结构,并选用合适的文体风格,以实现对原语文本内容的精准再现与传达。

具体而言,理解阶段要求译者准确把握原文的语义信息和情感色彩;语境化处理阶段则强调将原文置于特定的文化背景和语境中进行解读,以确保译文的准确性和自然度;表达阶段则是将经过语境化处理的译文以流畅、地道的语言形式呈现出来,使读者能够顺畅地理解并接受译文内容。在这一过程中,译者需充分发挥其语言能力和文化素养,以确保译文既忠实于原文,又符合目标语言读者的阅读习惯和审美期待。

二、隐喻理论

(一) 隐喻的基本要素

隐喻,作为一种语言与思维中的精妙手法,其构建基于一系列核心要素,这些要素共同编织出一张错综复杂却又条理清晰的认知网络。

1. 源域与目标域的交织

隐喻的精髓在于将两个看似不相关或性质迥异的领域——源域与目标域——巧妙地联系在一起。源域，也叫始发域，往往是一个具体、直观、易于感知的世界，比如自然界中的万物、日常生活中的现象或人们熟悉的经验。而目标域，则是一个相对抽象、复杂、难以直观把握的领域，它可能是某个概念、情感、思想或社会现象。隐喻通过源域向目标域的映射，赋予后者以形象、生动和可感的特质，使抽象的概念得以具象化，复杂的情感得以简化表达。

2. 相似性的桥梁

相似性是连接源域与目标域的桥梁。这种相似性并非物理上的完全吻合，而是基于某种深层的、本质的关联或共鸣。它可能是形态上的相似，如“时间是沙漏中的细沙”，将时间的流逝与沙漏中沙粒的下落相联系；也可能是功能上的相似，如“教育是点亮心灯的火焰”，将教育的功能比作火焰照亮黑暗的能力。相似性让隐喻成为可能，也让它成为一种富有启发性和创造力的表达方式。

3. 经验与意象的共鸣

隐喻的运作离不开人们的经验和意象。经验是人们与世界互动过程中积累的知识和情感；意象则是这些经验和情感在大脑中的具体表现，它们以图像、声音、触感等形式存在。隐喻通过激活人们内心深处的意象，将经验与当前情境相结合，创造出新的意义。这种共鸣不仅加深了人们对隐喻的理解，也丰富了他们的认知世界。

4. 映射的艺术

隐喻的映射是一种复杂而精妙的艺术。它不仅仅是简单的“一对一”，而是涉及源域与目标域之间多层次、多维度的关系。这种映射可能是直接的、明确的，也可能是间接的、模糊的；可能是静态的、固定的，也可能是动态的、变化的。映射的灵活性和多样性使得隐喻能够适用于各种情境和语境，成为一种强大的语言工具。

因此，隐喻的基本要素——源域与目标域的交织、相似性的桥梁、经验与意象的共鸣以及映射的艺术共同构成了一个复杂而精细的认知系统。这个系统不仅让我们能够以更加生动、直观的方式理解和表达抽象概念，也让我们在语言和思维的探索中不断发现新的可能性和创造力。

（二）隐喻的类别

隐喻，作为语言中一种充满魅力的修辞方式，其类别多样，各具特色。

1. 实体隐喻

实体隐喻侧重于利用具体实体的属性来描述抽象概念或情感。这些实体可能是自然界中的万物，如“重如泰山”形容事物的重要性，“轻如鸿毛”则表达其微不足道。实体隐喻通过赋予抽象概念以具体的形态和重量,使它们变得可感可知,增强了语言的表现力和感染力。

2. 方位隐喻

方位隐喻巧妙地利用空间方位词来描述抽象概念或情感的变化。这些方位词如上下、左右、前后、里外等,被赋予了特定的象征意义。例如,“上天堂”和“下地狱”分别象征着美好的归宿和悲惨的结局,“左顾右盼”则形容人的犹豫不决或观望态度。方位隐喻通过空间方位的对比和映射,揭示了抽象概念之间的内在联系和差异。

3. 拟人隐喻

拟人隐喻将非人类的事物赋予人类的特征和行为,使它们变得生动而有趣。这种隐喻常见于文学作品和日常语言中,如“狐朋狗友”将狐狸和狗赋予了人类的社交属性,“鸦雀无声”则形容环境的寂静无声,仿佛连鸦雀都被赋予了人类的声音行为。拟人隐喻通过赋予非生命体以生命特征,增强了语言的形象性和表现力。

4. 结构隐喻

结构隐喻是一种更为复杂和深层次的隐喻类型。它利用一个较为具体、结构清晰的概念来说明另一个较为抽象、结构模糊的概念。这种隐喻通常涉及一个源域向目标域的映射过程,如“争论是战争”就是将争论和战争进行映射,用战争的词汇来描述争论的状态。结构隐喻通过构建源域和目标域之间的内在联系,揭示了抽象概念之间的相似性和差异性。

5. 时间隐喻与感官隐喻

时间隐喻是利用与时间相关的词汇来描述抽象概念或情感的变化,如“思想过时了”用时间上的过去时来形容思想的落后。

感官隐喻是借助感官经验来描述抽象概念或情感,如“天籁之音”是用音乐的优美来形容声音的美好。

这两类隐喻通过时间和感官的维度,丰富了语言的表达方式和情感体验。

6. 过程隐喻与对比隐喻

过程隐喻是以时间和空间的运动来表达思想,如“河流的奔流”象征着时间的流逝或生命的进程。

对比隐喻是通过对比两个概念或实物的异同来表达特定的含义,如“时间是利剑”是用利剑的锋利来形容时间的无情和迅速。

这两类隐喻通过动态和静态的对比,展现了语言的灵活性和多样性。

7. 器具隐喻与互指隐喻

器具隐喻指用器物来代表一种思想或一个实物,如“人是社会的螺丝钉”强调了个体在社会机器中的作用。

互指隐喻指用两个或多个相关概念之间的关系来替代原有的概念和实物，表达出更为深刻的含义，如“这个学校就像一个大家庭”是用家庭的关系来隐喻学校中的师生关系和集体氛围。

这两类隐喻通过器具和关系的映射，拓展了语言的表达空间和深度。

可见，隐喻的类别多样且各具特色。它们通过不同的方式和角度揭示抽象概念之间的内在联系和差异，丰富了语言的表达方式和情感体验。在理解和运用隐喻时，我们需要敏锐地察觉其背后的深层含义和象征意义，从而更加深入地把握语言的美妙和魅力。

（三）隐喻的特征

1. 隐喻的系统性

美国著名语言学家莱考夫（Lakoff）与约翰逊（Johnson）提出，隐喻的实质在于利用一个概念框架去阐释另一概念，这一观点强调了隐喻作为概念转换的工具性。同时，他们指出概念隐喻具备系统性特征，这一特性对于理解和分析隐喻表达至关重要。具体而言，概念隐喻的系统性不仅塑造了组织这些概念的语言结构，还决定了隐喻表达方式的系统性构建。在这一框架下，看似独立的隐喻语言可以通过潜在的关联性相互联结，共同构成一个协调一致的系统。

以“一寸光阴一寸金”与“寸金难买寸光阴”这两个概念隐喻为例，它们各自构建了一个独立的隐喻系统。前者将时间比作贵重的金子，强调了时间的珍贵性；后者则进一步阐述了时间的无价性，即便如金子般珍贵，也无法衡量或购买时间。这两个隐喻之间存在内在的逻辑联系，即金子作为有限且高价值的资源，被用来象征时间的稀缺与宝贵。这种蕴含关系正是概念隐喻系统性的一种体现，它使得不同的隐喻表达能够相互呼应，共同强化某一核心观念。

因此，概念隐喻的内在系统性不仅为理解单个隐喻表达提供了框架，还为分析这些表达如何构成一个有机的整体提供了可能。这一系统性特征确保了隐喻语言在表达上的连贯性和一致性，使得隐喻成为一种强有力的语言工具，能够深刻地揭示概念之间的内在联系，并促进人们对抽象概念的理解和认知。

2. 隐喻的连贯性

单个概念隐喻往往不足以全面构建或详尽描绘一个概念的复杂多维结构。因此，为了实现对某一概念的整体性、连贯性理解，有必要整合多种概念隐喻。这种连贯性建立在多个概念隐喻之间潜在的关联之上，通过它们之间的内在联系，构建出一个连贯的概念隐喻体系及语言表达形式。首先，概念隐喻的连贯性体现在它们如何协同作用，共同塑造对某一概念的深入理解。每个概念隐喻都如同一面透镜，从不同角度折射出概念的某个侧面。当这些透镜被巧妙地组合在一起时，它们就能提供一个更为全面、立体的视角，使我们能够更准确地把握概念的本质。其次，隐喻的连贯性还体现在语言表达的层面上。不同的概念隐喻可能会采用不同的词汇、句式和修辞手法，但这些表达形式之间却存在着内在的逻辑联系和一致性。这种一致性确保了隐喻语言在传达概念时的准确性和有效性，使得读者或听者能够顺畅地理解并接受这些隐喻所传达的信息。

可见，概念隐喻的连贯性是理解和表达复杂概念的关键所在。

通过整合多种概念隐喻，我们能够构建一个更为完整、连贯的概念体系，进而实现对某一概念的深入理解和有效传达。

以下两个示例能够进一步阐释隐喻连贯性的概念。

【例 1】 爱是花园(love is a garden)

通常在理想条件下，花园的丰饶程度取决于园丁的持续照料。将这一隐喻映射到目标域，随着爱的不断滋养，爱的多样性会越来越丰富。花园需要定期除草、浇灌和培育不同植物，隐喻爱情需要精心维护和多元投入，方能绽放异彩。

【例 2】 爱是桥梁(love is a bridge)

通常在理想条件下，桥梁的承载能力取决于结构材料的不断加固。将此隐喻映射到目标域，随着爱的持续经营，爱的连接力会越来越强大。桥梁需要稳固的桥墩和耐久的材料，隐喻爱情需要建立稳固的信任基础和持续的情感联结。

值得注意的是，例 1 与例 2 两个隐喻之间存在着共同的隐喻基础，这一基础使得它们尽管服务于不同的目的，却能构成一个内在连贯的系统。在语言的实际应用中，这些隐喻可以单独使用，以展现其各自独特的表达效果；同时，它们也能被巧妙地结合在同一个隐喻表达式中，通过重叠使用来增强表达的深度和广度。具体而言，这种共同的隐喻基础为两个隐喻提供了一个相互关联的认知框架，使得它们在表达上能够相互协调、相互补充。当它们作为独立的隐喻出现时，各自能够传达出特定的意象和情感；而当它们被重叠使用时，则能够在同一个表达式中形成更为复杂、更为丰富的意象层次，从而深化读者对于所描述事物的理解和感受。因此，在理解和运用隐喻时，我们需要敏锐地捕捉不同隐喻之间可能存在的共同基础，并善于利用这些基础来构建更为连贯、更为有力的语言表达。这不仅能够提升我们语言的准确性和生动性，还能够增强我们与读者之间的沟通和共鸣。

3. 跨域映射的奇妙性

隐喻的核心在于跨域映射，它像一座无形的桥梁，连接着看似不相关的两个领域——源域与目标域。这种映射并非随意的拼凑，而是基于深层的逻辑关联或情感共鸣。源域中的元素被巧妙地映射到目标域中，使得原本抽象、复杂的概念变得生动、具体。这种奇妙性在于，它打破了常规的思维界限，让人们在熟悉的领域中发现新的意义，感受到前所未有的认知体验。

4. 形象表达的生动性

隐喻通过形象的描绘，将抽象的概念或情感转化为具体可感的形象。这种生动性在于，它利用人们的直观感受和经验积累，将无形的概念转化为有形可触的形象。这种转化不仅增强了语言的感染力，也让人们在阅读或聆听时仿佛置身于一个充满色彩、声音、气味等感官元素的世界中，更加直观地理解并感受隐喻所传达的意义。

5. 深层含义的隐含性

隐喻往往蕴含着深层的含义，这些含义往往不是直接表达出来的，而是需要读者或听者通过联想、推理等认知过程来发掘。这种隐含性在于，它赋予了隐喻以丰富的解读空间和深邃的内涵。每个人都可以根据自己的经验和理解，从隐喻中解读出不同的意义，这种解读的多样性和开放性正是隐喻的魅力所在。

6. 文化背景的关联性

隐喻的表达往往与特定的文化背景紧密相连。不同的文化背景下，人们对于隐喻的理解可能存在差异。这种关联性在于，它反映了文化的多样性和丰富性。隐喻不仅是一种语言现象，更是一种文化现象。它承载着特定的文化价值和观念，通过隐喻的表达，人们可以更加深入地了解和感受不同文化的魅力和内涵。

宋玥涵(2023)基于概念隐喻理论，对亚瑟·韦利(Arthur Waley)和许渊冲《孔雀东南飞》两版英译本中隐喻翻译进行对比分析。研究发现，韦利侧重于直译喻体加释义、扩展喻体的翻译方法，而许渊冲则倾向于转换喻体和省略喻体。无论运用何种方法，译者的首要任务是实现原文和译文喻源域的成功映射，让不同语言的读者在阅读时能获得相同的隐喻体验。她主张，隐喻不仅是语言的一种显著特征，更是人类思维的一种重要表达方式。在隐喻翻译的实践中，译者需超越隐喻的表面形式，深入理解其内在的本质意义，力求在原文与译文之间建立起喻源域的精准对应关系。进行隐喻翻译时，译者应遵循具体问题具体分析的原则，无论采取何种翻译策略，首要任务是忠实反映原文的隐喻结构和表达方式。在此基础上，译者还需精心选择词汇与句式，以充分再现隐喻所蕴含的文化内涵，从而确保译文读者能够获得与原文读者相同的隐喻认知与审美体验。进一步而言，隐喻翻译的过程实质上是对原文隐喻意义进行解码与再编码的过程。译者需具备深厚的语言功底和敏锐的文化意识，方能准确捕捉隐喻的精髓，并在译文中以恰当的方式予以呈现。通过这一过程，隐喻翻译不仅能够促进不同文化之间的交流与理解，还能够丰富译入语的语言表达，推动语言的多样性与创新性发展。

三、模因理论

（一）模因理论概述

1976年，理查德·道金斯（Richard Dawkins）在其著作《自私的基因》（*The Selfish Gene*）中首次引入了模因理论（memetics）的概念，该理论将人文社科领域的文化发展进化规律与生物进化论进行了类比，并在语言学、心理学、哲学等多个学科领域内得到了广泛应用。道金斯将模因定义为文化传播和模仿过程中的基本单位，这些单位可以是语言、行为、制度、习俗、手工艺等多种形式的信息载体，它们通过不断复制和传播，构成了模因的具体表现形式。道金斯认为，信息通过这些可复制的模因实现了自我复制和传播。

学者玛塔·代纳尔（Marta Dynel）在2016年的研究中进一步阐述了模因在互联网环境中的特性，将其描述为可以被任何人模仿、翻译和传播的人造信息，这些信息的传播能够产生大量的衍生内容。在模因复制的过程中，新的复制因子不断涌现，这些因子在传播过程中会产生不同程度的变异。随着互联网技术的飞速发展，可用性、交互性、协作性和网络连接性的提升打破了系统性和社会性参与障碍，使得"用户生成内容"大量涌现，从而极大地增加了模因选择和变异的可能性。

在文化传承的过程中，那些具有强大感染力和生存能力的模因更容易成为强势模因，成功保存下来并实现最终的传承（陈彦冰，2024）[3]。1999年，道金斯的学生苏珊·布莱克摩尔（Susan Blackmore）在《模因机器》（*The Meme Machine*）一书中对模因理论的基础理论进行了深入研究，并提出了初步的理论框架。她认为，只有当某种思想得到传播和复制后，才开始具备模因性。布莱克摩尔强调，模因理论是基于达尔文生物进化论的一种新理论，旨在解释文化进化的传承性规律，为理解文化的传承和发展提供了全新的视角。

（二）模因的分类

模因理论假定文化元素由诸多模因构成，而文化变迁的实质在于模因的不断更迭与替换（樊林洲，2015）。在文化交流的过程中，来自不同文化背景的人们会相互借鉴与模仿，这一过程不仅促进了文化间的融合与吸收，同时也伴随着新文化模因的创造。为了自身的生存与发展，文化模因之间会展开主流地位的竞争，并在此过程中选择性地发生变异。

基于模因的特性及其传播模式，我们可以将其划分为意象模因、行为模因及具象模因3类，这3类分别体现了模因在思想意识、行为动作以及物质实体3个维度上的存在与传播方式。陈彦冰(2024)[3] 在研究中论述了国内学者对于文化模因的层次所作的划分。例如,杨富裕将文化分为抽象精神层次、功能体验层次以及生产工具层次,这3个层次分别对应于形而上层次、形而中层次及形而下层次;何星亮(1992)则提出了“文化空间理论”,该理论将文化分为表层、中层和深层,分别代表物化物质、行为功能以及意蕴含义,这3者相互关联,共同构成了一个统一的文化整体。陈彦冰(2024)在综合国内外学者研究成果的基础上,从意象模因、行为模因以及具象模因3个层面进行了深入研究,并对这3种模因的内涵进行了明确界定。这一研究不仅深化了我们对模因理论的理解,也为文化变迁的动因及机制提供了新的视角和解释。通过这一视角,我们可以更加清晰地看到文化模因如何在不同文化间进行传播、竞争与融合,进而推动文化的不断演进与发展。

(三)模因的传播阶段

弗朗西斯·海利根(Francis Heylighen)在1998年提出的模因传播理论,将传播过程划分为内化期与外化期两个阶段。内化期涵盖同化与保留两个关键环节,而外化期则包含表达与传播两个重要步骤。这一过程详细描绘了宿主(即模因的携带者)与模因之间的互动,具体涉及宿主对模因的初步注意、记忆存储,以及后续的模因表达与传播(表4.1)。这4个阶段构成了模因接收者或使用者与模因互动的核心部分,且各自扮演着至关重要的角色。在初始阶段,模因首先吸引宿主的注意力;随后,宿主在接收模因后,通过自主模仿、创新或改编,并最终将其发表出来(刘荣荣,2022)。这一过程不仅体现了模因的生命力与传播力,也揭示了宿主在模因传播中的主动性与创造性。

表4.1 模因的传播阶段

内化期	同化阶段	模因被注意后形成强势模因
	保留阶段	宿主强化对强势模因记忆
外化期	表达阶段	模因的表达形式
	传播阶段	模因的扩散和传播

谷峰(2019)在综述模因论的基础上,深入剖析了徽州民歌中乡土语言的模因化演变,并以方言模因与熟语模因的翻译为例,探讨了徽州民歌乡土语言模因的传递与诠释。他指出,乡土语言不仅承载着浓郁的乡土气息,还具备模因复制中的保真性、高产性及持久性等特质,这些特质有助于提炼出独特的乡土韵味、意境及精神内涵。在乡土语言的传播轨迹中,可以辨识出两种主要类型:一类是模仿性的,倾向于客观写实,根植于传统乡土语言;另一类是表现性的,侧重于主观情感表达,虽创新却仍植根于传统乡土语言的基础之上。任东升与闫莉平(2018)也强调,乡

土文学与城市文学共同构筑了地域文学的丰富图景，而乡土语言经由传播过程实现了模因化转变，并据此提出了乡土语言模因的源起及构成框架。基于这一框架，谷峰(2019)[63]进一步细化并展示了徽州民歌中乡土语言模因的构成模式(图 4.5)。他认为，徽州民歌中的诸多乡土语言模因，深深植根于徽州地域文化及民众的社会生活实践之中。在翻译这些模因特征显著的乡土语言时，译者需具备强烈的受众意识，全面考量源语言的生态环境以及目标语言读者的认知能力。唯有从跨文化交际的视角出发，有效缩短源语言乡土文化与目标语言文化之间的距离，方能精准传达这些乡土语言模因的深层含义。

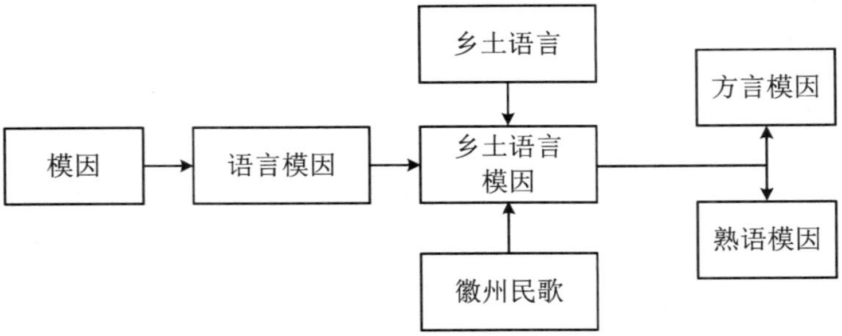

图 4.5 徽州民歌中乡土语言模因的构成图

四、知识翻译学理论

在笔者广泛检索与非遗译介直接相关(即论文主题与研究内容均紧密围绕非遗译介)的 355 篇文献后，发现一个值得注意的现象：竟无一篇文献直接从知识翻译学的理论视角对非遗译介展开深入探讨。鉴于此，本节特意着重阐述知识翻译学理论，其缘由可归结为以下 3 个方面：首先，知识翻译学作为 2021 年正式问世的本土译学理论，尽管其发展历程仅短短 3 年，却已展现出极为强劲的发展潜力与蓬勃的生命力。该理论不仅在学术界迅速崛起，更在文化翻译领域内产生了深远的影响，成为近年来一个备受瞩目的翻译理论流派。其次，为了在中国翻译研究领域实现创新突破，必须着重于理论方法与概念范畴的自主创新，此乃关键之所在。知识翻译学的兴起，恰与构建独特话语体系的需求相契合。审视当前我国传统译论的现代转化，不难发现其创造性转化的力度尚显不足，新旧知识的整合进程亦显得犹豫不决。知识翻译学的问世，为学术研究与知识探索开辟了全新的路径，有望引领翻译研究领域的新范式转变，进而触发一场深刻的“知识转向”(刘军平，2025)。这一转向不仅预示着翻译研究方法的革新，也强调了知识整合与理论创新在推动学科发展中的重要地位。最后，长期以来，翻译研究从各自不同的知识论域出发，形成了相互抗衡的翻译理论范式。各种知识话语、各种理论视角各执一词，形成自相矛盾的翻译学说，困扰着翻译学界。不同的学术流派和理论言说，从不同的知识论视域出发，形成了具有相对解释力的和阐释力的理论。但如果换一个角度考察，这种相对主义理论则形成了悖论。知识翻译学提出了三位一体理论建构系统，在这一创新知识结构中，很多问题迎刃而解，而且基于这个理论，有助于开展非遗译介的各类研究（刘军平，2024）。

（一）翻译研究的知识转向

在20世纪以前，翻译的讨论主要停留于经验性的层面，被视为文艺学中的一个次要话题。当时，人们主要关注语言间的转换问题，因此翻译研究大多局限于语言学的框架内，重点研究语言的分解，包括词汇、语素、音素等微观元素，以及词组、子句、复合句和篇章等宏观结构。这一时期的理论高峰，涌现出了如奈达、纽马克和卡特福德等杰出的语言学家。然而，直到1972年，霍姆斯才明确提出翻译研究应作为一门独立的学科，并明确了其学科特性和研究领域，这激发了学界对翻译本质问题的深入探讨。学者们开始从哲学、阐释学、解构主义、比较文学以及接受美学等理论中汲取灵感，进一步深化了语言学流派的翻译研究，并引入了跨学科的视角。

在20世纪90年代，巴斯奈特和勒菲弗尔的著作《翻译、历史与文化》标志着翻译研究的文化转向。巴斯奈特（2002）曾形象地比喻道："如果将文化比作人体，那么语言便是心脏，心脏与身体的互动维系着生命；外科医生在操作心脏时不能忽视整体身体，同样，译者在处理文本时也不能将文本与文化割裂开来。"在文化视角下，翻译被视为一种文化转移的行为，是跨文化交流实践在动态多元系统中的体现。因此，翻译研究应当置于跨文化的框架内进行考量。

进入21世纪，翻译研究领域呈现出多元化和多样化的特点。2010年，意大利学者马丁首次提出了"认知翻译学"的概念，他强调科学主义与人文主义的结合，认为语言表征是对社会现实的概念化处理，但这种现实并非客观存在，而是人类主观感知的结果。认知翻译学借助认知语言学的理论和方法，如框架语义学、构式语法、认知语法、隐喻理论以及认知语义学等，深入探究翻译中的认知心理机制、模式及其运作过程，从而引领了翻译研究的认知转向。随着全球生态意识的增强，语言的多样性、濒危语言的保护以及语言平衡等问题也日益受到关注。Haugen（1972）率先将"生态学"引入语言学领域，生态翻译学在跨文化交流中关注翻译作为文本移植对文化生态的适应与选择。胡庚申（2008）则提出，翻译构成了一个生态系统，具有渐进式的发展过程，他建议从宏观生态理念、中观本体理论以及微观文本操作三个层面进行研究，这预示着翻译研究正向生态学转向。王寅（2021）基于体验哲学的视角，对认知翻译学和生态翻译学进行了新的诠释，并提出了“体认翻译学”的概念，旨在搭建翻译学与语言学、后现代哲学以及认知科学等理论之间的桥梁。他认为，在翻译过程中既存在认知的共性也存在差异，可以通过“体”来解释翻译的“同”与“模仿”，用“认”来解释翻译的“异”与“创造”。（杨朝军 等，2023）

在文化转向、认知转向、生态转向及体认转向的推动下，翻译研究的复杂性得到了更为深入的剖析，为翻译实践者开辟了更为广阔的选择空间与可能性。然而，这些研究路径大多聚焦于翻译过程的某一特定维度，或是以翻译媒介（即语言）为核心，或关注翻译所处的具体语境，抑或探讨译者的认知差异，却未能全面揭示翻译活动的本质所在。在此背景下，杨枫于 2021 年提出的知识翻译学理论，作为一种新兴的译学框架，将知识的处理、重构及传播置于翻译研究的中心位置，这一创新性的视角促使学界重新审视翻译作为知识建构与文化交流的核心属性。知识翻译学不仅超越了传统翻译理论中的语言转换与文化迁移观念，而且从根本上整合了翻译研究的对象，标志着翻译研究在经历了哲学转向与文化转向之后，正步入一个全新的知识转向阶段。这一转向不仅深化了我们对翻译本质的理解，也为翻译研究开辟了新的发展方向。

基于以上研究历程，我们发现翻译研究经历了从经验归纳到学科自觉的范式嬗变。20 世纪前，语言学范式主导的翻译理论聚焦语言转换的微观技术分析；20 世纪 70 年代学科独立后，多元理论视角相继开启多维转向——文化转向揭示翻译作为跨文化实践的本质属性，认知转向解析双语转换的心理机制，生态转向关注翻译行为的文化适应性，体认转向则整合认知科学与哲学构建翻译阐释新维度。这些理论突破虽拓展了研究视域，却未能超越方法论层面的局部阐释。而知识翻译学的提出标志着根本性范式变革，通过将翻译重新定义为知识再生产系统，将语言媒介、文化语境与认知过程统摄于知识建构的元理论框架，实现了从工具论到本体论的认知跃迁，为翻译研究确立了新的认识论坐标。

（二）知识翻译学的概念基础

理论，无论是作为对事实的陈述还是对价值的阐述，均由一系列相互关联的概念构建而成，表现为命题、假设、观点、学说或结论等形式。在知识翻译学中，知识被视为探究翻译现象的出发点，构成了该理论的核心概念。一般而言，“知识”被理解为个体在改造世界实践活动中所累积的认识与经验的集合。然而，知识翻译学中的“知识”概念源自知识论哲学，需从更为宽泛的视角进行解读。马克思在其著作《1844 年经济学哲学手稿》中探讨了知识的本质，指出知识是意识的存在方式。他阐述道：“意识的存在方式，以及某物对意识而言的存在方式，即构成知识。知识是意识的唯一活动形式。因此，只要意识认识到某物，该物对意识而言便随之产生。知识是意识与对象之间唯一的、对象性的关系。”(蓝红军,2022)这一论述表明,任何存在于人的意识之中的内容,均可被视为知识。

基于这一理解,知识翻译学将文化纳入知识的范畴之内,而非将知识视为文化的子集。杨枫(2021)指出:“知识本身是物质和精神的文化。文化又因为知识的累积和目的在本质上属于知识。”这一观点强调了知识在翻译研究中的核心地位,为理解翻译作为知识建构与文化交流的过程提供了新的视角。

(三)一种有效的实践方法论

实践是认知发展的基石,它不仅驱动着认知的进程,还决定了认知的最终方向。翻译研究的核心议题之一,便是解决翻译实践中涌现的实际难题。知识翻译不仅是历史的产物,更在当今社会中持续不断地发挥着作用。历史中的知识翻译塑造了我们现今的社会形态,而当前的知识翻译则将塑造人类的未来轨迹。因此,知识翻译学的方法论价值体现在其能够聚焦并解决知识翻译实践中的现实问题。知识翻译学的现实使命,在于应对跨语言、跨领域知识生产和传播过程中的种种挑战。在知识论的框架下,知识通常被定义为具有真理性的真信念,其成立需满足特定的证成条件。然而,真理性的标准并非一成不变,而是受到不同真理观念的影响。哲学上存在诸如符合论、融贯论和实用论等多种真理观,这些不同的真理观在知识的跨语、跨域传播和接受过程中可能会引发冲突。因此,译者在知识再生产的过程中需要妥善解决这些冲突。

此外,知识具有多样化的形式和类别,从规则、描述、个体和问题列表,到各种类型的故事,再到雕刻、绘画、科学插图等表现形式,知识呈现出丰富多元的面貌。同时,知识还可以根据表征、来源、验证方式和表述方式等进行分类。不同形态和类别的知识在生产和传播过程中面临的问题各异,需要译者采取灵活多样的翻译策略。知识翻译学的研究内容广泛涉及自然、社会和人文等多个领域,所面临的现实问题既具有普遍性,又存在具体语境下的特殊性。因此,知识翻译学必须深入探究影响跨语言知识流动的各种因素,包括知识主体、知识特性、知识媒介和知识情境等。通过对“地方性知识”与“普遍性知识”的区分,知识翻译学能够为具体的翻译实践和翻译研究提供有益的指导。

以文学翻译为例,许多学者在文学外译研究中寻求一种普遍适用的翻译模式,以期解决所有翻译难题。然而,实际上文学翻译是将文学知识从一个地域传播到另一个地域的过程,其受众具有不同的社会阶层、教育背景、认知水平和审美偏好。因此,翻译必须贴合具体受众的想象、情感和审美标准,以及他们对历史、文化的认知。文学外译研究需要深入剖析受众的文化基因、价值观念和社会需求,以地方性的视角来审视文学的世界性。作为方法论的知识翻译学研究,应着重解决翻译过程中的地方化阐释路径问题。未来，基于知识类型对知识翻译现象进行深入的个案描写和解释研究，将是知识翻译学发展的重要方向之一（蓝红军，2022）。

（四）知识翻译学在民间文学类非遗译介的应用前景

通过以上内容，我们发现知识翻译学理论强调翻译不仅是语言转换，更是跨文化知识体系的再生产与重构。这一理论框架为民间文学类非遗的译介提供了系统性的方法论。我们可以从文化意义的层次化解析、动态传播的多维模式构建、地方知识的创造性转化、技术赋能的协同传播体系四个层面，以简明学术话语阐释其应用路径和前景。

1．文化意义的层次化解析

安徽民间文学类非遗（如“徽州楹联匾额”“徽州民谣”“桐城歌”等）蕴含着复合文化意义，需通过分层解码实现跨文化传递。首先是对表层符号的解析，对非遗中的物质符号（如祭祀器具）、行为程式（如傩戏仪式）进行语言学的转译。例如，将“桐城歌”中的“孝道”译为“ritualized filial devotion”，凸显其行为规范特征。然后是对中层语境的关联，建立文化语境的对应关系。例如，“徽州民谣”里“前世不修，生在徽州”中的宗族伦理，可以与西方新教伦理中的“天职观”进行类比阐释。最后是对深层隐喻的转写。例如，对“徽州民谣”唱词“渔网”意象隐含的人际网络，借用希腊命运女神纺织生命线的典故，实现隐喻系统的跨文化置换。

2．动态传播的多维模式构建

针对民间文学类非遗的活态传承特性，可以从不同维度设计立体化的译介系统。从文本维度出发，可以开发交互式电子译本，将“孔雀东南飞传说”的内容与徽州婚俗的社会背景相结合进行解析，形成超文本链接，从而丰富非遗的活态传承形式。从表演维度出发，可以运用韵律对应转化黄梅戏唱腔，将中文五声音阶匹配英语诗歌的音步。例如，把七字句转换为抑扬格五音步，仍然保留音乐的节奏韵律特征。从仪式维度出发，可以通过 VR 技术还原“徽州民谣”“桐城歌”等的表演场域，在数字空间中同步呈现动作的程式化解说以及宗族的谱系图等文化信息。

3．地方知识的创造性转化

结合民间文学类非遗的原始素材特点，可以构建一种“采集—提炼—再生”的转化链条。首先要进行文化要素的提取。例如，构建专业术语库，系统收录“徽州民谣”中的物候知识（如“清明麻，谷雨花”）、伦理概念等文化单元。其次是进行叙事母题的重构，将地方传说（如“孔雀东南飞传说”）解构为忠贞不渝的爱情普世母题，结合目标文化原型进行再创作。当然，还可以进行数字 IP 的开发，利用知识图谱技术，将“桐城歌”的节奏模式等要素转化为可编程文化模块，并能够结合具体的故事传说进行游戏开发、虚拟展演等衍生应用。

4. 技术赋能的协同传播体系

可以充分结合 AI 时代的先进技术手段，构建智能化的译介生态系统。例如，建立民间文学类非遗数据库，设定“徽州楹联匾额”的书法特征、主题内涵、表达字数等不同文化参数，形成机器可读的知识网络。或者搭建智能化的语言文字匹配系统，开发 AI 辅助工具，自动识别歙县方言中的双关语，并匹配英语文化中的类似修辞。

综合分析，知识翻译学视角下的民间文学类非遗译介，将突破传统翻译研究的语言中心范式，转向“文化认知—知识生产—价值传播”的复合框架。这种实践不仅为地域文化的国际传播提供了方法论创新，更通过数字人文技术的深度介入，实现了三个重要转变，即从静态的文本翻译到活态文化系统传播的转变、从单向文化输出到双向知识再生产的转变、从专业学术领域到公共文化服务的转变。这种理论应用范式，对于构建具有中国特色的非遗国际传播体系具有重要的参考价值，也为全球非物质文化遗产保护提供了“技术赋能—文化增值—伦理关怀”三位一体的实践样本。

第三节　安徽民间文学类非遗译介的现状

一、安徽国家级民间文学类非遗译介的情况

截至 2021 年，安徽省入选国家级非物质文化遗产民间文学门类的项目共 4 项，分别为第 2 批入选的“桐城歌”，第 4 批入选的“孔雀东南飞传说”“老子传说”和第 5 批入选的“包公故事”。从表现形式上看，这 4 项民间文学类非遗可以分为两类：“桐城歌”是一种具有音乐形态的韵文形式，而“孔雀东南飞传说”“老子传说”和“包公故事”均是以叙述为主的常规民间文学形式（苏涛，2022）[40]。

从非遗译介的情况看，“孔雀东南飞传说”的译介最多。其传说形成过程可追溯到东汉建安年间。当时，庐江郡小吏焦仲卿娶刘兰芝为妻，夫妻恩爱情深。但兰芝为焦母所不容，遣回娘家。焦、刘两人分手时发誓生死相爱，不复嫁娶。兰芝回娘家后，其兄逼其改嫁，在走投无路时投水身亡，仲卿闻讯后也自缢于庭树。焦、刘殉情一事，震动了庐江郡，“家家户户说焦、刘”，他们的故事在民间广为流传。300 余年后，在群众集体创作的基础上，诞生了《孔雀东南飞》。南朝徐陵将该诗以“古诗为焦仲卿妻作”为题收入他所编的《玉台新咏》，该诗也因此进入文坛成为定本。

这是我国古代保存下来的最早的一篇叙事诗，堪称中国叙事诗成熟的里程碑，焦仲卿、刘兰芝也被称为中国的罗密欧与朱丽叶。可以说“孔雀东南飞传说”是借着这篇乐府诗词被广为流传下来的。

鉴于《孔雀东南飞》是我国的第一部长篇叙事诗，也是颇为优秀的民间叙事诗，在我国文学史上具有极其重要的地位，所以笔者得以收集到不少相关译本，其中有较大影响的是许渊冲、汪榕培、赵彦春三位著名翻译家的译本。许渊冲先生的译本收录于1996年由北京大学出版社出版的《汉魏六朝诗一百五十首》一书，是《孔雀东南飞》第一个正式出版的译本。汪榕培先生的译本是1998年由湖南人民出版社出版的《孔雀东南飞木兰辞》合译本，是迄今为止使用韵文并且等行翻译《孔雀东南飞》的最早版本。赵彦春先生的译本是2007年由青岛出版社出版的《翻译诗学散论》中的《孔雀东南飞》一篇，他的译本同样采用了押韵的形式(ABAB式)，有别于汪榕培的AABB式。

包公原名包拯，庐州合肥(今安徽肥东县)人，北宋名臣，因其廉洁公正、铁面无私，敢于替百姓申不平，在民间素有“包青天”的美誉。有关包公的传说故事近千年来在合肥地区的流传形式，主要以民间百姓的口耳相传为主；其次为散见于文字记载的各类书刊，以及以说唱、戏曲、书场等形式保存下来的演艺故事等。其历史渊源可追溯到元代的杂剧、明代的话本、清代的章回小说。合肥历代的地方史志中也均有详尽的记载。

目前笔者搜集到的“包公故事”已整理成册的有近百篇，可以分为勤奋好学、执法如山、铁面无私、清廉正直、料事如神、为民申冤、严惩贪官、不畏权贵等8个类别。虽然这些故事在合肥周边地区世代相传、家喻户晓、妇孺皆知，也曾以此为原本被拍成各类影视剧，如《包青天》等，但并未有正式出版的译介文本资料。

老子，名耳，字聃，春秋时期人士，姓氏为李，出生于今安徽省西北部的亳州市涡阳县，此信息源自涡阳文化局2008年出版的《老子的故事》。作为中国古代杰出的思想家、哲学家、文学家及史学家，老子是道家学派的创立者与核心代表，与庄子共同被誉为“老庄”。其后，老子被道教尊奉为始祖，尊号“太上老君”。唐朝时期，他更被追认为李姓的始祖。在全球范围内，老子亦被列为文化名人与历史名人百强之一。

老子的著作《道德经》(亦称《老子》)，是全球范围内文字出版与发行量极为庞大的经典之一。它不仅深刻影响了中华民族的精神世界，还跨越时空界限，被广泛译介至世界各地，成为全人类共同的精神瑰宝。据联合国教科文组织的数据统计，《道德经》在全球经典名著中，其翻译语种之多与发行量之大均名列前茅(胡敏，2019)。具体而言，从1868—2010年，仅英文版《道德经》即由外国译者译出了77个版本(俞森林，2020)。此外，荷兰学者克努特·沃尔夫(Knut Walf)教授于2010

年的统计显示，《道德经》的西文译本总数高达 643 种，其中英译本数量最为可观，达到了 206 种。这些译本在翻译策略与风格上各具特色，展现了翻译领域的多样性与繁荣，恰如“百花齐放，百家争鸣”之景(岳峰，2018)。

世界范围内，老子在宗教和文化领域都具有广泛的影响力，所以无论是关于老子本人的故事，还是关于老子的学说，都有相关的译介文本资料。目前，国内有关老子传说非遗译介的文本中，影响力较大的有朝华出版社于 2017 年出版的绘本版《老子的故事　英文版》。该书由北京师范大学的青年学者孟琢将老子的故事改编为通俗易懂的白话文，由著名画家姜渭渔根据文本内容创绘，由温晋根翻译。还有北京大学出版社于 2016 年出版的许渊冲先生所著的《〈老子〉译话》。在这本书中，许先生全面探讨了《道德经》(《老子》)不同版本的译文，并结合个人对《老子》的理解给出了译文，对于《道德经》(《老子》)的翻译研究具有重要的学术价值和实践意义。除了这两本颇具影响的译介文本之外，安徽美术出版社于 2008 年出版的由涡阳文化局编写的《老子的故事》(图文本)，对于“老子传说”非遗在国内的传承也具有重要价值。该书在编写过程中，大量收集和参考了有关老子的民间传说资料，并进行了史实方面的考证，还专门组织人员进行了美术创作，最终编辑出版了这本图文并茂的书籍。

作为安徽最早入选国家级非遗民间文学类的项目，“桐城歌”有其独特的文学价值和艺术价值，它既是一种韵文形式的民间文学，又是集词、曲、表演于一体的综合艺术。近年来，桐城市开展了一系列保护“桐城歌”的工作，全面收集和整理了现存的“桐城歌”，先后编纂出版了《桐城歌谣》《桐城传统儿歌三百首》《桐城歌》三本专著。此外，桐城市文化馆先后组织编写《吴楚遗韵：桐城歌》，由黑龙江美术出版社于 2013 年出版；《桐城歌研究论文集》，由安徽人民出版社于 2016 年出版。这些文本资料都对“桐城歌”的传承保护大有裨益。但是，目前尚未搜集到“桐城歌”正式的译介文本资料。以上是安徽国家级民间文学类非遗译介的情况，这些情况在 2022 年笔者的《翻译与传播：安徽非物质文化遗产的译介研究》一书中也有详细阐述。

二、安徽民间文学类非遗译介的整体现状

安徽省拥有国家级与省级民间文学类非物质文化遗产代表性项目共计 31 项，这些项目形式多样，内容丰富，涵盖了民间传说、民歌民谣、楹联匾额等诸多领域。然而，就整体译介成果而言，安徽民间文学类非遗的译介工作尚显不足，且不同非遗项目之间的译介差异尤为显著。具体而言，诸如“老子传说故事”“庄子传说”“孔雀东南飞传说”等部分非遗项目，其译介历史悠久，译介数量众多，在民间文学类非

遗项目的译介工作中占据领先地位。但遗憾的是，仍有大量的安徽民间文学类非遗项目，如“小狐山传说”“九井沟传说”“浮山传说”等，其译介工作尚处于起步阶段，译介成果鲜有问世。

（一）代表性传说故事的译介情况

1.“孔雀东南飞传说”

“孔雀东南飞传说”是安徽民间文学类非遗最具代表性的项目。目前，《孔雀东南飞》故事除了前文介绍过的三位颇具影响的国内著名翻译家（许渊冲、汪榕培、赵彦春）的译本之外，在国内还有两个比较受欢迎的版本。其一是由著名翻译家杨宪益和他的妻子戴乃迭翻译，收录于2001年外文出版社出版的“古诗苑汉英译丛”中的英译诗集《乐府》一书。该英译诗集不仅完整呈现了《孔雀东南飞》的这一版译文，还配有精美的插图。其二是我国诗人、翻译家黄福海的英译本《孔雀东南飞》，由上海人民美术出版社于2010年出版，该书汉英对照，并附彩色绘图。为便于国外读者理解中国诗歌和绘画的审美精神，上海人民美术出版社为此译本特邀中央美术学院中国画学院院长唐勇力、一级美术师萧玉田、杭州画院一级美术师吴声和画家于水4位当代优秀画家创作插画，诗歌和绘画在叙事中相得益彰，由诗入画，诗画互参。黄福海先生的译文严格遵循英文诗歌的抑扬格四音步对句体的形式，在翻译过程中他还曾向吴钧陶、王宝童两位译界专家请教，最终呈现出一个形式规整、意境精确的英文译本。

此外，由于历史原因，《孔雀东南飞》海外译介起步较早。自20世纪起，《孔雀东南飞》被西方学者多次译成英文。其中，英国汉学家韦利最早将《孔雀东南飞》译成英文介绍给西方国家。韦利毕生致力于汉学文化研究，出版了大量的译著，他的译本《孔雀东南飞》颇具代表性。1946年，伦敦乔治·艾伦与昂温出版社（George Allen & Unwin Limited）出版了韦利编撰的《中国诗选》（*Chinese Poems*）一书，此书收录了其《孔雀东南飞》译本。该译本很受英语读者欢迎，在此后近40年间就再印了7次。2000年，《中国诗选》由美国艾奥瓦州的多佛出版社再次出版。20世纪中期第二个译本的贡献者是澳大利亚汉学家傅乐山。1966年，韦利逝世，为纪念他，次年傅乐山和美国爱荷华州立大学教授程曦将汉魏晋南北朝时期的中国160余首诗歌合作编译成《汉魏六朝诗选》，傅乐山的《孔雀东南飞》英译本也收录在这本书中。

20世纪下半叶，美国的汉学研究开始蓬勃发展。1984年，哥伦比亚大学出版社出版了美国著名翻译家、汉学家华兹生的译著《哥伦比亚中国诗歌选集：从早期到13世纪》。华兹生所译的《孔雀东南飞》也被收录其中。3年后，该书由哥伦比亚大学出版社再版。华兹生是一位杰出的译者，他精通诗歌翻译，并向英语世界译介中国古典文学。与其他版本相比，华兹生的《孔雀东南飞》译本更倾向使用连词和时间副词，更符合英语的表达方式和英语国家读者的思维方式，翻译后的诗歌更顺畅。2000 年，英国汉学家闵福德（Minford）和中国作家刘绍铭合编的《中国古典文学英译选集》一书再次收录了其《孔雀东南飞》译本。1995 年，美国汉学家安妮·比勒尔（Anne Birrell）编撰的《中国爱情诗选：玉台新咏》在英国伦敦由企鹅出版社出版，其中也收录了其译作《焦仲卿妻》。

21 世纪的第一个英译本来自英国学者保尔·怀特（Paul White），其译本《孔雀东南飞》于 2003 年由新世界出版社出版发行。该书是英汉对照版，并配有黑白插图。与其他版本不同的是，该书原汉语版是由中国学者徐飞在忠于原著的前提下，对《孔雀东南飞》进行了改编，并赋予其新内容而成。2005 年，由美国现代诗人托尼·巴恩斯通（Tony Barnstone）和中国学者周平共同编撰的《中国诗歌三千年英文选译》在美国纽约出版，其中就收录了这两位译者的译作《古诗为焦仲卿妻作》。他们译本的最大特点是运用重复词语，是唯一将中文重读词翻译成英文重读词，以使原诗和译诗保持一致的译本。虽然《孔雀东南飞》的英文译本在国外并不鲜见，但其国际传播多局限于学术领域。

2．“包公故事”

包拯是中国历史上著名的清官，“包公故事”在中国民间广为流传，并在 19 世纪初开始被翻译介绍到西方。早在 19 世纪上半叶，法国汉学家儒莲（Stanislas Julien）就翻译了包公戏《灰阑记》，开启了包公文学在欧洲的译介之旅。1839 年，法国东方学家泰奥多尔·帕维（Theodore Pavie）在巴黎出版了《中国故事与小说选译》，其中收录了《龙图公案》中的《石狮子》故事，这是欧美最早将《龙图公案》西译的记载。到 19 世纪末，《龙图公案》在欧洲流行开来，包公的故事逐渐被更多西方读者了解。1964 年，英国人里昂·康柏（Leon Comber）翻译的《包公奇案》在英语世界出版，成为当时在英语世界影响最大的《龙图公案》译本。

进入 21 世纪，《龙图公案》的译介活动又重新回到法国。2000 年初，由法国导演帕特里克·马蒂（Patrick Marty）编剧、中国艺术家聂崇瑞执笔的连环画《包拯传奇》（*The Legend of Bao Zheng*）风靡法国，再次掀起了一阵“包公热”。2024 年，世界科学出版社出版了《传奇包公：完整套装》（*The Legendary Justice Bao：The Complete Set*），这是一套面向儿童的读物，包含 3 个分册，分别是《正义的复仇者》（*Avenger of Justice*）、《真理的守护者》（*Guardian of Truth*）和《皇帝的皇家之旅》（*The Emperor's Royal Tour*），通过易读的故事形式向孩子们介绍了包公的著名案例。尽管东西方在制度、文化和法律层面上存在明显差异，但包公故事所体现的“决狱断讼”的普遍人类学价值，契合了人类社会追求公平、正义的精神，因此具有永恒意义。

3.“鞭打芦花车牛返”

鞭打芦花车牛返村是中国最长的村庄地名，位于安徽省萧县。“鞭打芦花车牛返”源于春秋时期的一个故事，讲述了孔子弟子闵子骞的孝行。这个故事被后人纳入了《二十四孝》，名为《鞭打芦花》或《芦衣顺母》。《二十四孝》是中国古代宣扬孝道的重要文献，收录了24个关于孝行的故事，这些故事在中国民间广为流传，成为传统文化的重要组成部分，《芦衣顺母》便是其中之一。

1837年7月，卫三畏(Samuel Wells Williams)翻译的《二十四孝》(*Twenty Four Examples of Filial Duty*)发表于《中国丛报》(*The Chinese Repository*)第6卷第3期，这是英语世界对《二十四孝》最早的全译本。卫三畏是19世纪美国著名的汉学家，曾在中国工作生活达40年之久。他于1833年到达广州后，便投入汉语学习中，几年的刻苦钻研终于开花结果，《二十四孝》成为他的第一部译作。《中国丛报》是当时重要的汉学刊物之一，创办于1832年，停刊于1851年，共20卷，每月1期。《二十四孝》的故事见表4.2。

表4.2 《二十四孝》的故事

序号	故　事	序号	故　事	序号	故　事
1	《孝感动天》	9	《埋儿奉母》	17	《哭竹生笋》
2	《戏彩娱亲》	10	《卖身葬父》	18	《卧冰求鲤》
3	《鹿乳奉亲》	11	《刻木事亲》	19	《扼虎救父》
4	《百里负米》	12	《涌泉跃鲤》	20	《恣蚊饱血》
5	《啮指痛心》	13	《怀橘遗亲》	21	《尝粪忧心》
6	《芦衣顺母》	14	《扇枕温衾》	22	《乳姑不怠》
7	《亲尝汤药》	15	《行佣供母》	23	《涤亲溺器》
8	《拾葚异器》	16	《闻雷泣墓》	24	《弃官寻母》

表4.2中的《二十四孝》故事是按照人物年代来排列的，值得注意的是，卫三畏的译文虽然没有完全按照这个顺序，但翻译了所有的故事。总体来说，卫三畏的翻译是相当准确的，在不少字词语句的处理上甚至比后来的译文都好。以顾丹柯的译文(2010)作为比较对象，可以略见一斑。以《行佣供母》中的一段中文原文为例：

> 后汉江革，少失父，独与母居。遭乱，负母逃难。数遇贼，或欲劫将去，革辄泣告有老母在，贼不忍杀。转客下邳，贫穷裸跣，行佣供母。母便身之物，莫不毕给。

卫三畏译：

In the time of the later Han dynasty lived Keäng Kih, who when young, lost his father, and afterwards lived alone with his mother. Times of commotion arising, which caused them much distress, he took his mother on his back and fled. On the way, he many times met with companies of robbers, who would have compelled him to go with them and become a bandit, but Keäng entreated them with tears to spare him, saying that he had his aged mother with him; and the robbers could not bear to kill him. Altering his course, he came into the district of Heäpei, extremely impoverished and reduced, where he hired himself out and supported his mother; and such was his diligence that he was always able to supply her with whatever she personally required.

顾丹柯译：

Jiang Ge of the Eastern Han Dynasty lived alone with his mother, as his father died when he was a boy. During the turmoil, he carried his mother on his back and fled for survival. Unfortunately, they ran for several times into robbers on the way who wanted to rob them. Jiang Ge, weeping, told them that he was with his old mother, so the robbers couldn't bear to kill him. Later, they arrived at Xiapi. As they were poor, and had not enough clothes to wear, he went out to work for others. When he earned enough money, he bought all the necessities he thought his mother really needed for his mother.

原文中的"欲劫将去"是说贼想强迫江革加入他们的团伙，如卫三畏所译"compelled him to go with them and become a bandit"，而不是顾丹柯所理解的"想要抢劫母子俩"(wanted to rob them)。如果只是抢劫，江革"泣告有老母在"这句就在很大程度上失去了理据，他之所以哭泣，是因为如果他被贼劫去，母亲将孤单一人无人照顾。卫三畏在这里使用了"entreated"(乞求)，也比顾丹柯所译的"told"(告诉)恰当得多。在这个生死攸关的时刻，江革一定是经过了苦苦哀求才使"贼不忍杀"。同样，顾丹柯用"they were poor, and had not enough clothes to wear"来对应"贫穷裸跣"，也显得程度有点过浅。美国学者大卫·K.乔丹（David K. Jordan)于2013年英译了《二十四孝》(*The Twenty-four Filial Exemplars*)全文，他把这句处理为"impoverished, naked, and barefoot"，可以说是字字对应。卫三畏虽然没有这么做，但他用"极端贫困"(extremely impoverished and reduced)，在程度上是恰当的，在这样的情况下，江革行佣供母，使母亲衣食无忧就显得更加难能可贵(顾钧，2022)。

4. “六尺巷传说”

“六尺巷传说”说的是中国传统文化中一个极具代表性的故事，象征着谦逊、礼让和和谐。故事发生在清朝康熙年间，讲述了安徽桐城的张家和吴家因宅基地纠纷而发生争执。张家的高官张英通过一封书信劝解家人退让三尺，吴家深受感动，也退让三尺，最终形成了六尺宽的巷子。由王晓马编著，王巧英、朱忠焰、吴瑾宜翻译的《黄梅戏经典剧目：六尺巷》中英文对照本于2020年3月由黄山书社出版。该书是2017年安徽省教育厅人文社科研究重点项目“黄梅戏经典剧目英语译介研究”的成果之一。2024年10月17日，习近平总书记访问六尺巷时，强调了弘扬中华民族传统美德的重要性，随后，一些网络平台和媒体也对六尺巷的故事进行了英文介绍。

5. “庄子传说”

庄子，作为道家学派的另一位杰出代表，其著作《庄子》(亦称《南华经》)在英语世界的译介历程虽不及《道德经》(《老子》)那样广泛，但仍展现出了诸多相似之处。学者刘碧林于2021年在《中国读书报》上发表文章，详细阐述了《庄子》英译的百年历程。

自19世纪末以来，《庄子》已被译成英语并传播了逾百年，其间，国外传教士、海外汉学家、华裔学者及中国本土学者等多方译者群体，共同为英语世界贡献了超过20个版本的《庄子》译本，包括10个全译本及多个选译本，这些译本对英语世界的文化与思想产生了深远影响。

19世纪，随着英国与清政府交往的加深，对中国的研究逐渐升温。此时，英国传教士、外交官及在华工作者凭借其在中国的亲身体验与深入考察，成为英国了解中国历史、文化及社会的重要桥梁。其中，对道家学说有深入研究的英国记者巴尔福(Balfour)于1881年出版了《庄子》的第一个全译本《南华真经——道家哲学家庄子的著作》，标志着《庄子》正式步入英语世界的文化交流之旅。随后，英国汉学家翟理思(Giles)对巴尔福的译本进行了整理，并于次年发表于香港英文汉学期刊《中国评论》。1889年，翟理思又推出了自己的全译本《庄子——神秘主义者，道德家和社会改革家》，该书于1926年修订并更名后再版。翟理思之子翟林奈(Lionel Giles)同样对《庄子》感兴趣，他编译了选译本《中国神秘主义者沉思录：庄子哲学选读》。此外，英国著名汉学家理雅各(James Legge)也将《庄子》的翻译作为其了解中国文化思想的途径之一。1891年，他的译本被牛津大学教授马克斯·缪勒(Max Müller)收入其主编的《东方圣书》中，由牛津大学出版社出版。这4位早期的《庄子》译者，凭借其对中国文化、思想及语言的深刻理解，为后续的《庄子》英译工作奠定了坚实的基础。

第一次世界大战后，英美两国的汉学研究进入繁荣阶段，《庄子》的英译工作也随之稳步推进。1931 年，哲学家冯友兰翻译了《庄子》的内七篇，并结合郭象的注疏及自身见解，编撰了《庄子：内容选译与郭象之哲学阐述》。1939 年，英国东方学家、汉学家韦利在其著作《古代中国的三种思想》中，选择性地介绍了《庄子》的部分哲理故事和论辩情节。同年，英国汉学家修中诚（Ernest Richard Hughes）选译了《庄子》的内七篇，并将其命名为《自由诗人庄子》。中国学者、翻译家林语堂也在其著作《中国与印度的智慧》中介绍了庄子的思想及其神秘主义，并收录了《庄子》中 11 篇内容的翻译。此外，哈佛大学燕京学院洪业主编的《庄子索引》也是英语世界了解《庄子》的重要工具书。

进入 20 世纪 60 年代，随着东西方文化交流的加深，《庄子》的英译工作取得了显著进展。美籍华人学者、哲学史家陈荣捷选译的《庄子》部分章节被收入多部重要著作中。1967 年，美国汉学家詹姆斯・R. 威厄（James R. Ware）出版了《庄子故事集》，该书是 20 世纪的第一个《庄子》英语全译本。随后，美国翻译家、汉学家华兹生完成了《庄子》的选译本和全译本，其中全译本因其兼顾思想性与文学性而备受赞誉，被选入多部重要选集。

20 世纪 80 年代以来，随着我国改革开放的推进，各国学者对中国的研究更加广泛深入，《庄子》的英译工作也迎来了新的高潮。英国汉学家葛瑞汉（Angus C. Graham）的选译本、美国作家托马斯・克立礼（Thomas Cleary）的全译本、美国东密歇根大学哲学教授布莱恩・布雅（Brian Bruya）与漫画家蔡志忠合作的漫画译本等纷纷问世。此外，还有多位学者，如梅维恒、彭马田、戴维・亨顿、山姆・海密尔及西顿等，也各自推出了自己的《庄子》译本或选译本。

进入 21 世纪，随着互联网技术的发展，《庄子》的英译工作进一步拓展至电子领域。2006 年，美国学者妮娜・科里亚（Nina Correa）在其个人网站上发布了《庄子》的电子全译本。随后，美国华裔学者胡聪及芝加哥大学研究中国古典哲学的教授任博克（Brook A. Ziporyn）也分别推出了自己的全译本。这些译本不仅丰富了英语世界的《庄子》研究资源，也为东西方文化交流提供了新的契机。

6. “梁山伯与祝英台的传说”

“梁山伯与祝英台的传说”是安徽省级民间文学类非遗。在浙江、山东、河南等省“梁祝传说”也是其省级民间文学类非遗，并被浙江省宁波市、杭州市、上虞市（今上虞区），江苏省宜兴市，山东省济宁市，河南省汝南县联合申报为国家级民间文学类非遗。作为中国四大民间爱情传说之一，“梁山伯与祝英台的传说”的译介历程跨越两个世纪，形成了独特的跨文化传播轨迹。这一传说不仅是中国民间文学的瑰宝，更是中华文化输出的重要载体，其译介历史反映了中国文化在全球化背景下的传播、接受与转化过程。

“梁山伯与祝英台的传说”的译介可以追溯到19世纪末20世纪初的早期传教士阶段。1901年，英国汉学家翟理斯(H. A. Giles)在《中国文学史》中首次将梁山伯与祝英台的故事译为英文，其以散文体呈现，虽然侧重了情节完整性，但弱化了“化蝶”象征意义的深度。随后，1921年，法国汉学家乔治·苏利耶·德莫朗(George Soulié de Morant)在《中国爱情故事》中将梁山伯与祝英台的故事译为法文，并将十八相送场景与莎士比亚的《罗密欧与朱丽叶》阳台对话类比，成功引发了欧洲读者的情感共鸣。这一时期的译介为“梁山伯与祝英台的传说”进入西方文学体系奠定了基础。

20世纪中期，戏曲舞台成为“梁山伯与祝英台的传说”输出的重要载体。1954年，越剧电影《梁山伯与祝英台》在日内瓦会议期间放映，英文字幕中将“草桥结拜”译为“sworn brotherhood under the willow”，突出了中国传统结义文化。

进入21世纪，学术深度阐释成为“梁山伯与祝英台的传说”译介的突出特征。2010年，荷兰籍美国学者伊维德(Wilt L. Idema)在《化蝶：梁山伯与祝英台传说的四个版本和相关文本》中系统考证了35种地方戏曲版本，并附有学术性译文及注释，该书被哈佛大学列为东亚研究参考书。2015年，中国外文局《大中华文库》版《梁祝故事》采用“深度翻译”策略，对“楼台会”“哭坟”等核心场景附加文化注释达87处，大大提升了译文的文化可及性和学术价值。

除了文字译介之外，“梁山伯与祝英台的传说”还通过多种媒介实现了跨文化传播。1959年创作的小提琴协奏曲《梁祝》已全球演出超千场，其英文节目单将音乐动机与故事情节对应标注，如“抗婚”乐章注释为“clashing chords symbolize parental oppression”。学界对“梁山伯与祝英台的传说”译介的关注主要集中在三个方面：性别话语转换、意象系统重构以及韵律移植。首先，祝英台“女扮男装”的翻译策略经历了从早期“disguised as a boy”到近年来“gender-fluid identity”的转变，反映了性别理论对译介实践的影响。2013年，Lingzhen Wang在《跨性别中国》(*Other Genders, Other Sexuatities: Chinese Differences*)中的分析为这一议题提供了新的视角。其次，“化蝶”意象的翻译经历了直译期、阐释期到符号期的演变，从最初的“turn into butterflies”到21世纪直接使用汉语拼音“Huadie”并附加哲学阐释，展现了意象在跨文化传播中的深化与多样化。最后，韵律移植则通过创新性的语言转换，保留了诗词的美感，同时适应了目标语言的特点。“梁山伯与祝英台的传说”的译介意义不仅在于传播中国文化，更在于实现不同文明之间的互鉴和对话。它从“文化输出”转向“文明互鉴”，成为人类共同精神遗产的组成部分。这让笔者认识到，传统文化的译介不仅是语言的转换，更是文化的对话与创新。总的来说，“梁山伯与祝英台的传说”的译介是一个多维度、多层次的过程，涉及语言、文化、艺术形式和技术等多方面创新。

（二）代表性民歌民谣的译介情况

1．“桐城歌”

“桐城歌”在明清时期已经广泛流传，成为安徽地区民间文化的重要组成部分。它不仅在本地广受欢迎，还通过文化交流传播到其他地区，对当地的戏曲文化（如黄梅戏）也产生了深远影响。“桐城歌”的传播也促进了地方文化的交流与发展，成为江淮文化的重要组成部分。

“桐城歌”在2007年被申报为国家级非物质文化遗产，这表明“桐城歌”在文化传承和保护方面受到了高度重视，其独特的艺术价值和文化意义得到了广泛认可。目前，关于“桐城歌”的英文译介主要集中在学术研究和文化介绍方面。一些研究论文对“桐城歌”的起源、艺术特点及其文化价值进行了详细分析。然而，“桐城歌”的歌词和旋律的英文译本相对较少，这可能与“桐城歌”的地域性和语言特色有关。其歌词中的方言和地方文化内涵需要更深入的翻译和注释，以便更好地向国际受众传达其文化价值。

2．“徽州民谣”

“徽州民谣”起源于安徽南部的徽州地区，这里在历史上还是徽商的发源地。“徽州民谣”不仅反映了当地人民的生活方式、情感表达，还体现了独特的地域文化特色。近年来，有关“徽州民谣”的学术研究逐渐增加，学者们从不同的角度探讨了其艺术特征、社会功能以及现代传承策略。例如，宁萌、方曼栩详细分析了“徽州民谣”的旋律、歌词和结构特点，并探讨了其在现代社会中的传承和保护。“徽州民谣”在译介方面相对有限，但已有学者开始关注这一领域。例如，谷峰从翻译伦理的角度探讨了“徽州民谣”的英译问题，强调译者在翻译过程中应遵循再现伦理、交际伦理和规范伦理，以更好地向国际受众传达“徽州民谣”的文化内涵。

（三）“徽州楹联匾额”的译介情况

“徽州楹联匾额”是形式独特的安徽民间文学类非遗，它不仅是建筑装饰的重要元素，还承载着丰富的文化内涵，反映了徽州人民的生活哲学、道德观念和审美情趣。有关“徽州楹联匾额”的学术研究和工艺介绍的著作在国内屡有出版，但其译介很少，多是对具有代表性的一些旅游景点的楹联翻译。笔者通过细致考察“徽州楹联匾额”的传承及译介情况，认为“徽州楹联匾额”的译介大有可为。首先，楹联的内容多融合儒家伦理、道家自然观与徽商精神，如“几百年人家无非积善，第一等好事只是读书”就折射出徽州重教的传统。译介可以突破语言的壁垒，向世界传递中华优秀传统文化的基因。其次，徽州楹联中有很多都蕴涵着“天人合一”的理念(如“水色山光皆画本,花香鸟语总诗情”)。这种理念与西方的生态哲学形成天然的互文,通过译介可以搭建东方智慧与全球话语的对话通道。此外,像西递、宏村等世界级遗产地现存有明清的楹联2000余幅,且有学者已收集整理并出版了楹联精粹的书籍,通过译介可以有效提升文旅体验维度,使静态文物转化为可理解的“文化导览”。

第四节　安徽民间文学类非遗译介的突出问题

一、安徽民间文学类非遗的不可译性问题

译界一直存在着可译性与不可译性的争论,很多学者对此提出过自己的见解。Catford(1965)[9] 提出不可译性通常被认为是语言和文化的不可通约性所造成的,因此,他将不可译性分为语言不可译性和文化不可译性。林语堂认为真正的艺术作品是不可翻译的,因为作者之思想与作者之文字在最好作品中若有完全天然之融合,故一离其固有文字则不啻失其精神躯壳,此一点至文字精英遂发发不能自存(廖七一,2000)[140]。奈达(2004)[156]认为在语言间不可能做到完全的对等,因此也没有完全准确的翻译。译文的总体影响只会接近原文,而不可能在具体内容上一致。孙艺风(2012)[231]认为潜在的不可通约性分隔了源语文化与目标语文化,并导致了不可译性。刘成萍、陈家晃(2015)[91]则认为意识形态对翻译的操纵是不可译性产生的原因之一,不可译性是意识形态对翻译操纵的必然之果。方梦之(2004)[2] 认为不可译性也是相对的,正如Catford所说,随着社会和语言的发展,今日之不可译,明日可能成为可译。换言之,可译性与不译性都不是绝对的,只是存在一个“度”的概念。遗憾的是,争辩双方均把讨论限定在语言文化层面,而没有往更高一级的层面拓展(朱义华,2013)[124]。此外,还有很多其他学者也都阐释了各自对可译性和不可译性的看法,总体来看,影响翻译的因素很多,如语言本体的因素、文化差异的因素、意识形态的因素、语境的因素等等。

作为文学的一种形式,民间文学类非遗的译介势必也会存在可译性与不可译性的问题。基于对所收集的民间文学类非遗译介的梳理和分析,笔者认为可以从以下角度来理解民间文学类非遗的可译性与不可译性问题。民间文学的本质是一种基于语言的口头文学,不同于以文字为载体的常规文学形式。例如,“孔雀东南飞传说”不等同于《孔雀东南飞》这部长篇叙事诗,“老子传说”也不等同于《老子的

故事》这本故事书，更不等同于《道德经》这部哲学著作。所以，前文中虽然提到《孔雀东南飞》叙事诗、《老子的故事》图书及《道德经》均有一些英文译介的版本，但不等同于这三项民间文学类非遗有相应的英文译介资料。同时，民间文学类非遗的译介也不同于单纯的文学翻译，文学翻译相对于民间文学类非遗的译介来说，可译性更强，译文往往更加严谨、更加符合文字美学，同时也能充分阐释原文的意义。例如，《孔雀东南飞》全诗共350余句，在翻译时，不仅每一句的意思不能遗漏，而且最好要做到译文的音、形、意皆美，尽可能地接近原文的表达。

如《孔雀东南飞》中：

原文：孔雀东南飞，五里一徘徊。十三能织素，十四学裁衣。

译文一：A pair of peacocks to the southeast fly;
At each five miles they look back from the sky.
At thirteen I began to work the loom;
At fourteen I learned to sew in my room.

（汪榕培，1998）[3]

译文二：A pair ofpeacocks southeast fly,
Each five li, they whirl and linger.
At thirteen I could shuttles ply,
At fourteen I learned to tailor.

（赵彦春，2007）[190]

从这两个不同版本的译文可以看到，原诗每一句的意思在译文中都得以表达，从译文的形式上看，也保持了诗歌的特点。同时，虽是不同的译者，且采用了不同的押韵形式，但都试图让译文更具韵律美。

又如《〈老子〉译话》中第三十七章《论无为》：

道常无为而无不为。

要翻译此句，就要先充分理解这句话的逻辑意义。"无为"是老子的重要思想，这句强调的是顺其自然，说"道"是顺其自然，让万物各行其是，而不横加干涉。"道"本身无为，而让万物各尽所能，为所能为，那"道"就是不所不为了。因此，这句话的译文就是：

The divine law will not do what it cannot, but let everything do what it can, so there is nothing which the divine law cannot do. （许渊冲，2016）[102]

这句的译文不仅充分体现了原文的内涵，并且前后衔接上也充分体现了原文的逻辑性。而作为民间文学类非遗，存在的不可译因素较多，在译介时应着重考虑意义的表达，而非词汇的对等。例如，“孔雀东南飞传说”里仍保留着一些方言，如将刁难媳妇的婆婆称为“焦八叉”。从词汇的选择上，是无法从英语中选择一个合适的词汇进行对译的，如果我们只用“Jiao Ba Cha”这样的拼音进行表达，也无法体现这个词的意义。所以，在这种情况下，只能选择进行意译，“Mother-in-law who treats daughter-in-law badly is called Jiao Ba Cha”。

又如“包公故事”里的《灰圈记》中讲到“马均卿的大老婆罗氏，指着海棠恶狠狠地教训说‘要乖乖的听我使唤，不然，就叫你尝尝老娘的手段’”。整句话将罗氏狠毒的样子展现得淋漓尽致，也表达出了她极其生气的心理，而“老子”“老娘”这种极具中国民间特色的口语词汇又非常生动地刻画了故事中人物的形象，但是相应的英文表达却不能机械地对译，或者只用 “my”一词进行简单的表达，因为这个词无法有效体现罗氏教训的口吻。所以，在翻译这句话时，就要结合人物的形象、语气、身份等要素综合考虑，可译为“Comply, or else”。

二、安徽民间文学类非遗的译介效果问题

在传播学领域，传播效果是传播者发出信息，通过一定的媒介到达受众后所引起的受众思想行为的变化（田中阳，2002）[164]。译介效果则是传播效果在译介学范畴下的解释，是检验翻译活动成败得失的重要尺度。概括而言，译介效果深受译介过程中译介主体、内容、途径、受众等因素的影响（鲍晓英，2015）[14]。

所谓译介主体其实说的就是翻译者是何人。通常我们所知道的由中文翻译成外文的材料，翻译者应为外国人，也就是说目标语言是母语的本族人员去进行翻译才可以将传播目的得以更好的实现（魏红 等，2018）[5]。译介主体对于原文的理解很大程度上决定了译介文本的质量，由于非遗本身所具有的文化性、地域性等特征，给译介主体的理解造成很大的困难。即使是国内的译者，在理解相关非遗的内容方面都存在较多问题，更何况是国外的译者。笔者收集的译介文本资料，均是在国内刊发或编辑整理的译介文本，也均是由国内的译者进行翻译的，但译文质量并不高，有诸多可以改进之处。如朝华出版社 2017 年出版的《老子的故事　英文版》，原文“《老子》以‘道’与‘德’为纲领”一句，译文为“With the concepts of Dao and De as the key link”。众所周知，《老子》亦称《道德经》，“道”与“德”是其中的核心要义，“道”译为“Dao”已是一种常见的形式（也可译为“Tao”或“divine law”），为大家所接受，但“德”也机械地参照“道”的译法，直接译为“De”实属不妥。在翻译时，还是建议译者先做一些考证，参照当前形成共识的译法为宜。“德”通常译为

“Te”或“virtue”。

译介的内容即翻译的内容。由于民间文学类非遗口头性的特征，决定了其表现形式大多为口传相授（如“孔雀东南飞传说”“老子传说”和“包公故事”等）或者歌唱表演（如“桐城歌”）的形式。为了传承和保护的需要，部分非遗由非遗传承人、学者或者非遗主管单位以文字的形式进行记录。在记录的过程中，往往有多人参与，最终导致非遗文本资料的语言风格难以统一，会对译者的翻译造成较大的困扰。因此，译者要克服部分非遗文本语言风格不一致的问题，不能仅限于文本资料的了解，还要通过其他形式对非遗进行全方位的了解，然后根据自己的理解在翻译时对文本进行适当的改编之后，再进行翻译。

译介途径是指通过何种途径进行译介，传统的译介途径主要是书籍或者其他印刷品等文字载体的形式，随着互联网技术的发展，译介途径变得愈加丰富，如网站、微博、微信公众号、短视频等形式。从笔者收集或检索的资料来看，安徽民间文学类非遗的译介途径大致呈现出两个特点：一是安徽民间文学类非遗的译介途径相对有限，基本还局限于传统的纸质文本译介途径；二是安徽民间文学类非遗的译介途径前景广阔，“孔雀东南飞传说”“老子传说”“包公故事”等民间文学类非遗有广泛的传播基础，基于这些故事传说改编制作成电影、电视剧或视频等新型译介途径的可行性较强。如美国好莱坞就根据我国的民间传说“木兰传说”①进行改编，制作了一部具有世界影响力的优秀动画《花木兰》。近年来，国内也在挖掘民间文学类非遗“姜太公传说”②，改编并制作了动画电影《姜子牙》。安徽优秀的民间文学类非遗完全可以借鉴这种方式，探索更多样的译介途径。

译介受众是指译介的对象，主要指国外的受众。之所以进行民间文学类非遗的译介，就是为了让更多的国外受众了解中国优秀的民间文学，更全方位地了解中国优秀的民间文化。但是由于国外的受众在历史、宗教、环境、风俗、习惯等方面与中国人民都存在较大的差异，况且这些民间文学类非遗在表达形式、文化内涵等方面都具有鲜明的特征，想让外国受众理解并不容易。英国著名翻译理论家贝克曾说，理解语篇的能力取决于读者或听众的期望和生活经历。不同社会，甚至同一社会里的不同个人或群体都有不一样的经历，对于事物和情景的组合方式及相互联系持有不同的态度。在某个社会中具有意义的某种联系，在另一种社会中可能毫无意义（Baker，2000）[219]。所以，在进行译介时，有必要先了解国外受众的特点，在坚持非遗特色的基础上，适当地对非遗内容进行编译。同时，我们也应清醒地注意到，中国非遗的译介受众的数量是十分有限的。美国著名学者夏志清曾指出，尽管

① “木兰传说”为河南商丘市虞城、湖北武汉黄陂区地方传说。2008 年 6 月 7 日，列入第二批国家级非物质文化遗产名录。

② 2016 年 3 月，“姜太公传说”列入山东省第四批省级非物质文化遗产代表性项目名录。

西方18世纪的读者就能阅读法语或英语版的中国古典小说和戏剧，但实事求是地说，西方世界根本不存在中国古典文学的大众群体；在世界各地优秀翻译文学作品充斥美国各大书店的情形下，期盼大量的美国读者来阅读中国的古典文学作品实在是不现实的想法(赵征军，2018)[63]。

三、安徽民间文学类非遗译介中的其他问题

在民间文学类非遗的译介进程中，存在着诸多具有共性的关键问题，其中较为突出的是不可译性问题以及译介效果问题。这两个问题不仅关乎民间文学类非遗在跨文化传播中的信息传递精准度，也影响着其文化内涵在不同语言文化背景下的有效呈现。笔者在2022年出版的学术专著《翻译与传播：安徽非物质文化遗产的译介研究》一书中，就对这两个共性问题作过探讨。在过去几年里，笔者指导翻译硕士专业学位研究生开展了一系列民间文学类非遗的译介实践。在这一过程中，研究生们对"桐城歌"的翻译给笔者留下了极为深刻的印象。"桐城歌"作为极具地方特色的民间文学形式，其翻译过程与一般的民间故事传说存在显著差异。"桐城歌"蕴含着独特的地域方言与土语表达，这些方言土语不仅是当地民众日常交流的工具，更是地域文化的活化石，承载着深厚的历史文化信息。例如，"桐城歌"中某些词汇的发音、词义在普通话中并无完全对应的表达，这就需要译者深入了解当地的文化背景、民俗风情，精准把握方言土语的内涵，才能在译文中实现文化信息的有效传递。同时，"桐城歌"灵动悠扬的韵律与节奏也是翻译过程中需要重点关注的要素。其独特的韵律和节奏是"桐城歌"音乐性和艺术感染力的重要来源，能够增强歌词的节奏感和记忆点，使歌曲更易于传唱。

在翻译时，如何在目标语言中还原或再造类似的韵律与节奏，是对译者语言功底和翻译技巧的巨大考验。译者需要巧妙运用目标语言的音韵特点，通过押韵、节奏安排等方式，尽可能地再现"桐城歌"原有的音乐美感，让译文在脱离原文的语境下，也能展现出"桐城歌"独特的艺术魅力。此外，"桐城歌"中凝练生动的地域性意象也是翻译的难点之一。这些地域性意象往往与当地的自然环境、生活方式、历史文化紧密相连，是"桐城歌"文化内涵的重要载体。例如，"桐城歌"中可能会出现一些当地特有的自然景观、传统习俗相关的意象，这些意象对于不熟悉桐城文化的读者来说可能较为陌生。译者在翻译时，需要对这些意象进行深入解读，并采用恰当的翻译策略，如注释、意译等，帮助目标语读者理解意象背后的文化意义，避免因文化差异导致的理解障碍，从而实现"桐城歌"在跨文化传播中的文化价值传递。

先来看几例学生译得还不错的"桐城歌"译文。

【例 1】

原文：

对　歌

什么东西尖尖尖上天，
什么东西尖尖在水边，
什么东西尖尖长街上卖，
什么东西尖尖姐面前。
宝塔尖尖尖上天，
菱角尖尖在水边，
粽子尖尖长街上卖，
剪子尖尖姐面前。

译文：

The Riddle Song

What is sharp, sharp, sharp, piercing the sky?
What is sharp, sharp, sharp, where rivers lie?
What is sharp, sharp, sharp, sold down the street?
What is sharp, sharp, sharp, at sister's feet?
Pagodas sharp, sharp, sharp, pierce the sky.
Water caltrops sharp, sharp, sharp, where rivers lie,
Zongzi sharp, sharp, sharp, sold down the street,
Scissors sharp, sharp, sharp, at sister's feet.

【例 2】

原文：

放牛歌

小小牛角一窝圆，
看牛小伢好可怜。
晴天想不到热饭吃，
雨天想不到干衣穿。
头戴斗笠身穿蓑，
穷人伢子没奈何。
没奈何，手拿牛鞭唱山歌。
山歌好唱口难开，

樱桃好吃树难栽；
米饭好吃田难种，
粑儿好吃磨难挨。
磨难挨，鲜鱼好吃网难开。

什么人知道口难开？
什么人知道树难栽？
什么人知道田难种？
什么人知道磨难挨？
磨难挨，什么人知道网难开？

张果老知道口难开，
采桑娘知道树难栽。
农夫汉知道田难种，
李三娘知道磨难挨。
磨难挨，打鱼郎知道网难开。

什么样的张果老？
什么样的采桑娘？
什么样的农夫汉？
什么样的李三娘？
李三娘，什么样的打鱼郎？

白发霜眉张果老，
油头小脚采桑娘，
黑头泥腿农夫汉，
披头散发李三娘。
李三娘，撩衣扎裤打鱼郎。

张果老的拐棍有多长？
采桑娘的剪子几分钢？
农夫汉的锄头有多重？
李三娘的磨齿有几方？
打鱼郎的丝网有多长？

张果老拐棍三尺三，
采桑娘的剪子八分钢，
农夫汉的锄头七斤半，
李三娘磨齿有八方，
有八方，打鱼郎丝网一丈三。

哪里看见张果老？
哪里看见采桑娘？
哪里看见农夫汉？
哪里看见李三娘？
李三娘，哪里看见打鱼郎？

仙山看见张果老，
桑园看见采桑娘，
田畈看见农夫汉，
磨坊看见李三娘，
李三娘，河边看见打鱼郎。

爬了一山又一山，
赶了一滩又一滩；
牛儿吃饱往回赶，
短笛无腔弄夕阳。

译文：

The Cow-Herding Song

The little ox's horns are round and neat,
The cowherd boy's life is pitiful overall.
On sunny days, he dreams of a warm meal,
On rainy days, dry clothes are all he'd feel.
Wearing a bamboo hat and a straw raincoat,
The poor boy has no choice.
No choice, he holds the whip and sings a song.

A mountain folksongs is easy to sing, but hard to start,
Cherries are sweet, but the tree is hard to plant;
Rice is tasty, but the fields are hard to till,
Cakes are delicious, but grinding's a bitter skill.
Bitter skill, fresh fish is sweet, but the net's hard to cast.

Who knows the struggle to start a song?
Who knows the toil to plant trees long?
Who knows the labor to till the land?
Who knows the hardship of grinding by hand?
By hand, who knows the net's hard demand?

Zhang Guolao knows the song's first note,
The mulberry picker knows the tree's growth.
The farmer knows the field's hard fight,
Li Sanniang knows the grind's long night.
Long night's grind, the fisherman knows,
The net's cast, where the river flows.

What kind of Zhang Guolao do we see?
What kind of mulberry picker is she?
What kind of farmer works the soil?
What kind of Li Sanniang bears the toil?
Bears the toil, what kind of fisherman stands,
With rolled-up pants and nets in hands?

White-haired, frost-browed Zhang Guolao,
Oiled hair, tiny feet, the mulberry maid in shadow.
Dark-haired, mud-legged farmer man,
Disheveled hair, Li Sanniang's plan.
Li Sanniang's plan, the fisherman's stance,
With rolled-up pants, he takes his chance.

How long is Zhang Guolao's walking stick?

How hard is the mulberry maid's scissors' trick?
How heavy is the farmer's hoe?
How many sides does Li Sanniang's grindstone show?
Grind stone's sides, how long is the net's span?

Zhang Guolao's walking stick is three feet and three inches long.

The scissors of the mulberry-picking woman are made of steel with an eight-point hardness.

The farmer's hoe weighs seven and a half catties.

The millstone of Li Sanniang has eight sides.

Has eight sides, the fishing net of the fisherman is one zhang and three chi long.

Where can Zhang Guolao be seen?
Where can the Mulberry-picking Maiden be seen?
Where can Farmer Han be seen?
Where can Li Sanliang be seen?
Li Sanliang, where can Fisher Lad be seen?

On the mountain, Zhang Guolao appears,
In the mulberry garden, the maid is near.
In the fields, the farmer toils,
In the mill, Li Sanniang moils.
Li Sanniang moils, by the river's bend,
The fisherman casts his net, again and again.

Climbing hill after hill,
Crossing stream after stream,
The oxen full, we head back,
A short flute's tune, as the sun sets black.

【例 3】

原文：

几样的大姐几样的花

河里撑船河里划，嗷(叫)声大姐来喝茶。

端条板凳拦门坐，几样的大姐几样的花。
正月梅花朵朵开，二月杏花开出来。
三月桃花红似火，四月蔷薇靠墙开。
五月枝子见里黄，六月荷花满之塘。
七月菱角飘水面，八月桂花满院香。
九月菊花家家有，十月芙蓉赛牡丹。
十一腊月无花开，大雪霏霏飘下来。

译文：

Different Sisters, Different Flowers

Rowing the boat in the river, call out to sisters to have some tea.
Take a seat by the door, each sister with unique charm.
In the first lunar month, plum blossoms bloom in delight.
In the second lunar month, apricot flowers come out.
In the third lunar month, peach blossoms are as red as fire.
In the fourth lunar month, roses bloom clusters against the wall.
In the fifth lunar month, gardenias are tinged with yellow.
In the sixth lunar month, lotus flowers are laden with the pond.
In the seventh lunar month, water caltrops welcome their own season.
In the eighth lunar month, osmanthus fills the air far and wide.
In the ninth lunar month, chrysanthemums are found in every home.
In the tenth lunar month, hibiscus flowers are matchless.
No flowers can be appreciated in the last two months, as heavy snow blankets the ground.

通过以上几则学生的译例，会发现有3个问题比较凸显。

（一）文化意象的丢失与处理不当

“桐城歌”或其他的民间传说故事中，常包含独特的历史人物、神话传说、民俗符号等文化意象，这些元素在翻译中若不加注释或解释，目标语读者可能因文化隔阂而无法理解其深层含义，甚至导致文化内涵的流失。

例如，《放牛歌》中的“张果老”“李三娘”等，原文提到“张果老知道口难开”“李三娘知道磨难挨”，译文直接音译为“Zhang Guolao”和“Li Sanniang”，但未对这两个人物进行任何背景的说明。张果老是中国道教的八仙之一，以倒骑驴的形象闻名于世；李三娘是元代杂剧《白兔记》中的经典角色，象征着吃苦耐劳、坚贞不屈的女性形象。目标读者若缺乏相关文化背景，仅凭音译无法感知人物背后的文化象征意义。所以，可增加脚注或文内解释进行相应的改进，如“Zhang Guolao (one of the Eight Immortals in Chinese Taoism, known for riding a donkey backwards)”，“Li Sanniang (a legendary figure symbolizing hard work, endurance, and unyielding perseverance in Chinese folklore)”。

又如《对歌》中的“剪子尖尖姐面前”一句，原文中的“姐”带有方言的亲切感，译文直译为“sister”虽贴近字面，但失去了中文语境中“姐”可能隐含的亲密关系或地方特色。中文的“姐”可能指代年轻女性或特定方言称呼，而“sister”在英文中更偏向血缘关系，文化联想差异显著。那么，结合上下文，可译为“young lass”“maiden”或保留拼音“Jie”并加注释，以保留文化色彩。

还有《放牛歌》中的“撩衣扎裤打鱼郎”一句，原文描绘渔夫卷起裤腿、撩起衣角的形象，译文译为“with rolled-up pants and nets in hands”，仅传递了动作，但未体现“撩衣扎裤”这一细节的文化内涵。在这里，“撩衣扎裤”不仅是动作描写，更隐含表达了渔夫劳作时的朴素与勤恳，而英文“rolled-up pants”缺乏这种画面感与文化联想。鉴于此，可以增加细节与注释进行改进，如“The fisherman stands, sleeves rolled and pants hitched high (a traditional posture for laboring in water).”

（二）韵律与节奏的保持不足

无论是“桐城歌”，还是其他民歌、民谣，多依赖押韵、重复形成独特的音乐性，翻译时若过度追求字面对应而忽视节奏韵律，就容易导致译文失去原有的审美价值。

如《放牛歌》中的“山歌好唱口难开”一句，原文四个短句与押韵（“开”“栽”“种”“挨”），译文为“A mountain folksong is easy to sing, but hard to start”。此问题在于原句简洁押韵，而译文却冗长且无韵脚，失去了歌谣独特的节奏感。所以，可以重构句式与韵律来进行改善，如“Folksongs flow free, yet hard to begin; Cherries taste sweet, but trees are hard to win”。

又如《放牛歌》中的“牛儿吃饱往回赶，短笛无腔弄夕阳”一句，译文为“The oxen full, we head back, a short flute’s tune, as the sun sets black”。很明显，读到原文的末句“弄夕阳”，中文读者会感觉这句充满诗意，但“sun sets black”在英文中隐含负面色彩（如葬礼），与原意不符，且“black”与“back”押韵生硬。在这种情况下，可以调整意象与韵脚，如“The oxen full, we head home with cheer, A flute’s soft hum greets the dusk of the year”。

（三）目标读者接受度的忽视

民间文学类非遗的译介需兼顾文化忠实度与目标读者的理解能力。若译文过度直译或缺乏必要的语境补充，可能导致读者因文化陌生感而失去兴趣。

如《放牛歌》中的“磨难挨”，原文“粑儿好吃磨难挨”中的“磨难挨”指制作糍粑需经历繁琐的研磨过程，译文译为“grinding's a bitter skill”虽传递了字面意义，但未解释“粑儿”（糍粑）这一地域特色食物。值得注意的是，译文的目标读者可能无法将“grinding”与“糍粑”关联，从而导致文化体验断裂。所以，在这里可采取添加注释或调整译文的途径进行改善，如“Cakes are sweet, but grinding rice is a bitter skill (to make traditional sticky rice cakes)”。

类似的还有《几样的大姐几样的花》中“大雪霏霏”一句，译文的表达“heavy snow blankets the ground”看似准确，但“大雪霏霏”在中文里常带有诗意与季节更替的象征意义，而译文却未能体现这种意境。所以，可以增强表达从而形成强烈的画面感，如“In the eleventh and twelfth months, no flowers bloom, Only snowflakes dance, weaving winter's gloom”。

以及《放牛歌》中的“没奈何，手拿牛鞭唱山歌”一句，译文为“No choice, he holds the whip and sings a song”。“没奈何”这个词在原文中表达了些许无奈与苦中作乐的情感，但英文中的“no choice”显得非常平淡，缺乏必要的情感共鸣。所以，需要增添渲染氛围，增强情感的传达，例如“With no escape from fate, he hums a tune, Swinging the ox-whip under the lonely moon”。类似的例子在桐城歌的译介中还有很多。

第五节　安徽民间文学类非遗译介的策略

一、掌握国外受众需求，灵活采取“贴近”原则

黄友义任中国外文局副局长时曾提出，要解决外宣翻译中的难点问题，应坚持“外宣三贴近”原则，即贴近中国发展的实际、贴近国外受众对中国信息的需求、贴近国外受众的思维习惯（黄友义，2004）[27]。非遗译介和外宣翻译虽然有所不同，但“外宣三贴近”原则对非遗译介来说仍然具有重要的指导意义，在译介时也应根据民间文学类非遗的特点，与时俱进地做到“贴近”。

首先，应贴近民间文学类非遗的固有特点，口头性是民间文学类非遗的固有特点之一，也是民间文学类非遗区别于其他文学作品的重要特征，所以在译介时，应尽量保留这一特征。例如，前文曾提到"包公故事"里《灰阑记》中的例子，"要乖乖的听我使唤，不然，就叫你尝尝老娘的手段"。这句话充分体现了民间文学类非遗口语性的特点，因此在译介时，要充分考虑国外受众日常表达中的口语化特点。无论是在汉语中，还是在英语中，口语表达比书面语更加简洁、直接。如果按照意思将本句译为"You have to be obedient, or you will be punished"。虽然译文的意思能保持一致，但原文口语化的特点全无，所以可以根据句意，结合英文口语表达的特点翻译本句，将此句译为"Compy, or else"或者"Do it, or else"。

其次，应贴近国外受众的思维习惯。由于社会文化、宗教传统、风俗习惯等的差异，国外受众对于民间文学类非遗中的文化元素可能会有和国人截然不同的理解，这就需要在充分保留非遗文化属性的同时，尽量贴近国外受众的思维习惯。例如，在朝华出版社出版的《老子的故事》中，原文：

> 孔子告别老子后，对弟子们讲起拜见老子的感悟，他说："天上的鸟，我知道它能够飞翔。水里的鱼，我知道它能够潜游。树林里的兽，我知道它能够奔跑。会奔跑的可以用网来捕它，会潜游的可以用线来钓它，会飞翔的可以用箭来射它。至于龙，我就不知道该怎么办了，它是乘着风云飞腾升天的。我这一次见到的老子，大概就是龙吧。"（孟琢，2017）[21]

这一段中，"龙"的翻译应格外注意。"龙"是中国人独特的一种文化图腾，象征着皇权、高贵和尊荣，也象征着飞黄腾达、雄伟吉祥。但在西方传统文化中，"龙"对应的英文"dragon"却是邪恶势力的象征。"龙"在中西方受众的理解中有着截然相反的形象，对于"龙"翻译的争论在学界由来已久。为了更好地推广中国文化，构建中国国家形象，中央电视台曾在 2006 年 12 月的《东方时空》节目中专门做过一期电视调查"要不要给龙正名?"，随后《人民日报》也以《该如何称呼你，中国龙》为题做了相关报道。针对当时的新闻报道，北京大学新闻传播学院关世杰教授建议，可以由国家相关部门出面，召集权威专家研究制定龙的翻译标准，以供翻译和使用时参照执行。但时至今日，对于"龙"的翻译尚无定论。全国政协委员岳崇曾在 2015—2017 年的两会上连续三年提交《关于纠正龙与 Dragon 翻译错误的提案》，建议将"龙"译为"Loong"。2017 年，由国家广电总局电影频道节目中心等单位联合摄制的电影《龙之战》的英文片名就译为 *The War of Loong*（黄佶，2018）[9]。同年，由教育部、国家语委牵头，多部委联合参与的"中华思想文化术语传播工程"公布的 400 条中华思想文化术语的英译，"龙"仍然被译为"dragon"。此外，学者蒙天祥也指出，早在 1985 年，中美两国专家学者在编撰中文版的《简明不列颠百科全书》时，在涉及“龙”的条目上已经存在两种不同意见，《简明不列颠百科全书》第5卷的第367页上，“龙”具有两个独立的条目。其一是“龙 dragon”；其二则是“龙 Long(dragon)”。鉴于此，在翻译类似这种具有独特文化含义的词汇或表达时，可以采用译文加备注的形式，先译为“dragon”，然后加备注“Dragon in Chinese culture symbolizes great power, strength and good luck”。

二、明确译介目的，改善译介效果

非遗译介与文学翻译的目的不同，非遗译介的目的是向国外受众传播中国优秀的传统文化，是中国文化走出去的重要内容之一。而文学翻译的目的从艺术创造的角度来看，是真实生动地再现原文中的社会映像，传递原文作者抒发的感情，诉诸人的心灵，去“影响人们的理智、感情和意志，引导人们认识生活的规律性，使人们受到教育，得到美的享受”(张今，1987)[15]。从新世纪跨文化交流的角度来说，文学翻译将本国或他国的文化精华传递给彼此，担当着传播文化、促进文化融合的使者(张健，2013)[66]。明确了非遗译介与文学翻译的目的差异之后，在译介民间文学类非遗时，就可以更多地关注非遗传递的意义和受众的接受效果，而非文学翻译所追求的原作的艺术性和神韵。如“桐城歌”的代表作之一《素帕》，收录于明代冯梦龙辑《童痴二弄·山歌》第十卷，原文如下：

素帕

不写情词不写诗，
一方素帕寄心知，
心知接了颠倒看，
横也丝来竖也丝，
这般心事有谁知。

可译为：

A Handkerchief
Without sweet words or poetry,
With awhite handkerchief only,
Look and check it carefully,
Threads of silkweaved delicately,
Someone knows her heartmutely.

(笔者试译)

这是一首经典的“桐城歌”，描述了一个女子寄给心上人一方不题情词艳语的洁白手帕，希冀对方能够读懂破译。这无言的爱的密码，见之而深悟自己的情之所属，巧妙含蓄地表达了她的相思之苦和相爱之深。

这首歌体是典型的“七言五句式”桐城歌体，前两句句尾和后两句句尾均押韵，笔者试译的译文每句五词，前两句和后两句也分别押韵。将译文给国外受众看过的反馈是，他们基本能理解这首民歌的意思，并能想象其大致的情景，所以从译介效果看，基本实现了译介的目的。但是，原文的第二句、第三句“一方素帕寄心知，心知接了颠倒看”用了顶针的修辞方式，造成了层次递接分明、结构紧凑、语势流畅的效果，为本歌增添了一定的艺术色彩。同时，第四句“横也丝来竖也丝”中的“丝”，谐音双关，除了有“横丝”“竖丝”的意思之外，更主要的是表达“横也是思念”“竖也是思念”的情愫。无论是原文中的顶针修辞，还是谐音双关，都难以在译文中体现出来，难以完全展现原文的神韵和艺术性（苏涛，2022）[53]。

三、拓展译介形式，加强多模态融合

在数字技术蓬勃发展的当下，多模态融合已成为信息传播的重要趋势，这一趋势也为安徽民间文学类非遗译介带来了新的契机。多模态指的是运用多种符号资源进行意义建构和交流，包括语言、图像、音频、视频等多种模态。将多模态融合运用到安徽民间文学类非遗译介中，能够打破传统文字翻译的局限，以更加生动、立体的方式呈现民间文学的魅力，增强其在国际传播中的感染力和吸引力。2022 年 6 月，由长三角信息智能创新研究院、科大讯飞股份有限公司、芜湖铁画协会联合开展的铁画数字藏品项目，就是一个将多模态数字技术与“铁画锻制技艺”传承完美结合的成功案例。

以“孔雀东南飞传说”为例，在译介过程中，可以打造多媒体互动式数字平台。平台上不仅有传说故事的中英文文本展示，还可融入精美的插画、动画短片以及相关的音频资料。插画可以邀请知名画家绘制，以细腻的笔触展现焦仲卿和刘兰芝的爱情故事场景，如他们初次见面的羞涩、被迫分离的痛苦等，让国外受众通过图像更直观地感受故事中的情感氛围。动画短片则可以采用中国传统的水墨风格或现代的 3D 动画技术，将传说以动态的形式呈现，使故事更加鲜活生动。音频方面，可以录制专业的朗诵，用富有感情的声音讲述故事，同时添加中国古典音乐作为背景音乐，如古筝曲、二胡曲等，营造出浓厚的中国文化氛围。此外，平台还可以设置互动环节，如在线问答、故事接龙等，鼓励国外受众参与，增加他们对传说的理解和兴趣。

对于“桐城歌”的译介，多模态融合也能发挥重要作用。可以制作“桐城歌”的音乐视频，邀请当地的歌手演唱，同时拍摄歌手的表演画面、桐城的自然风光以及与歌曲相关的民俗活动场景。在视频中，配以中英文字幕，不仅要标注歌词的译文，还要对其中的方言词汇、文化意象进行解释说明。比如在演唱《对歌》时，视频画面可以展示宝塔、菱角、粽子、剪子等实物，让国外受众更直观地理解歌中的内容。还可以利用 VR 和 AR 技术，为受众创造沉浸式的体验。受众戴上 VR 设备，仿佛置身于桐城的乡村，现场聆听“桐城歌”的演唱，感受当地的风土人情；通过 AR 技术，扫描相关的图片或物品，就能获取关于“桐城歌”的详细信息和演唱音频，从而增加互动性和趣味性。

通过多模态融合的方式，能够充分调动国外受众的多种感官，使他们在欣赏安徽民间文学类非遗的过程中，不仅能够理解故事内容和文化内涵，还能获得丰富的审美体验，从而更有效地促进安徽民间文学类非遗在国际上的传播。

四、搭建文化桥梁，促进跨文化深度理解

安徽民间文学类非遗蕴含着丰富而独特的中国文化内涵，对于国外受众来说，其中的一些文化概念、价值观念和审美观念可能较为陌生。因此，在译介过程中，采用跨文化阐释策略至关重要，这有助于搭建起中外文化沟通的桥梁，促进国外受众对安徽民间文学类非遗的深度理解。在译介“包公故事”时，对于包公所代表的“清正廉洁”“铁面无私”等价值观念，可以与西方文化中类似的价值观进行类比阐释。西方文化中有许多关于正义、公平的理念，如古希腊神话中正义女神忒弥斯手持天平，象征着公正裁决。在译介“包公故事”时，可以提及这些西方文化元素，说明包公在维护正义、惩治邪恶方面与正义女神的相似之处，让国外受众更容易理解包公形象的价值和意义。同时，对于故事中的一些中国传统法律制度和司法程序，也可以进行适当的解释和说明，帮助国外受众了解中国古代的法治文化。

庄子所倡导的“自然”“逍遥”等哲学思想，在翻译“庄子传说”的过程中，可以结合西方哲学中的相关思想进行阐释。比如，西方的存在主义哲学强调个体的自由和选择，与庄子追求的逍遥境界有一定的相通之处。在介绍庄子的思想时，可以提及存在主义的观点，对比二者的异同，使国外受众更好地理解庄子哲学的独特魅力。还可以引用西方文学、艺术作品中体现类似思想的例子，如美国作家亨利·戴维·梭罗的《瓦尔登湖》，该书中表达了对自然的热爱和对简单生活的追求，与庄子的自然观有相似之处。通过这种跨文化的参照和阐释，能够让国外受众在熟悉的文化语境中找到理解庄子思想的切入点。

此外，在跨文化阐释过程中，还可以运用文化意象的转换策略。例如，在翻译安徽民间文学类非遗中的一些具有中国特色的意象时，如果直接翻译可能会让国

外受众感到困惑，可以寻找西方文化中与之相似的意象进行替换。如“龙”在中国文化中具有特殊的象征意义，但在西方文化中“dragon”的含义与之截然不同。在译介涉及“龙”的内容时，可以考虑用西方文化中代表力量、智慧的意象，如“phoenix”(凤凰)或“unicorn”(独角兽)来进行转换，并加以注释说明，帮助国外受众理解中国文化中“龙”的真正内涵。跨文化阐释能够帮助国外受众跨越文化差异的障碍，深入理解安徽民间文学类非遗所蕴含的文化价值，促进中外文化的交流与融合。

五、整合多方资源，推动译介发展

安徽民间文学类非遗译介是一项复杂的系统工程，需要整合多方资源，形成合力，才能实现更好的传播效果。建立合作机制是实现这一目标的有效途径，通过政府、高校、科研机构、企业和社会组织等各方的合作，可以充分发挥各自的优势，共同推动安徽民间文学类非遗的译介工作。

政府在安徽民间文学类非遗译介中应发挥主导作用，提供政策支持和资金保障。政府可以制定相关的扶持政策，鼓励高校、科研机构开展民间文学类非遗译介的研究和实践项目。例如，设立专项基金，资助民间文学类非遗译介的翻译、出版、传播等工作。政府还可以组织举办国际文化交流活动，搭建民间文学类非遗译介的展示平台，邀请国外的文化机构、学者和媒体参与，促进安徽民间文学类非遗与国际文化的交流与合作。

高校和科研机构在民间文学类非遗译介中具有人才和学术资源优势。高校可以开设相关的课程和专业，培养既精通外语又熟悉安徽民间文学类非遗的复合型人才。例如，设置“安徽民间文学类非遗译介”研究生专业方向，培养高层次的研究和翻译人才；开展跨学科研究，将翻译学、民俗学、文化学等学科知识相结合，深入研究民间文学类非遗译介的理论和方法。科研机构则可以承担相关的研究课题，对安徽民间文学类非遗的文化内涵、翻译策略、传播效果等进行系统研究，为译介实践提供理论支持。

企业在民间文学类非遗译介中可以发挥市场运作和创新传播的作用。文化企业可以投资开发与安徽民间文学类非遗相关的文化产品，如动漫、游戏、影视等，通过市场化的运作将民间文学类非遗推向国际市场。动漫企业可以制作以安徽民间文学类非遗为主题的动漫作品，如以“梁山伯与祝英台的传说”为蓝本制作动漫电影，通过精彩的剧情和精美的画面吸引国外观众；游戏企业可以开发相关的游戏产品，让玩家在游戏过程中了解和体验安徽民间文学类非遗的魅力。此外，企业还可以利用互联网平台和新媒体技术，创新民间文学类非遗的传播方式，如通过社交媒体、短视频平台等进行宣传推广。

社会组织在民间文学类非遗译介中可以起到协调和推广的作用。民间文化组织可以组织志愿者开展民间文学类非遗的翻译和传播活动，如各地译协可以积极组织外语志愿者翻译民间文学类非遗的文本，并通过线上线下的方式进行传播；国际文化交流组织可以促进安徽民间文学类非遗与国外文化机构的合作与交流，如组织民间文学类非遗的演出团队到国外进行演出，举办民间文学类非遗展览等活动。

通过建立政府、高校、科研机构、企业和社会组织多方合作的机制，能够充分整合各方资源，形成协同效应，为安徽民间文学类非遗译介提供坚实的保障，推动其在国际上的广泛传播。

章末小结

本章聚焦安徽民间文学类非遗的翻译与传播，内容丰富且具深度。安徽民间文学类非遗是地域文化瑰宝，虽数量在全省非遗中占比不算突出，但在译介方面优势明显。其文本易固化、文化符号集中、叙事灵活、接受门槛低、学术阐释深且适配数字时代，这些特质为译介奠定良好的基础。在理论研究上，本章详细介绍了语境、隐喻、模因和知识翻译学等理论。语境理论强调翻译要重视语言和文化背景；隐喻理论助力理解和处理文本中的隐喻表达；模因理论揭示文化传播规律，对非遗传承有启示；知识翻译学理论则为非遗译介提供新视角，强调知识重构与传播。从译介现状来看，安徽省内民间文学类非遗译介成果参差不齐。“孔雀东南飞传说”等少数项目的译介成果广泛，而众多项目的译介成果鲜见。译介过程存在诸多问题，如不可译性，受语言文化差异影响，部分内容难以精准翻译；译介效果不佳，受主体、内容、途径和受众等因素制约，译文质量、传播范围和受众理解程度都有待提升；还有文化意象丢失、韵律节奏破坏及忽视目标读者接受度等问题。为此，本章针对性提出策略。译介时应掌握国外受众需求，贴近非遗特点和受众思维习惯；明确传播优秀传统文化的目的，注重受众接受效果；拓展译介形式，运用多模态融合，借助数字技术增强传播感染力；通过跨文化阐释搭建理解桥梁，类比相似文化元素来转换文化意象；整合政府、高校、科研机构、企业和社会组织等多方资源，形成合力推动译介工作。这些内容对推动安徽民间文学类非遗走向世界、促进中外人文交流意义重大。

第五章 安徽民间文学类非遗译介的创新与展望

第一节 民间文学类非遗译介研究的多元理论选择

非遗作为人类文明的多元结晶，承载着各民族独特的历史记忆、文化基因与精神标识。而民间文学类非遗，以其鲜活的口传叙事、质朴的情感表达和深邃的文化隐喻，成为地域文化的生动注脚。在全球化浪潮的席卷下，非遗译介成为文化交流、文明互鉴的关键纽带。然而，通过第三章和第四章的系统梳理，我们发现研究者们在民间文学类非遗译介研究中运用了生态翻译学理论、目的论、传播学理论、译介学理论、语境理论、多模态话语分析理论、隐喻理论等丰富多元的理论，这种多元理论选择的背后蕴含着深刻而复杂的本质原因，值得我们深入剖析。

一、民间文学类非遗译介的复杂性与多元理论需求

（一）文化内涵的深度与广度

民间文学类非遗绝非简单的文字堆砌，而是一部部鲜活的文化志。它扎根于特定的历史土壤，融合了民俗、宗教、伦理、艺术等多维度的文化元素。以中国四大民间传说之一的《孟姜女》为例，其中不仅包含了爱情、忠贞等普世情感，还映射出建筑文化、女性地位等丰富的历史文化信息。生态翻译学理论从文化生态平衡的视角出发，强调在翻译过程中维持源文化与目标文化的和谐共生，确保非遗文化内涵的完整性传递，避免文化生态的失衡与破坏。而语境理论则为深入挖掘这些文化内涵提供了有力工具，通过对语言使用的社会、历史、文化语境的细致考察，译者能够精准把握原文的深层意义，实现文化信息的有效转码。

（二）翻译过程的多维度性

民间文学类非遗译介是一个跨越语言、文化、社会等多维度的复杂活动。从语言层面看，民间文学类非遗常具有独特的语言风格，如方言土语、押韵对仗、口语化表达等，这对翻译的准确性与流畅性构成巨大挑战。文化层面上，大量的文化负载词和独特的文化意象需要巧妙处理，以实现文化的跨越传播。社会维度则要求译者充分考虑非遗产生的社会背景、受众群体的接受差异等因素。目的论主张翻译目的决定翻译策略，在非遗译介中，根据不同的翻译目的，如文化传播、学术研究、旅游推广等，译者可灵活选择异化、归化等翻译策略，以满足不同维度的需求。译介学理论则侧重于研究翻译在文化交流中的作用与影响，从宏观层面审视非遗译介在文化传播中的地位与价值，为翻译实践提供理论指引。

（三）受众需求的多样性

民间文学类非遗译介的受众极为广泛，它涵盖了普通读者、学者、非遗文化爱好者、旅游从业者等多元群体，不同受众对译文有着截然不同的需求。普通读者追求译文的趣味性与可读性，期望借此领略异域文化的魅力；学者关注译文的学术严谨性与文化内涵的深度挖掘；非遗文化爱好者渴望原汁原味地体验异域文化；旅游从业者则需要译文具备吸引力，以促进文化旅游的发展。多模态话语分析理论为满足不同受众需求提供了新路径，通过整合图像、音频、视频等多种模态，增强译文的表现力与吸引力，提升受众的接受度。隐喻理论则有助于译者破解民间文学中丰富的隐喻表达，使译文更易于被不同受众所理解，满足他们对文化内涵的探索渴望。

二、理论自身的优势与互补性

（一）生态翻译学理论：文化生态的守护者

生态翻译学理论将翻译视为一种生态活动，强调在翻译过程中保持原文与译文、源文化与目标文化之间的生态平衡（胡庚申，2010）。在非遗译介中，其优势在于充分尊重文化的多样性与独特性，避免因翻译而导致的文化生态破坏。例如，在翻译具有独特文化内涵的民间文学作品时，生态翻译学理论指导译者采取适应性翻译策略，尽可能保留原文中的文化元素，使译文在目标文化中能够和谐共生。与目的论结合时，可在实现翻译目的的同时，注重文化生态的维护。若翻译目的是向海外其他国家推广某一地区的民间文学类非遗，在采用目的论选择适当的翻译策略吸引目标受众的同时，运用生态翻译学理论确保文化元素的完整保留，可以避免为迎合海外市场而过度归化，破坏文化生态。

（二）目的论：翻译策略的指南针

目的论认为翻译目的决定翻译方法和策略。在民间文学类非遗译介的研究中，这一理论为翻译实践提供了明确的方向。如果翻译目的是促进文化交流，译者可能会采用异化策略，保留原文中的文化特色，让目标受众感受异质文化的魅力；如果翻译的目的是便于目标儿童理解某一民间故事，译者则会采用更加通俗易懂、简洁明了的语言和归化策略，使故事更符合儿童的认知水平。目的论与传播学理论相结合，可以更好地实现翻译目的。传播学理论研究信息的传播过程和效果，通过分析目标受众的接受心理和传播渠道，目的论可以更精准地制定翻译策略，确保非遗信息能够有效地传播给目标受众。

（三）传播学理论：译介效果的提升器

传播学理论关注信息的传播过程、传播渠道和受众反馈。在民间文学类非遗的译介中，运用传播学理论可以深入研究非遗的译文如何在目标文化中传播，以及如何提高传播效果。例如，通过分析不同的媒体平台（如网络媒体、纸质媒体、社交媒体等）对非遗译介的影响，选择最合适的传播渠道。同时，研究受众对非遗译文的反馈，了解他们的需求和意见，从而改进翻译策略。传播学理论与译介学理论相互补充，译介学理论侧重于研究翻译在文化交流中的作用和影响，而传播学理论则从传播的角度为译介研究提供了具体的方法和途径，二者共同促进非遗在国际文化交流中的传播和接受。

（四）译介学理论：文化交流的桥梁

译介学理论从文化交流的角度出发，研究翻译在不同文化之间的传播、影响和接受（谢天振，1999）。它关注翻译作品在目标文化中的地位、作用以及与目标文化的互动关系。在非遗译介研究中，译介学理论有助于分析非遗如何通过翻译进入目标文化，以及对目标文化产生的影响。例如，研究某一具体的民间文学类非遗项目在国外翻译出版后的反响，以及它如何丰富了目标文化的文学宝库或影响了目标文化的价值观。当译介学理论与语境理论相结合时，可以更深入地理解翻译在不同文化语境中的意义。语境理论强调文化、历史、社会等语境因素对翻译的影响，译介学理论在分析文化交流时，结合语境理论可以更准确地把握翻译作品在不同语境中的接受程度和文化价值。

（五）语境理论：意义理解的基石

语境理论认为语言的意义是在特定的语境中产生和理解的。在非遗译介中，民间文学类非遗的语言往往与特定的文化、历史、社会语境紧密相连。例如，一些徽州民谣或桐城歌中的词汇和表达方式，只有在其特定的民俗活动和历史背景下才能理解其真正含义。语境理论帮助译者深入挖掘原文的语境信息，准确理解原文的意义，从而在翻译中选择合适的表达方式，将原文的意义完整地传达给目标受众。它可以与隐喻理论相互配合，民间文学中充满了丰富的隐喻表达，这些隐喻往往与特定的语境相关。语境理论为理解隐喻的含义提供了背景信息，隐喻理论则指导译者如何在译文中准确传达隐喻的意义，使目标受众能够理解其背后的文化内涵。

（六）多模态话语分析理论：翻译形式的拓展者

多模态话语分析理论关注语言、图像、音频、视频等多种模态在话语中的运用和意义构建。在民间文学类非遗译介中，随着多媒体技术的发展，多模态翻译成为一种趋势。例如，在介绍“桐城歌”或“徽州民谣”时，可以结合舞台表演的视频、音频以及文字翻译，从多个角度展示民间文学类非遗的魅力。多模态话语分析理论为这种多模态翻译提供了理论支持，指导译者如何整合不同模态的信息，使其相互补充、协同作用，提高译文的表现力和感染力。它也可以与其他理论相互补充，如与目的论结合，根据不同的翻译目的选择合适的多模态组合，以更好地实现翻译目的；可以与传播学理论结合，分析多模态翻译在不同传播渠道中的效果，优化传播策略。

（七）隐喻理论：文化内涵的传递者

隐喻理论在民间文学类非遗译介中同样具有重要作用，因为民间文学类非遗中常常包含大量的隐喻表达。这些隐喻不仅是一种语言修辞手段，更是文化内涵的载体。例如，在中国民间故事中，“龙”常常被用来隐喻吉祥、权威等意义，而在西方文化中，“dragon”则往往带有负面的意义。隐喻理论帮助译者识别和理解这些隐喻表达，并在翻译中选择合适的策略，如直译加注释、意译等，将隐喻所蕴含的文化内涵准确地传达给目标受众。隐喻理论与生态翻译学理论相结合，可以在保留文化特色的同时，确保隐喻意义在目标文化中的可理解性，维护文化生态的平衡。

三、学术发展与研究创新的需求

（一）学术领域的拓展与融合

随着人工智能技术的快速发展以及各类跨学科研究的不断深入，各学科领域之间的界限逐渐模糊，呈现出交叉融合的态势。民间文学类非遗译介研究横跨翻译学、文化学、传播学、民俗学等多个学科领域。不同理论的运用正是这种学科融合的生动体现。例如，生态翻译学理论融合了生态学和翻译学的理念，为翻译研究开辟了新的视角；多模态话语分析理论则是语言学、传播学、符号学等多学科交叉的结晶。通过运用这些跨学科的理论，非遗译介研究能够突破传统学科的桎梏，拓展研究领域，从多个学科的视角深入剖析非遗译介中的问题，推动学术的全面发展。

（二）研究方法的创新与完善

不同的理论为非遗译介研究提供了多样化的研究方法。实证研究方法常与传播学理论、目的论等相结合，通过问卷调查、访谈、数据分析等手段，研究非遗译介的效果和受众反馈，为翻译策略的制定提供实证依据。质性研究方法则与语境理论、译介学理论等相契合，通过对文本的深度解读、案例研究等方式，挖掘非遗译介中的文化内涵和翻译现象背后的深层原因。多种理论的运用促进了研究方法的创新与完善，使研究者能够根据不同的研究问题和研究对象，选择最为适宜的研究方法，从而提升研究的科学性和有效性。

（三）对传统研究的反思与突破

传统的翻译研究往往局限于语言层面的对等转换，在面对非遗译介这种复杂的文化翻译时，显得捉襟见肘。多元理论的引入是对传统研究的深刻反思与大胆突破。例如，传统翻译研究较少关注文化生态的平衡和翻译的文化传播功能，而生态翻译学理论和传播学理论则有效弥补了这些不足。通过运用新的理论，研究者能够以全新的视角审视非遗译介中的问题，提出创新性的解决方案，推动非遗译介研究不断向前迈进，实现对传统研究的超越。

通过以上分析，可见研究者在民间文学类非遗译介的研究中选择众多不同的理论，是民间文学类非遗译介本身的复杂性、理论自身的优势与互补性、学术发展与研究创新的需求等多方面、深层次原因共同作用的结果。这些理论从不同维度为非遗译介研究提供了丰富的研究视角、方法和思路，它们相互交织、相互补充，共同推动了民间文学类非遗译介研究的蓬勃发展。在未来的研究中，应进一步深化对这些理论的综合运用，不断探索新的理论应用模式，以更好地应对在译介中的各种挑战，实现民间文学类非遗在全球范围内的有效传播和传承，促进世界文化的多元共生与繁荣发展。同时，随着学术研究的持续进步和社会文化环境的动态变化，还需密切关注新的理论动态，为非遗译介研究注入源源不断的活力，使其在文化交流与传承的历史进程中发挥更为重要的作用。

第二节　安徽民间文学类非遗译介研究范式

安徽民间文学类非遗蕴含着丰富的地域文化内涵，是中华民族文化宝库中的璀璨明珠。在全球化背景下，对安徽民间文学类非遗进行译介，使其走向世界，对于传播中华文化、促进文化交流具有重要意义。而研究范式在这一译介过程中起着关键作用，它不仅为译介研究提供了理论框架和方法指导，还影响着研究的深度和广度。因此，深入探讨安徽民间文学类非遗译介的研究范式，具有重要的理论意义和实践价值。

一、非遗译介生态模型

（一）理论溯源与模型构建

在研究安徽非遗译介的过程中，鉴于不同类别非遗的特点，笔者一直试图探寻一种既具有普适的哲学理据，又符合翻译基本规律的译论范式，生态翻译学理论无疑为这种译论范式构建的可行性提供了坚实的理论基础，从宏观、中观、微观三个层面，对译学架构、理论体系建设和文本操作都具有极为重要的指导意义。以生态翻译学理论为基础，融合翻译传播学理论和译介学理论，笔者曾构建了非遗译介生态模型（苏涛，2022）[108]，如图 5.1 所示。

（二）模型核心要素解析

1. 译者的中心地位

作为译介信息的收集者、加工者和处理者，译者在译介活动中起着决定性作用，是整个译介活动至关重要的环节。非遗译介时，一方面，译者要竭力了解非遗的特点，深刻领悟非遗所承载的文化内涵；另一方面，译者也要努力地贴近译介受众，尽量明确译介受众群体的特点、期待和需求。不仅如此，译者还要综合考虑各种影响译介活动的要素，如译介目的（知晓的目的、娱乐的目的、学习的目的等）、译介效果（对社会产生的效果、对个体产生的效果等）、译介手段（传统手段、网络手段等）、译介环境（政治环境、人文环境、经济环境等），经过慎重研判之后，译者方可采取恰当的译介策略或方法。值得注意的是，由于非遗多类别、多模态的特点，使得其呈现出多种译介模式，并非一定是基于传统传播学模式演化而来的“译介主体”“译介内容”“译介途径”“译介受众”“译介效果”五大要素为主的译介模式。例如，传统舞蹈、传统美术等非遗类别，可以通过直接的展示或演示呈现给国外受众。

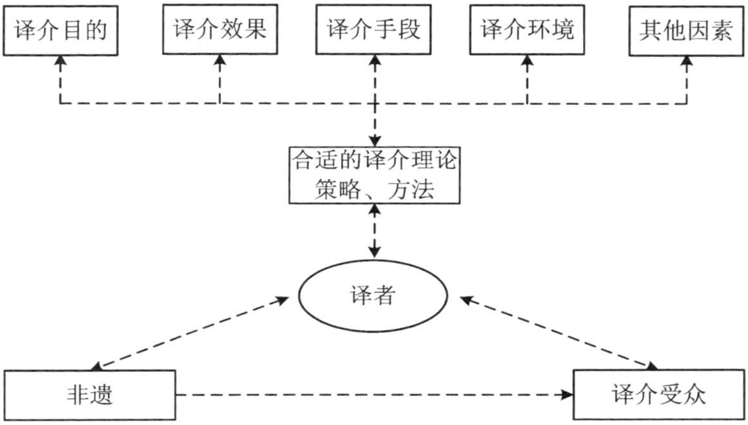

图 5.1　非遗译介生态模型（苏涛，2022）

2. 动态性特征

在模型（图 5.1）中，所有要素之间的连线都用虚线，以此表示各个要素之间处于不断变化的动态过程中，如译者对于非遗的理解是不断加深的，对于译介受众的期待和需求的认识也是不断更新的，而译介目的、译介效果、译介手段、译介环境等影响要素也会因非遗和译介受众的不同而变化，译者所选择的译介策略和方法自然也就不同。因此，整个非遗译介生态系统是一个动态的、不断发展变化的系统。

3. 整体且相互关联的“生态理性”

在模型的各要素之间，除了从非遗到译介受众用单向箭头表示之外，其他相关要素之间均用双向箭头表示，这是因为，译者的译介行为会反过来影响非遗，如果是积极的影响会促进非遗的活态传承，如果是消极的影响则会阻碍非遗的传播。同样，译介受众的期待和需求也会反过来影响译者，进而影响译者所采取的译介策略和方法，然后又进一步影响译介手段、译介效果等要素。所以，非遗译介生态系统中，各个要素是相互关联、相互影响的有机统一体（苏涛，2022）[109]。

二、安徽民间文学类非遗译介的主要研究范式

（一）跨学科研究范式：融合创新的视角

跨学科研究范式打破了传统学科界限，将多个学科的理论、方法和视角融合运用到安徽民间文学类非遗译介研究中。它具有综合性、开放性和创新性的特点。首先，它融合了翻译学、民俗学、文化学、语言学等多个学科的知识和方法。例如，从翻译学角度研究翻译策略和技巧，以实现民间文学文本的准确转换；从民俗学角度深入挖掘民间文学背后的民俗文化内涵，使译文能更好地传达文化特色；从文化学角度分析文化差异对翻译的影响，探讨如何在译文中实现文化的有效传递；从语言学角度对民间文学的语言特点进行剖析，为翻译提供语言层面的支持。其次，它不断吸收其他学科的新理论、新方法，保持研究的活力和前沿性。随着跨学科研究的不断发展，新的学科交叉点不断涌现，如认知语言学与翻译学的结合，为研究译者在翻译过程中的认知机制提供了新视角；数字人文与民俗学的融合，为民间文学类非遗的数字化保护和传播提供了新思路，这些都可以被引入安徽民间文学类非遗的译介研究中。最后，通过不同学科的碰撞和融合，产生新的研究问题和研究思路。例如，将传播学理论引入翻译研究，探讨安徽民间文学类非遗译介在国际传播中的效果和策略，突破了传统翻译研究仅关注文本转换的局限，开拓了新的研究领域。

在翻译安徽民间文学类非遗作品时，如“孔雀东南飞传说”等民间传说，跨学科研究范式能够发挥重要作用。民俗学和文化学知识可以帮助译者深入理解作品中所蕴含的古代婚姻习俗、家庭观念、社会结构等文化内涵，然后运用翻译学方法将这些文化元素准确地传达给目标语读者。例如，对于作品中一些具有特定文化含义的词汇和意象，如“结发同枕席”中的“结发”，可通过民俗学研究了解其在古代婚姻中的象征意义，再结合翻译技巧，采用注释、意译等方法，使译文读者能够理解其文化内涵。

跨学科研究范式可以从多个学科角度分析翻译策略与方法的选择。从语言学角度分析民间文学的语言风格、句式结构等特点，为翻译策略的制定提供依据。例如，“徽州民谣”具有独特的韵律和节奏，在翻译时需要考虑如何在目标语中再现这种韵律美，这就需要结合音韵学知识进行研究。同时，从文化学角度考虑文化差异对翻译策略的影响，如在翻译具有安徽地域特色的民间故事时，对于一些文化负载词，是采用异化策略保留其文化特色，还是采用归化策略使其更易于目标语读者接受，需要综合多学科因素进行权衡。

跨学科研究范式使安徽民间文学类非遗译介研究不再局限于传统翻译研究的范畴，从多个学科视角审视译介过程，为研究提供更全面、更深入的理解。例如，传统翻译研究主要关注语言转换的准确性，而跨学科研究范式引入文化学、民俗学等学科后，更加注重文化内涵的传递和文化交流的实现，使研究视角从语言层面拓展到文化层面，丰富了研究内容。而且，不同学科理论和方法的融合为译介研究带来了新的理论增长点。例如，翻译适应选择论将达尔文的“适应与选择”理论引入翻译研究，从译者中心的角度探讨翻译过程中的适应与选择行为，为安徽民间文学类非遗译介研究提供了新的理论框架。这种跨学科的理论创新不仅推动了译介研究的发展，也为解决实际翻译问题提供了新的思路和方法。此外，跨学科研究范式要求研究者具备多学科知识和综合运用能力，促进了翻译研究领域复合型人才的培养。在研究安徽民间文学类非遗译介过程中，研究者需要掌握翻译学、民俗学、文化学等多个学科的知识和方法，通过跨学科研究实践，不断提升自身的综合素质和创新能力，为译介研究的持续发展提供人才支持。

（二）实证研究范式：基于数据的科学探究

实证研究范式强调通过观察、实验、调查等方法收集数据，并运用统计分析、质性分析等方法对数据进行处理和分析，以验证假设或得出结论。它具有客观性、系统性和可重复性的特点。实证研究基于实际观察和数据收集，避免了主观臆断和理论假设的片面性。在安徽民间文学类非遗译介研究中，通过对翻译实践案例的收集、对译者和读者的调查等方式获取第一手资料，以客观的数据和事实为依据进行研究，使研究结果更具可信度。而且，实证研究遵循科学的研究步骤和方法，从研究问题的提出、研究假设的建立、研究方法的选择、数据的收集与分析，到结论的得出和讨论，形成一个完整的研究体系。例如，在研究安徽民间文学类非遗译介中的文化误译问题时，首先明确研究问题，然后提出关于文化误译原因和影响的假设，接着选择合适的研究方法，如对译文文本进行对比分析、对译者进行访谈等，收集相关数据并进行系统分析，最后得出结论并提出建议。值得注意的是，实证研究的方法和过程是公开透明的，其他研究者可以按照相同的方法和步骤进行重复研究，以验证研究结果的可靠性。在安徽民间文学类非遗译介研究中，若某一个研究者通过实证研究得出关于某一翻译策略在传播安徽民间文学类非遗文化方面的有效性结论，其他研究者可以在不同的研究对象或场景下重复该研究，进一步验证该结论的普遍性和适用性。

实证研究范式需要收集大量安徽民间文学类非遗的翻译实践案例，运用实证研究方法对其进行分析。例如，对不同译者翻译的安徽民间故事进行文本对比分析，从词汇、句法、篇章等层面分析翻译策略的运用及其效果，通过数据统计分析找出不同翻译策略的优势和不足。同时，结合对译者访谈，了解译者在翻译过程中的思考和决策过程，为翻译实践提供参考。此外，还可以通过问卷调查、访谈等方式了解译者在翻译安徽民间文学类非遗时所面临的困难和挑战，以及他们对翻译策略和方法的选择和运用。例如，针对译者对民间文学中文化负载词的翻译处理方式进行调查，分析译者的文化背景、翻译经验等因素对翻译决策的影响。同时，对目标语读者进行调查，了解他们对安徽民间文学类非遗译文的接受程度、阅读体验和反馈意见，为优化翻译策略和提高译介效果提供依据。

实证研究通过对翻译实践案例和实际译介效果的研究，为安徽民间文学类非遗译介提供了具体的实践指导。例如，通过对大量翻译实践案例的分析，总结出适合不同类型民间文学作品的翻译策略和方法，帮助译者在实际翻译中作出更合理的选择；通过对译介效果的评估，发现译介过程中存在的问题和不足，为改进译介策略和提高译介质量提供方向。实证研究可以对译介研究中的理论假设进行验证和完善。在安徽民间文学类非遗译介研究中，许多理论和假设需要通过实际数据来验证其正确性和可行性。例如，有些关于文化翻译的理论认为，在翻译过程中采用异化策略可以更好地传播源文化，但这一理论在安徽民间文学类非遗译介中的实际效果如何，需要通过实证研究来验证。通过对翻译实践和读者反馈数据的分析，可以对理论假设进行修正和完善，推动译介理论的发展。由于实证研究基于客观数据和科学方法，使安徽民间文学类非遗译介研究结果更具可信度和说服力。在学术研究中，实证研究的成果更容易被学术界认可和接受，有助于提升安徽民间文学类非遗译介研究的学术地位和影响力。同时，对于政府部门、文化机构等在制定相关文化传播政策和规划时，实证研究结果也能提供更可靠的决策依据。

（三）描述性翻译研究范式：历史与现实的审视

描述性翻译研究范式强调对翻译现象进行客观描述和分析，关注翻译在目标文化中的实际功能和作用。它具有以下特点：一是注重翻译的过程和结果，通过对翻译文本的分析，揭示翻译过程中的各种决策和变化；二是从目标文化的角度出发，研究翻译如何适应目标文化的需求和规范，以及翻译对目标文化的影响；三是强调对翻译现象的多样性和复杂性的认识，不局限于传统的翻译质量评价标准，而是从更广泛的视角探讨翻译的意义和价值。

在安徽民间文学类非遗译介研究中，描述性翻译研究范式可用于分析不同历史时期安徽民间文学作品的翻译情况，探讨翻译策略的演变及其与社会文化背景的关系。例如，研究明清时期安徽民间文学类非遗在海外的翻译传播，分析当时的译者如何根据目标文化的需求和接受程度对原文进行调整和改写，以及这些翻译作品对目标文化的影响。同时，描述性翻译研究范式还可以用于比较不同译者对同一个安徽民间文学类非遗的翻译，分析他们在翻译策略、语言风格等方面的差异，以及这些差异如何反映出译者的个人背景、翻译目的和目标文化的要求。描述性翻译研究范式为安徽民间文学类非遗译介研究提供了一种新的视角，使研究更加关注翻译的实际过程和社会文化背景。它有助于打破传统翻译研究中以源文本为中心的局限，强调翻译在目标文化中的功能和作用，从而为翻译策略的选择和翻译质量的评价提供更全面的依据。此外，描述性翻译研究范式还可以促进对翻译历史和文化的研究，丰富安徽民间文学类非遗译介研究的内容，推动翻译研究向跨学科、多元化方向发展。

（四）功能主义翻译研究范式：目的导向的实践指引

功能主义翻译研究范式以翻译目的为导向，强调翻译的功能性和交际性。它认为翻译的目的决定了翻译的策略和方法，翻译不仅仅是语言的转换，更是一种跨文化交际行为。功能主义翻译研究范式具有以下特点：一是以目标文本的功能和预期读者为出发点，根据翻译目的选择合适的翻译策略和方法；二是强调翻译过程中的灵活性和创造性，译者可以根据实际情况对原文进行适当的调整和改写，以实现翻译目的；三是注重翻译的交际效果，关注译文在目标文化中是否能够有效地传达信息，引起读者的共鸣。

在安徽民间文学类非遗译介中，功能主义翻译研究范式可用于根据不同的翻译目的选择合适的翻译策略。例如，如果翻译目的是向外国读者介绍安徽民间文学类非遗的文化内涵和艺术特色，那么译者可以采用异化策略，保留原文中的文化元素和独特表达方式，以满足读者对异质文化的好奇心。如果翻译目的是促进安徽民间文学作品在国际市场上的传播，提高其商业价值，那么译者可以采用归化策略，使译文更符合目标文化的语言习惯和审美需求，增强译文的可读性和吸引力。此外，功能主义翻译研究范式还可以用于指导安徽民间文学类非遗的多媒体翻译，如将民间故事改编成动画、电影等形式进行跨文化传播时，根据不同媒体的特点和受众需求，选择合适的翻译策略和表现手法。

功能主义翻译研究范式为安徽民间文学类非遗译介研究提供了明确的指导原则，使翻译研究更加注重翻译的实际目的和交际效果。它打破了传统翻译研究中对翻译对等的过度追求，强调翻译的灵活性和创造性，为译者在翻译过程中作出合理决策提供了理论支持。同时，功能主义翻译研究范式还促进了翻译研究与其他学科的交叉融合，如传播学、市场营销学等，为安徽民间文学类非遗的跨文化传播提供了更广阔的思路和方法。

三、不同研究范式之间的融合与互补

（一）融合的必要性

一是安徽民间文学类非遗的复杂性。安徽民间文学类非遗涵盖了民间传说、歌谣、故事、楹联匾额等多种形式，其内容丰富多样，涉及历史、文化、民俗、语言等多个领域。单一的研究范式难以全面、深入地揭示其内涵和特点，以及在译介过程中所面临的问题和挑战。例如，在翻译“徽州民谣”时，既需要从语言学角度分析其唱词的语言特点，又需要从民俗学角度理解其中所蕴含的民俗文化元素，还需要从艺术学角度考虑如何在译文中再现其音乐性和表演性。因此，需要融合多种研究范式，从不同角度对其进行研究。

二是安徽民间文学类非遗译介研究涉及翻译过程、翻译策略、译介效果、文化传播等多个维度。不同的研究范式在不同维度上具有各自的优势，如跨学科研究范式在文化内涵挖掘和翻译策略探讨方面具有优势，实证研究范式在翻译实践案例分析和译介效果评估方面更具科学性，描述性翻译研究范式有助于分析翻译的历史和社会文化背景，功能主义翻译研究范式则强调翻译的目的和交际功能。融合多种研究范式可以充分发挥各自的优势，为译介研究提供更全面、更深入的分析。

（二）融合的方式

一是在研究过程中，可以根据研究问题的需要，综合运用多种研究方法。例如，在研究安徽民间文学类非遗译介中的文化传播效果时，可以采用跨学科研究范式，融合传播学、文化学等学科的理论和方法，构建研究框架；同时运用实证研究范式，通过问卷调查、访谈等方法收集数据，运用统计分析和质性分析等方法对数据进行处理和分析；还可以结合描述性翻译研究范式，对不同时期的翻译作品进行文本分析，了解文化传播的历史演变。

二是将不同研究范式的理论进行整合，形成更具综合性和解释力的理论框架。例如，将功能主义翻译理论与跨学科研究中的文化翻译理论相结合，在翻译安徽民间文学类非遗作品时，既考虑翻译目的和交际功能，又注重文化内涵的传递和文化差异的处理。同时，将实证研究的结果用于验证和完善理论框架，使其更符合实际翻译实践和译介需求。

第三节　安徽民间文学类非遗译介的创新实践

在全球化时代背景下，安徽民间文学类非遗的译介对于传播地域文化、提升文化软实力具有重要意义。为了更好地适应时代发展和国际传播需求，安徽在民间文学类非遗译介方面应积极探索创新实践，通过新兴技术和跨界合作等方式，不断拓展译介的深度与广度。

一、利用新兴技术实现数字化译介创新

随着信息技术的飞速发展，数字化技术在文化领域的应用日益广泛。安徽民间文学类非遗译介可以充分借助新兴技术，实现了数字化转型与创新。

（一）建立数字化和多模态资源库

自2005年始，在国家政策的积极引领下，非遗领域的数字技术运用与推广持续深化，非遗传播的数字化转型已成为不可逆转的趋势。这一转型涉及非遗文字记录、图片资料、音频素材、视频内容及实物藏品的广泛收集、系统整理与数字化加工。通过充分利用5G通信、VR/AR、多媒体等先进数字技术和AI技术，与非遗传播实现深度融合，能够高效地实现非遗内容的数字化捕获、图像化展示，以及资源共享与开发。当前，众多非遗研究机构与博物馆正积极投身于非遗的数字化传播与建设之中，取得了显著的研究成果。然而，现有的数字化非遗研究及数据库构建主要聚焦于国内传播与数字化工程项目，相比之下，非遗的数字化国际传播研究尚未获得充分的重视（刘佳，2023）[35]。顾曰国（2013）指出，多模态语料库的研究旨在借助最前沿的技术手段，尽可能全面地采集人类与外界互动所产生的各类多模态数据，力求真实模拟人类丰富多彩的多模态活动场景。这为民间文学类非遗的数字化译介开辟了新的路径，有助于突破传统文本传播叙事方式的局限性。结合多模态语料库的研究方法，我们可以构建出多维度的对外传播叙事空间，从而更大程度地还原民间文学类非遗的活态特征，展现其独特的魅力与内涵。

刘佳（2023）[36]在《数字化赋能非遗对外传播多模态语料库平台构建研究》一文中曾设计出了非遗对外传播多模态语料库平台构架图（图5.2）。由于这个平台对

于非遗具有普遍的适用性，所以在建构安徽民间文学类非遗的数字化和多模态资源库时也可以从中学习借鉴。

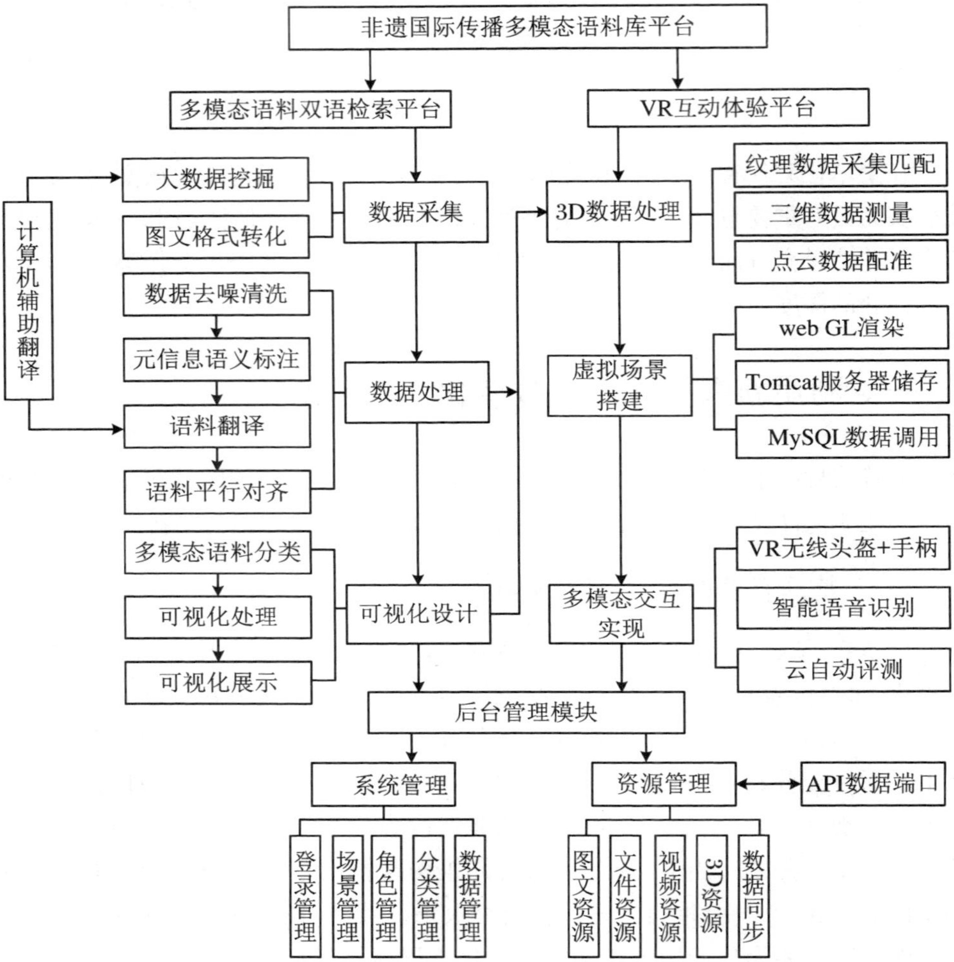

图 5.2　非遗对外传播多模态语料库平台构架图

安徽省相关文化部门和科研机构可以多方联合，运用数字化采集、存储技术，对安徽民间文学类非遗进行全面的数字化记录，建立丰富的数字化资源库。例如，针对“孔雀东南飞传说”，不仅可以将其文本进行数字化的录入，还可以收集与之相关的民间戏曲表演视频、歌谣音频等资料，以多模态的形式存储在资源库中。这些数字化和多模态的资源可以为后续的译介工作提供丰富的素材，打破了时间和空间的限制，方便研究者和译者随时获取和利用。

（二）运用人工智能辅助翻译

随着 ChatGPT、DeepSeek 等 AI 语言处理模型在生活中的广泛应用，如今在翻译实践领域中，AI 技术也发挥着极其重要的作用。很多知名的翻译公司（团队）都采用了机器翻译与人工译后编辑相结合的方式，以此来提高翻译效率和质量。在这种大趋势下，科研院所、非遗主管行政单位、翻译公司可以和 AI 开发公司联动，一起研发针对非遗的智能翻译系统，即基于目前的模型和算力，经过对安徽民间文学文本大量的训练，实现对大多数民间文学类非遗快速准确的翻译。专业的译者可以在机器翻译的基础上，针对文化负载词、隐喻表达等方面进行人工优化，确保译文的准确性和文化内涵的传达。

（三）开发数字化传播平台

笔者在实地走访调研中发现，为了让本地的民间文学类非遗能够更形象、更多元地传播，很多地市的相关部门和机构开发了多种数字化传播平台，比较典型的做法是在博物馆里设立一个专门的“数字博物馆”展区，或者在博物馆的展品介绍里增加“数字化展示”的二维码，通过手机扫码就可以看到展品数字化的视频影像介绍。这些“数字博物馆”展区和移动应用，基本是以图文、音频、视频等多种形式展示安徽的非遗项目。用户可以通过电脑、手机等终端随时随地浏览和欣赏，有些还可以进行互动交流。例如，“孔雀东南飞微刊”公众号，其发布的内容旨在宣传孔雀东南飞的诗乡文化，宣传怀宁小市镇的人和事，弘扬地方文化，促进家乡的文化建设。该公众号设立至今已发布了 5000 余篇原创的内容，并且平均阅读量超过 400。

此外，一些社交媒体平台也成为安徽民间文学类非遗译介的重要渠道。例如，通过短视频、直播等形式，将安徽民间文学类非遗的故事和文化内涵生动地呈现给国内外观众。例如，在抖音平台上，由安徽新媒体集团徽风皖韵工作室创建的“这里是安徽”公众号，发布了很多关于安徽民间故事及安徽民间文学类非遗的短视频，获得了 20 多万的点赞、点评量，有效提升了安徽民间文学类非遗的知名度。

二、通过跨界合作拓展传播渠道

安徽民间文学类非遗译介绝不是一个人、一个单位或者一个地区的工作，需要多方参与，并且需要不同领域和不同行业积极开展跨界合作，整合各方资源，拓展传播渠道，以此来提升传播效果。

（一）与教育领域携手

安徽各地的高校和中小学可以积极参与到民间文学类非遗译介的传播中来。很多高校的英语专业开设了与中国文化相关的课程，其中就包括民间文学及民间文学类非遗的相关内容；也有很多高校针对本科生或翻译硕士开设了翻译实务的相关课程，民间文学及民间文学类非遗是必要的翻译练习素材，通过翻译这些内容，可以培养学生的翻译能力和跨文化传播意识。在笔者所教授的“翻译鉴赏与批评”翻译硕士课程中，笔者专门以民间文学类非遗译介作为一个专题，选取了很多代表性的非遗文本让学生练习，如“孔雀东南飞传说”“桐城歌”“徽州民谣”等。学生们在翻译过程中深入了解了安徽的地域文化，同时也将翻译成果通过微信公众号、学术交流活动等形式进行展示和传播。其中，笔者的5位翻译专业硕士生分别选择了非遗译介的相关主题作为自己的毕业翻译实践报告的内容，他们通过深入研究都顺利完成了各自的翻译实践报告并通过答辩。此外，安徽各地的一些中小学也有意识地将安徽非遗故事的文本纳入校本教材，并且通过课堂教学、校园文化活动等方式，向学生传播本地特色的非遗文化。

（二）与文旅产业融合

安徽有山有水有人文，丰富的旅游资源为安徽的民间文学类非遗译介提供了广阔的传播空间。各地市的旅游景区可以将当地的民间文学类非遗融入旅游产品和服务中，通过导游讲解、文化表演等形式，向游客传播当地的民间文学类非遗。例如，导游在介绍西递宏村风景区景点时，可以讲述与之相关的非遗项目“徽州民谣”及“楹联匾额”，若同时自己有能够提供英文或其他语言的外文介绍，还可以让外国游客更好地了解景点背后的文化内涵。同时，景区还可以开发带有安徽民间文学元素的旅游纪念品，如印有非遗插画和译文的明信片、书籍等，进一步扩大传播范围。

（三）与影视传媒合作

影视传媒具有强大的传播力和影响力。20世纪90年代，由美国迪士尼电影公司出品的动画电影《花木兰》，改编自中国民间乐府诗《木兰诗》，讲述了为抵御匈奴入侵，花家女儿木兰女扮男装代父从军，最终打败匈奴，拯救国家的故事。这部影片一经上映，凭借其动人的故事情节和精美的动画制作，迅速赢得了美国观众的喜爱，在美国刮起了一股中国文化的旋风。2024年全球爆火的游戏《黑神话：悟空》，也是源自中国古代四大名著之一的《西游记》，将传统的悟空形象以“暗黑”为主题进行经典重构，游戏一上线，便取得了现象级的爆火局面。2025年春节电影档，由成都可可豆动画影视公司推出的奇幻动画电影《哪吒 2》，上映仅一周，内地票房就突破了 68 亿元，登顶中国影史的票房冠军，后又登顶全球电影单一市场票房榜。《哪吒 2》的成功引起了国际媒体的广泛关注，路透社称《哪吒 2》的爆火印证了中国本土 IP 的强大号召力；《综艺》杂志特别提到，影片中传统神话与现代价值观的碰撞是吸引全球观众的核心，哪吒反抗命运、挑战规则的故事，超越了文化边界，传递出普世的人性共鸣。这些影片或游戏的成功，体现了全球文化软实力竞争中中国文化的崛起。所以，安徽民间文学类非遗可以汲取这些成功的经验，与影视传媒加强合作，将民间故事改编成动画、电影、电视剧等影视作品或制作成游戏，并进行多语言配音和字幕翻译，通过国内外的影视平台进行传播。

三、对促进安徽民间文学类非遗国际传播的意义

（一）增强文化认同感

通过译介的创新实践，安徽民间文学类非遗在国际上得到了更广泛的传播，让更多的外国友人了解和认识了安徽的文化。这不仅有助于增强海外华人华侨对家乡文化的认同感和归属感，也促进了不同国家和民族之间的文化交流与理解，使安徽民间文学类非遗成为连接世界文化的桥梁。

（二）提升国际知名度

通过在国际文化交流活动、影视节展、学术研讨等场合的展示和传播，安徽民间文学类非遗的国际知名度不断提升。越来越多的国际媒体开始关注安徽民间文学类非遗的译介成果，并对其进行报道和宣传，有助于其进一步扩大其国际影响力。

（三）促进文化贸易发展

随着安徽民间文学类非遗相关的文化产品和服务在国际市场上的需求逐渐增加，如翻译作品的出版发行、文化旅游产品的销售、影视版权的输出等，不仅推动了文化贸易的发展，还为安徽带来了一定的经济收益，同时也提升了安徽在国际文化产业领域的竞争力。

安徽民间文学类非遗译介在实践中通过利用新兴技术和跨界合作等创新举措，取得了一定的成果，也积累了宝贵的经验，对提升其国际影响力有重要意义。在未来的译介过程中，应继续坚持创新驱动，不断探索新的译介模式和传播路径，让安徽民间文学类非遗在世界文化舞台上绽放更加耀眼的光彩。

第四节　安徽民间文学类非遗译介的未来展望

在全球化与数字化深度交融的时代背景下，安徽民间文学类非遗译介正站在新的历史起点上。在过去十多年里，安徽民间文学类非遗译介已取得一定的成果，部分项目，如“孔雀东南飞传说”“庄子传说”“老子传说故事”等在国际上有一定传播，但整体仍面临着诸多挑战，如翻译质量的参差不齐、传播效果的有待提升、资源整合的不足等。展望未来，安徽民间文学类非遗译介应在传承中创新、在创新中发展，以应对时代挑战，推动安徽优秀传统文化走向世界。

一、译介理论与方法的创新发展

（一）多元理论融合与创新应用

目前，生态翻译学、目的论、传播学理论等在安徽民间文学类非遗译介中已得到应用，但每个理论都有自己的特点和适用范围。未来应加强多元理论融合，根据不同非遗项目特点和译介需求，灵活融合各种理论并加以运用。例如，在对非遗项目“包公故事”进行译介时，可以结合目的论的目标导向和生态翻译学的多维度转换：从目的论出发，明确向国外受众传播中国传统正义文化的目的，根据这一目的选择合适的翻译策略；运用生态翻译学的语言维、文化维、交际维的三维转换，在语言上注意要调整词汇和句式，使译文符合英语的表达习惯，在文化上准确传递包公所代表的“清正廉洁”“铁面无私”等文化内涵，在交际上重点考虑目标受众的接受能力，确保译文能有效传达信息，从而引发目标受众的共鸣。

同时，也要关注新兴理论的发展，如知识翻译学理论等。知识翻译学理论强调翻译是知识的再生产与重构，为民间文学类非遗译介提供了新视角。未来可以深入研究知识翻译学在安徽民间文学类非遗译介中的应用，通过文化解码、动态传播、地方性转化和技术融合，实现非遗知识的有效传播。对“徽州楹联匾额”进行译介时，也可以运用知识翻译学理论，对其文化意义进行层次化解析，从表层符号、中层语境到深层隐喻进行系统的解读和翻译。而且可以构建动态传播模式，再结合数字技术，开发交互式电子译本，还原楹联匾额的应用场景。当然，还可以进行地方性转化，提取必要的文化要素，重构叙事母题，开发数字 IP，再利用技术赋能，建立数据库和智能化匹配系统，综合提升其译介效果。

（二）翻译方法的优化与创新

在使用一些翻译方法处理安徽民间文学类非遗时，往往存在一定的局限，如直译可能导致文化内涵流失，意译又可能偏离原文风格。那么今后在翻译实践中，应该努力优化翻译方法，注重文化内涵的传递和风格的保留。对于具有独特文化内涵的词汇和表达，可采用注释、音译加注等方法。例如，在翻译“桐城歌”中具有地域特色的词汇时，除了给出译文，还应加注解释其文化背景和含义，让目标受众更好地理解。同时，可以借鉴深度翻译理论，对民间文学类非遗的文本进行深入解读和阐释，在译文中增加丰富的背景信息、文化注释和解读，帮助目标受众理解文本的深层含义。例如，在翻译“老子传说故事”时，不仅翻译故事的内容，还可以对其中涉及的道家思想、历史背景、文化习俗等进行详细注释和解读，使译文更具学术性和可读性。

二、技术赋能译介新形态

（一）数字化技术的深度应用

数字时代为安徽民间文学类非遗译介带来了新机遇。我们应抓住机遇，进一步深化数字化技术的应用，提升译介的效率和质量。在翻译实践中，可以利用人工智能翻译技术，辅助译者进行翻译工作。虽然目前 AI 翻译在处理复杂文化内涵时还存在不足，但通过不断优化算法，输入大量安徽民间文学类非遗文本进行训练，相信很快就能提高其翻译的准确性和专业性。同时，AI 翻译还可用于初步翻译，为译者提供参考，减轻翻译负担，提高翻译效率。大数据技术在译介中的应用也将日益重要。通过分析海量的翻译数据和受众反馈，了解不同地区、不同文化背景受众的需求和偏好，为翻译策略的制定提供依据。例如，通过大数据的分析，发现欧美受众对安徽民间文学类非遗中的爱情故事和哲学思想更感兴趣，那么在译介“孔雀东南飞传说”和“庄子传说”时，就可以针对这部分受众的兴趣点，优化翻译内容和传播方式，提高传播效果。

（二）虚拟现实与增强现实技术的应用探索

VR 和 AR 技术能够为非遗译介带来沉浸式体验，今后我们可以积极探索这两项技术在安徽民间文学类非遗译介中的应用。例如，利用 VR 技术，还原“孔雀东南飞传说”的故事场景，让国外受众身临其境地感受焦仲卿和刘兰芝的爱情悲剧。受众戴上VR设备，仿佛置身于东汉时期的庐江郡，亲眼看见焦刘二人的生活场景，感受他们的离别之苦，增强对传说的理解和感悟。此外，AR技术可以用于增强非遗文化的互动性。例如，在翻译“徽州民谣”时，通过AR技术，扫描民谣文本或相关图片，就能呈现出民谣所描绘的场景、人物以及相关的历史文化背景信息；还能够播放民谣的演唱音频，让受众在阅读译文的同时，通过多种感官更全面地了解徽州民谣的魅力。

三、人才培养与团队建设

（一）培养专业翻译人才

专业翻译人才是安徽民间文学类非遗译介的关键所在，高校应充分发挥人才培养的主阵地作用，优化相关专业的课程设置。可以在本科高年级或者研究生阶段开设非遗翻译的相关课程，系统讲授民间文学知识、翻译理论与技巧、跨文化交际等内容。课程设置可包括民间文学概论、非遗翻译实践、跨文化交际学等，让学生深入了解安徽民间文学类非遗的特点和内涵，掌握专业的翻译技能。同时应加强翻译实践教学环节，如与当地的文化机构、翻译公司合作，建立翻译实习实践基地，为学生多提供翻译实践的机会。学生也可以参与到实际的非遗译介项目中，在实践中提高翻译能力和解决实际问题的能力。例如，组织学生参与“桐城歌”的翻译和传播项目，让学生在实践中感受民间文学类非遗的魅力，切实提升学生的翻译水平。

（二）组建跨学科团队

前文多次谈到非遗译介是一个系统工程，需要多方的积极参与，安徽民间文学类非遗译介就需要跨学科团队的支持。在条件允许的情况下，尽可能组建由翻译专业人士、民俗学者、文化研究者、数字技术专业人士等组成的跨学科团队。翻译专业人士负责文本翻译，确保译文质量；民俗学者和文化研究者负责深入挖掘非遗项目的文化内涵、历史背景和民俗特色，为翻译提供专业的文化支持；而数字技术专业人士利用技术手段，如开发数字化平台、应用VR和AR技术等，与大家协同提升非遗译介的传播效果，推动安徽民间文学类非遗的译介工作。例如，在翻译“徽州楹联匾额”时，民俗学者和文化研究者先对楹联匾额的文化内涵、历史背景进行深入研究，为翻译专业人士提供详细的资料。翻译专业人士根据这些资料进行翻译，并与数字技术专业人士合作，将翻译成果以数字化的形式呈现，如开发交互式电子译本、利用AR技术展示楹联匾额的应用场景等，最终实现多学科的协同创新。

四、传播渠道与国际合作拓展

（一）利用新兴媒体平台

当今时代是一个社交媒体、短视频平台等新兴媒体迅速发展的时代，其中短视频平台具有用户基数大、传播速度快、互动性强的特点。安徽民间文学类非遗译介可以有效利用新兴媒体平台的这些特点，通过制作引人入胜的短视频，将安徽民间文学类非遗故事以动画、短剧等形式呈现，并配以生动的音乐和中英文字幕，吸引国外受众的关注。例如，可以制作关于“包公故事”的短视频，精彩的剧情配以简洁明了的译文，在短视频平台上传播，引发国外受众的兴趣，从而提高包公的国际知名度。也可以尝试利用社交媒体平台等传播渠道。在我国文化主管部门许可的前提下，在这些社交媒体上建立官方账号，定期发布安徽民间文学类非遗的相关内容，包括翻译作品、文化解读、传承人的故事等，与国外受众进行互动交流，及时了解他们的反馈和需求，根据反馈调整传播策略，提升传播效果。

（二）深化国际合作

加强国际合作是推动安徽民间文学类非遗译介的重要途径之一，可以在当地文化主管部门的支持下，与国外知名文化（出版）机构、文化学术研究组织建立长期稳定的合作关系，共同开展翻译和传播非遗项目。例如，翻译出版安徽民间文学类非遗作品集，在国际市场上发行；或者共同举办文化活动，如安徽民间文学类非遗国际研讨会、文化展览等，邀请国外专家学者、文化爱好者参与其中，借此提高安徽民间文学类非遗的国际影响力。还可以利用国际书展、国际文化节等交流平台，展示安徽民间文学类非遗的翻译成果，推广安徽优秀传统文化。例如，在国际书展上设置安徽民间文学类非遗展区，展示“孔雀东南飞传说”“庄子传说”等经典作品的译文，吸引国外读者的关注，或者举办文化讲座，邀请译者和专家介绍安徽民间文学类非遗的魅力和翻译过程，促进中外文化之间的交流。

五、译介效果评估与质量提升

（一）建立科学的评估体系

目前，对于安徽民间文学类非遗译介效果的评估缺乏科学且系统的体系。评估指标应包括翻译质量、传播效果、受众反馈等多个方面。翻译质量可从语言准确性、文化传递的完整性、风格的保留等方面进行评估。传播效果可通过译文的传播范围、阅读量、转载量等数据进行衡量。受众反馈可通过问卷调查、在线评论、访谈等方式收集，从而了解受众对译文的理解程度、满意度，以及对安徽民间文学类非遗的兴趣变化等。通过相关数据，分析统计译文的传播数据，如在不同平台的阅读量、点赞数、评论数等，进行定量评估。通过对受众反馈的文本分析，了解他们对译文的评价和建议，进行定性评估。综合定量和定性评估结果，全面了解译介效果，为译介工作的改进提供可靠的依据。

（二）持续改进译介质量

根据评估结果，持续改进安徽民间文学类非遗译介质量。针对翻译质量问题，组织译者培训和研讨，提高他们的翻译水平和文化素养。可以邀请专家对译文进行点评和指导，让译者了解自己的不足之处，学习改进方法；也可以开展翻译工作坊，让译者之间交流经验，共同提高翻译质量。此外，根据受众反馈和传播效果分析，应及时调整传播内容和方式。如果发现某个国家或地区的受众对安徽民间文学类非遗中的某个主题特别感兴趣，可加大该主题相关内容的传播力度；如果发现某种传播方式效果不佳，可以尝试其他方式。

六、文化传承与发展的协同推进

（一）与本土文化传承的结合

安徽民间文学类非遗译介应与本土文化传承紧密结合。在翻译和传播过程中，应注重对本土文化的保护和传承。要始终明确非遗译介的目的是让更多人了解安徽民间文学类非遗的价值，同时增强本土民众的文化自豪感和保护意识。所以，在学校的教育中，应适当地将安徽民间文学类非遗译介成果纳入教学内容，让学生从小接触和了解本土优秀传统文化，培养他们对家乡文化的热爱和传承意识。还可以多开展相关的文化活动，如民间文学类非遗翻译比赛、文化讲座等，吸引更多人参与到民间文学类非遗的传承和传播中来。

（二）促进文化多样性的发展

通过将安徽民间文学类非遗传播到世界各地，让不同文化背景的人了解中国的优秀传统文化，促进文化的交流与融合。在译介过程中，应始终保持对不同文化差异的尊重，以包容的态度对待不同文化的理解和接受方式；也要鼓励不同文化背景的人参与安徽民间文学类非遗的翻译和传播，促进文化的多元共生。当然，如果邀请国外译者参与翻译工作，他们难免会从自身文化视角出发，可能会带来不同的翻译风格和理解，但我们要允许并尊重这种差异的存在，因为只有让不同文化背景的人共同探讨安徽民间文学类非遗的魅力，才能真正促进文化多样性的发展。

章末小结

本章深入探讨了安徽民间文学类非遗译介的创新实践与未来展望，从传播学理论、译介学理论出发，构建了非遗译介的研究范式，并提出了在全球化与数字化背景下，推动安徽民间文学类非遗国际传播的有效策略。

首先，传播学理论与译介学理论的结合为非遗译介提供了理论支撑。传播学理论关注信息的传播过程、渠道和受众反馈，有助于研究者深入了解非遗译文如何在目标文化中传播，并优化传播策略。而译介学理论则侧重于翻译在不同文化间的传播、影响和接受，二者相辅相成，共同促进了非遗在国际文化交流中的有效传播。通过运用这些理论，研究者可以深入分析不同媒体平台对非遗译介的影响，选择最合适的传播渠道，并根据受众反馈改进翻译策略。

在构建非遗译介研究范式方面，本章强调了译者的中心地位、动态性特征以及整体且相互关联的“生态理性”。译者作为译介活动的关键环节，需要深刻领悟非遗的文化内涵，贴近译介受众，并综合考虑各种影响译介活动的要素。同时，非遗译介生态系统具有动态性，各要素之间处于不断变化的过程中。因此，译者需要不断更新对非遗和受众的认识，灵活调整译介策略。此外，译介行为与非遗之间也存在相互作用，积极的译介可以促进非遗的活态传承。实证研究范式在安徽民间文学类非遗译介中发挥了重要作用。通过对大量翻译实践案例的分析，研究者可以总结出适合不同类型民间文学作品的翻译策略和方法，为译者提供实践指导。同时，实证研究还可以对译介研究中的理论假设进行验证和完善，推动译介理论的发展。

在创新实践方面，安徽民间文学类非遗译介应充分利用新兴技术实现数字化译介创新。通过建立数字化和多模态资源库，运用5G通信、虚拟现实等先进技术，实现非遗内容的数字化捕获、图像化展示以及资源共享与开发。这一创新实践不仅有助于丰富非遗的传播形式，也有助于提高其国际传播的效率和影响力。

展望未来，安徽民间文学类非遗译介面临着诸多挑战与机遇。为了应对这些挑战，推动安徽优秀传统文化走向世界，需要加强译介理论与方法的创新发展，实现多元理论的融合与创新应用。同时，人才培养与团队建设也是关键所在。高校应优化课程设置，培养专业翻译人才，加强翻译实践教学环节；组建跨学科团队，汇聚翻译专业人士、民俗学者、文化研究者等多方力量，共同提升非遗译介的质量和传播效果。

最后，深化国际合作是推动安徽民间文学类非遗译介的重要途径。通过与国外知名文化机构、学术组织建立合作关系，共同开展翻译和传播项目，有助于提高安徽民间文学类非遗的国际影响力。同时，利用国际书展、文化节等交流平台展示翻译成果，也是推广安徽优秀传统文化的有效途径。

附录　安徽省省级非物质文化遗产代表性名录①

（截至 2024 年 12 月 31 日）

序号	批次	名　　　称	申报地区或单位
一、民间文学类			
1	1	鞭打芦花车牛返	宿州市萧县
2	1	孔雀东南飞传说	安庆市潜山县② 安庆市怀宁县
3	1	桐城歌	安庆市桐城市
4	1	六尺巷传说	安庆市桐城市
5	1	徽州民谣	黄山市
6	1	徽州楹联匾额	黄山市
7	1+	徽州民谣(绩溪民歌民谣)	宣城市绩溪县
8	2	老子传说故事	亳州市涡阳县
9	2	涂山大禹传说	蚌埠市怀远县
10	3	小孤山传说	安庆市宿松县
11	3	管仲的传说	阜阳市颍上县
12	3	包公故事	合肥市
13	3	刘铭传故事	合肥市肥西县
14	3	捻军歌谣	亳州市涡阳县
15	3	伍子胥过昭关的传说	巢湖市含山县
16	3	梁山伯与祝英台的传说	六安市舒城县

① 该名录中,“申报地区或单位”一栏名称为获批时的名称,部分信息与现今有所不同,具体情况将以注释形式进行说明。

② 2018 年 7 月 14 日,撤销潜山县,设立县级潜山市,由安徽省直辖,安庆市代管。

续表

序号	批次	名　　　称	申报地区或单位
17	3	皇藏峪的传说	宿州市萧县
18	3	垓下民间传说	蚌埠市固镇县
19	3	安丰塘的传说	六安市寿县①
20	4	庄子传说	亳州市蒙城县
21	4	蒙城歌谣	亳州市蒙城县
22	4	张孝祥与镜湖的故事	芜湖市镜湖区
23	4	九井沟传说	安庆市宿松县
24	5	陈抟传说	亳州市
25	5	祠山张勃传说	宣城市广德县②
26	5	有巢氏传说	合肥市巢湖市
27	5	柳下惠传说	亳州市利辛县
28	5	二乔传说	安庆市潜山县
29	6	米芾传说	芜湖市无为市
30	6	浮山传说	铜陵市枞阳县
31	6	裁襟励子	安庆市桐城市
二、传统音乐类			
32	1	五河民歌	蚌埠市五河县
33	1	皖西大别山民歌	六安市
34	1	寿州锣鼓	六安市寿县
35	1	金寨古碑丝弦锣鼓	六安市金寨县
36	1	繁昌民歌	芜湖市繁昌县③
37	1	铜陵牛歌	铜陵市铜陵县④
38	1	贵池民歌	池州市贵池区
39	1	石台唱曲	池州市石台县
40	1	九华山佛教音乐	池州市九华山风景区

① 2015 年 12 月 30 日，六安市寿县划归淮南市管辖。

② 2019 年 8 月 28 日，撤销广德县，设立县级广德市，由安徽省直辖，宣城市代管。

③ 2020 年 7 月 6 日，撤销繁昌县，设立芜湖市繁昌区。

④ 2015 年 12 月 3 日，撤销铜陵县，设立铜陵市义安区。

续表

序号	批次	名　　称	申报地区或单位
41	1	潜山弹腔	安庆市潜山县
42	1	徽州民歌	黄山市
43	1	道教音乐(齐云山道场音乐)	黄山市休宁县
44	2	砀山唢呐	宿州市砀山县
45	2	淮河锣鼓	阜阳市颍上县
46	2	谢郢锣鼓	淮南市凤台县
47	2	丰收锣鼓	滁州市明光市
48	2	凤阳民歌	滁州市凤阳县
49	2	思帝乡锣鼓	六安市金寨县
50	2	无为民歌	巢湖市无为县①
51	2	断丝弦锣鼓	安庆市宿松县
52	3	凉亭锣鼓	滁州市定远县
53	3	灵璧菠林喇叭	宿州市灵璧县
54	3	云梯畲族民歌	宣城市宁国市
55	3	大小锣鼓	宣城市郎溪县
56	4	全椒民歌	滁州市全椒县
57	4	六安灯歌	六安市金安区
58	4	和县民歌	马鞍山市和县
59	4	美溪唢呐	黄山市黟县
60	4	广德民歌	宣城市广德县
61	4	宿松民歌	安庆市宿松县
62	5	九华民歌	池州市九华山风景区 池州市青阳县
63	5	石台民歌	池州市石台县
64	5	官港民歌	池州市东至县
65	5	临涣唢呐	淮北市濉溪县
66	5	夏派唢呐	淮北市濉溪县
67	5	坟台唢呐	阜阳市太和县

① 2011 年 7 月 14 日,原地级巢湖市管辖的无为县划归芜湖市管辖。2019 年 12 月 16 日,撤销无为县,设立县级无为市,由安徽省直辖,芜湖市代管。

续表

序号	批次	名　　称	申报地区或单位
68	5	楼西回民锣鼓	滁州市凤阳县
69	5	杜村十番锣鼓	池州市青阳县
70	6	隋氏唢呐	亳州市
71	6	锣鼓棚子	亳州市蒙城县
72	6	埇桥十番锣鼓	宿州市埇桥区
73	6	凤阳唢呐	滁州市凤阳县
74	6	南谯民歌	滁州市南谯区
75	6	春富贵	安庆市岳西县
76	6	磡头老鼓	宣城市绩溪县
77	6	枞阳民歌	铜陵市枞阳县
78	6	白笏章氏吟诵	池州市东至县
79	6	刘门古琴艺术	安徽梅庵琴社
80	6	皖北柳琴	安徽省民族管弦乐学会
三、传统舞蹈类			
81	1	卫调花鼓	蚌埠市龙子湖区
82	1	祁门傩舞	黄山市祁门县
83	1	临北狮子舞	蚌埠市五河县
84	1	火老虎	淮南市凤台县
85	1	秧歌灯	滁州市来安县
86	1	肘歌抬歌	六安市寿县 阜阳市临泉县
87	1	十兽灯	芜湖市南陵县
88	1	竹马灯	铜陵市铜陵县
89	1	东至花灯	池州市东至县
90	1	黎阳仗鼓	黄山市屯溪区
91	1+	卫调花鼓(凤阳花鼓戏)	滁州市凤阳县
92	2	棒鼓舞	亳州市涡阳县
93	2	钱杆舞	蚌埠市五河县
94	2	旱船舞	蚌埠市五河县

续表

序号	批次	名　　称	申报地区或单位
95	2	太和狮子灯	阜阳市太和县
96	2	马戏灯	淮南市毛集区
97	2	手狮灯	滁州市来安县
98	2	采石跳和合	马鞍山市雨山区
99	2	无为鱼灯	芜湖市无为县
100	2	云舞	宣城市郎溪县
101	2	舞犭回	宣城市绩溪县
102	2	火狮舞	宣城市绩溪县
103	2	平安草龙灯	池州市东至县
104	2	十二月花神	安庆市潜山县
105	2	花梆舞	安庆市太湖县
106	2	徽州板凳龙	黄山市休宁县 黄山市徽州区
107	2	采茶扑蝶舞	黄山市祁门县
108	3	莲湘舞	安庆市望江县
109	3	二龙戏蛛	滁州市定远县
110	3	流星赶月	滁州市明光市
111	3	抛头狮	合肥市蜀山区
112	3	采莲灯	淮南市潘集区
113	3	藤牌对马	淮南市田家庵区
114	3	手龙舞	宣城市绩溪县
115	3	火马舞	宣城市绩溪县
116	3	跳钟馗	黄山市徽州区
117	4	独杆轿	蚌埠市固镇县
118	5	休宁得胜鼓	黄山市休宁县
119	5	红灯舞	阜阳市阜南县
120	5	五河打铁舞	蚌埠市五河县
121	5	绩溪草龙舞	宣城市绩溪县
122	5	罗汉除柳	安庆市太湖县

续表

序号	批次	名　　称	申报地区或单位
123	5	黟县傩舞	黄山市黟县
124	5	八朵云	滁州市全椒县
125	5	雉山凤舞	黄山市黟县
126	5	赶黑驴	亳州市利辛县
127	5	火狮灯	宣城市广德县
128	5	西坞马灯	宣城市广德县
129	5	将兵摔跤	淮南市潘集区
130	5	三圣傩舞	马鞍山市当涂县
131	5	新市滚龙	马鞍山市博望区
132	5+	手狮灯	滁州市全椒县
133	5+	莲湘舞(和县打莲湘)	马鞍山市和县
134	5+	跳钟馗	黄山市歙县
135	6	雄风狮子舞	亳州市涡阳县
136	6	雷官戏曲马灯	滁州市来安县
137	6	无为市谢家元巷五彩红灯	芜湖市无为市
138	6	跳竹马	黄山市黄山区
139	6	莲湘舞(肥西莲湘舞)	合肥市肥西县
四、传统戏剧类			
140	1	淮北花鼓戏	宿州市埇桥区 淮北市
141	1	亳州二夹弦	亳州市谯城区
142	1	坠子戏	宿州市
143	1	嗨子戏	阜阳市阜南县
144	1	推剧	淮南市凤台县 阜阳市颍上县
145	1	洪山戏	滁州市来安县
146	1	含弓戏	巢湖市含山县
147	1	梨簧戏	芜湖市
148	1	南陵目连戏	芜湖市南陵县
149	1	皖南花鼓戏	宣城市

续表

序号	批次	名　　　　称	申报地区或单位
150	1	石台目连戏	池州市石台县
151	1	文南词	安庆市宿松县 池州市东至县
152	1+	庐剧(东路庐剧)	巢湖市和县①
153	1+	徽剧(徽戏童子班)	宣城市绩溪县
154	2	淮北梆子戏	宿州市 阜阳市
155	2	灵璧皮影戏	宿州市灵璧县
156	2	余家皮影戏	蚌埠市禹会区
157	2	皖南皮影戏	宣城市宣州区
158	2	鸡公调	池州市东至县
159	2	曲子戏	安庆市太湖县
160	3	木偶戏	安庆市潜山县
161	3	砀山四平调	宿州市砀山县
162	3+	泗州戏(拉魂腔)	亳州市利辛县
163	4+	淮北梆子戏	亳州市谯城区
164	5	皖北曲剧	阜阳市
165	5	马派皮影戏	合肥市庐阳区
166	5	梅街目连戏	池州市贵池区
167	5	泗县瑶剧	宿州市泗县
168	5+	泗州戏(淮北泗洲戏)	淮北市濉溪县
169	5+	黄梅戏(怀腔)	安庆市怀宁县
170	6	枞阳腔(吹腔)	铜陵市
171	6+	徽州目连戏(歙县目连戏)	黄山市歙县
五、曲艺类			
172	1	门歌	合肥市包河区
173	1	淮北大鼓	淮北市濉溪县
174	1	清音	阜阳市太和县

① 2011年8月,和县(除沈巷镇)划入马鞍山市。

续表

序号	批次	名　　称	申报地区或单位
175	1	渔鼓	阜阳市界首市
176	1	锣鼓书	六安市金安区
177	1+	淮北大鼓	亳州市利辛县
178	1+	清音(清音戏)	亳州市利辛县
179	2	庐州大鼓	合肥市肥东县 合肥市肥西县
180	2	花腔渔鼓	宿州市萧县
181	2	萧县坠子	宿州市萧县
182	2	灵璧琴书	宿州市灵璧县
183	2	淮河琴书	蚌埠市 阜阳市阜南县
184	2	端公腔	蚌埠市怀远县
185	2	扁担戏	阜阳市界首市
186	2	端鼓	滁州市明光市
187	2	白曲	滁州市来安县
188	2	小调胡琴书	六安市舒城县
189	3	酉华唱经锣鼓	池州市青阳县
190	3	四弦书	六安市霍山县
191	3	寿州大鼓	六安市寿县
192	3	淮词	六安市寿县
193	4	颍上大鼓书	阜阳市颍上县
194	4	岳西鼓书	安庆市岳西县
195	4+	淮北大鼓	亳州市蒙城县
196	5	颍上琴书	阜阳市颍上县
197	5	灵璧大鼓	宿州市灵璧县
198	5	淮河大鼓	淮南市凤台县
199	5	程岭大鼓书	安庆市宿松县
200	5+	扁担戏(利辛扁担戏)	亳州市利辛县
201	6	五马琴书	亳州市谯城区
202	6	涡河憨腔	亳州市涡阳县

续表

序号	批次	名　　称	申报地区或单位
六、传统体育、游艺与杂技类			
203	1	华佗五禽戏	亳州市
204	1	民间杂技马戏	阜阳市临泉县 宿州市埇桥区
205	2	晰扬掌	亳州市
206	2	六洲棋	淮南市
207	2	叶村叠罗汉	黄山市歙县
208	3	东乡武术	安庆市枞阳县①
209	3	永京拳	淮南市
210	3	游龙舟、抬五帝、跳旗	宣城市绩溪县
211	3	三阳打秋千	黄山市歙县
212	3	湖阳打水浒	马鞍山市当涂县
213	3	鲖城火叉、火鞭	阜阳市临泉县
214	4	陈抟老祖心意六合八法拳	亳州市
215	4	五音八卦拳	阜阳市阜南县
216	4	吴翼翚华岳心意六合八法拳	淮南市
217	4	徽州武术	黄山市
218	5	蚌山心意六合拳	蚌埠市蚌山区
219	5	太和武当太极拳	阜阳市太和县
220	5	张氏大洪拳	合肥市瑶海区
221	5	牛门洪拳	合肥市肥东县
222	5	韩氏阴阳双合拳	合肥市
223	5＋	六洲棋（六国棋）	亳州市蒙城县
224	6	庐州太极拳	合肥市瑶海区
225	6	淮北六步架大洪拳	淮北市杜集区
226	6	淮北李氏射艺	淮北市相山区
227	6	陈氏太极拳	蚌埠市蚌山区
228	6	胡门少林大洪拳	蚌埠市禹会区

① 2016年1月4日，将安庆市枞阳县划归铜陵市管辖。

续表

序号	批次	名　　　称	申报地区或单位
229	6	赛龙舟	蚌埠市五河县
七、传统美术类			
230	1	火笔画	合肥市
231	1	灵璧钟馗画	宿州市灵璧县
232	1	萧县农民画	宿州市萧县
233	1	民间剪纸	阜阳市
234	1	凤画	滁州市凤阳县
235	1	青阳农民画	池州市青阳县
236	1	望江挑花	安庆市望江县
237	1	徽派版画	黄山市歙县
238	1	徽州篆刻	黄山市黟县
239	1＋	剪纸(亳州剪纸、萧县剪纸)	亳州市谯城区 宿州市萧县
240	1＋	竹编(王河舒席、徽州竹编)	安庆市潜山县 黄山市屯溪区
241	2	吴山铁字	合肥市长丰县
242	2	葫芦烙画	合肥市瑶海区
243	2	民间扎彩	合肥市包河区 巢湖市含山县
244	2	萧县石刻	宿州市萧县
245	2	杨氏微雕	蚌埠市
246	2	天官画	滁州市天长市
247	2	羽毛画	巢湖市和县
248	2	皖南木雕	宣城市宣州区
249	2	徽州根雕	黄山市
250	2	徽州竹雕	黄山市徽州区
251	3	砀山年画	宿州市砀山县
252	3	灵璧磬石雕刻	宿州市灵璧县
253	3	黟县彩绘壁画	黄山市黟县
254	3＋	竹编(徽州竹编)	黄山市黄山区

续表

序号	批次	名　　称	申报地区或单位
255	3＋	剪纸（和县剪纸、皖南剪纸）	巢湖市和县 宣城市宣州区
256	4	庐州木雕	合肥市肥西县 合肥市包河区
257	4	淮北泥塑	淮北市濉溪县
258	4	殷派面塑	淮北市相山区
259	4	花山剪纸	马鞍山市
260	4	旌德漆画	宣城市旌德县
261	4	徽州墙头画	宣城市绩溪县
262	4	皖南根雕	宣城市广德县
263	4＋	徽州三雕	宣城市绩溪县
264	5	徽州沉香雕刻	合肥市
265	5	浅绛彩瓷画	蚌埠市
266	5	溪口堆木画	宣城市宣州区
267	5	庐州核雕	合肥市瑶海区
268	5	皖南竹刻	宣城市广德县
269	5	巢湖树雕画	合肥市巢湖市
270	5	利辛面塑	亳州市利辛县
271	5	商派面塑	淮北市濉溪县
272	5	墨模雕刻	宣城市绩溪县
273	5	石弓石雕	亳州市涡阳县
274	5	高峰唐氏竹编	宣城市广德县
275	5	玉顺行玉雕	合肥市
276	5	庐州蛋雕	合肥市蜀山区
277	5	淮南紫金印雕刻	淮南市谢家集区
278	5	大别山盆景技艺	六安市裕安区
279	5	临淮泥塑	六安市霍邱县
280	5＋	剪纸（翁墩剪纸、徽州剪纸、张氏剪纸、庐阳剪纸）	六安市金安区 黄山市歙县 淮北市相山区 合肥市庐阳区

续表

序号	批次	名　　称	申报地区或单位
281	5+	葫芦烙画(临泉葫芦烙画)	阜阳市临泉县
282	6	庐州面塑	合肥市
283	6	庐州内画	合肥市包河区
284	6	庐阳殷氏字画	合肥市庐阳区
285	6	庐州木版水印	合肥市庐阳区
286	6	庐州麦秆画	合肥市蜀山区
287	6	葫芦雕刻	合肥市蜀山区
288	6	宫式彩绘贴金	合肥市新站区
289	6	手撕书法	合肥市庐江县
290	6	贺氏绫刻画	淮北市相山区
291	6	亳州木雕	亳州市
292	6	蝶翅画	宿州市
293	6	砀山烙画	宿州市砀山县
294	6	灵璧剪纸钟馗	宿州市灵璧县
295	6	界首木板年画	阜阳市界首市
296	6	张氏玉印篆刻	阜阳市颍州区
297	6	泾县木壶	宣城市泾县
298	6	梅渚傩面具	宣城市郎溪县
299	6	何氏泥塑	池州市东至县
300	6	皖南砖雕	广德市
301	6	童寿记木版年画	安徽省书画研究院
302	6	庐州篆刻	安徽艺术学院
303	6	徽派插花艺术	安徽省风景园林行业协会
304	6+	剪纸(宗氏剪纸)	淮北市相山区
305	6+	剪纸(涡阳剪纸)	亳州市涡阳县
306	6+	竹编(界首竹编)	阜阳市界首市
307	6+	剪纸(滁州剪纸)	滁州市
308	6+	徽州墙头画	黄山市歙县
309	6+	墨模雕刻(徽墨墨模雕刻)	黄山市屯溪区

续表

序号	批次	名　　称	申报地区或单位
八、传统技艺类			
310	1	宿州乐石砚制作技艺	宿州市
311	1	紫金砚制作技艺	淮南市 六安市寿县
312	1	豆腐传统制作技艺	六安市寿县 淮南市
313	1	舒席制作技艺	六安市舒城县
314	1	太平府铜壶技艺	马鞍山市当涂县
315	1	传统加工纸制作技艺	巢湖市
316	1	无为剔墨纱灯技艺	芜湖市无为市
317	1	徽墨制作技艺	宣城市绩溪县 黄山市歙县 黄山市屯溪区
318	1	石台油坊榨制技艺	池州市石台县
319	1	桑皮纸制作技艺	安庆市潜山县 安庆市岳西县
320	1	徽州漆器制作技艺	黄山市屯溪区
321	1	徽州建筑技艺	黄山市
322	1	徽派盆景技艺	黄山市歙县
323	1	祁门红茶制作技艺	黄山市祁门县
324	1	绿茶制作技艺(黄山毛峰、太平猴魁、松萝茶、六安瓜片、霍山黄芽、屯溪绿茶)	黄山市徽州区 黄山市黄山区 黄山市休宁区 六安市 六安市霍山县 黄山市屯溪区
325	1+	红茶制作技艺(葛公红茶制作技艺)	池州市东至县
326	2	临涣酱培包瓜制作工艺	淮北市
327	2	千年古井贡酒酿造工艺	亳州市
328	2	符离集烧鸡制作技艺	宿州市埇桥区
329	2	临泉毛笔制作技艺	阜阳市临泉县

序号	批次	名　　称	申报地区或单位
330	2	淮河柳编工艺(黄岗柳编、霍邱柳编)	阜阳市阜南县 六安市霍邱县
331	2	滁菊制作技艺	滁州市
332	2	大救驾制作工艺	六安市寿县
333	2	迎驾酒传统酿造技艺	六安市霍山县
334	2	博望打铁工艺	马鞍山市当涂县
335	2	传统钾明矾制作技艺	巢湖市庐江县
336	2	宣酒纪氏古法酿造技艺	宣城市
337	2	铜陵白姜制作技艺	铜陵市
338	2	铸胎掐丝珐琅制作技艺	安庆市桐城市
339	2	痘姆陶器手工制作技艺	安庆市潜山县
340	2	顶谷大方制作技艺	黄山市歙县
341	2	观音豆腐制作技艺	黄山市歙县
342	2	五城米酒酿制技艺	黄山市休宁县
343	2	五城豆腐干制作技艺	黄山市休宁县
344	2	皖南火腿腌制技艺(兰花火腿腌制技艺、汤口火腿腌制技艺)	黄山市休宁县 黄山市黄山区
345	3	秋石制作技艺	安庆市桐城市
346	3	大九华水磨玉骨绢扇制作技艺	池州市青阳县
347	3	阜阳刺绣(细阳刺绣、界首刺绣)	阜阳市太和县 阜阳市界首市
348	3	口子窖酒酿造技艺	淮北市
349	3	寿州窑陶瓷制作技艺	淮南市八公山区 淮南市大通区
350	3	泗县药物布鞋制作技艺	宿州市泗县
351	3	中国传统失蜡法	铜陵市
352	3	古南丰徽派本坊小缸酿造技艺	宣城市郎溪县
353	3	大王冲佛香制作技艺	芜湖市南陵县
354	3	耿福兴传统小吃制作技艺	芜湖市镜湖区
355	3	徽州毛笔制作技艺	黄山市屯溪区

续表

序号	批次	名　　称	申报地区或单位
356	3	利源手工制麻技艺	黄山市黟县
357	3	余香石笛制作技艺	黄山市黟县
358	3	杜氏刻铜技艺	阜阳市
359	3	石斛泡制技艺	六安市霍山县
360	3+	绿茶制作技艺(岳西翠兰、舒城小兰花、涌溪火青)	安庆市岳西县 六安市舒城县 宣城市泾县
361	3+	徽墨制作技艺(古法油烟墨制作技艺)	宣城市旌德县
362	4	庐州吴氏船模制作技艺	合肥市蜀山区
363	4	三河羽扇制作技艺	合肥市肥西县
364	4	高炉家传统酿造技艺	亳州市涡阳县
365	4	卢家笙制作技艺	亳州市蒙城县
366	4	砀山毛笔制作技艺	宿州市砀山县
367	4	埇桥唢呐制作技艺	宿州市埇桥区
368	4	醉三秋酒传统酿造技艺	阜阳市
369	4	文王贡酒酿造技艺	阜阳市临泉县
370	4	运酒传统酿造技艺	马鞍山市含山县
371	4	无为板鸭制作技艺	芜湖市无为县
372	4	宁国龙窑制陶技艺	宣城市宁国市
373	4	水东蜜枣制作技艺	宣城市宣州区
374	4	花砖制作技艺	宣城市泾县
375	4	宣纸制品加工技艺	宣城市泾县
376	4	后山剪刀制作技艺	宣城市泾县
377	4	榔桥木梳制作技艺	宣城市泾县
378	4	皖南木榨油技艺	宣城市宣州区
379	4	铜陵凤丹制作技艺	铜陵市铜陵县
380	4	石台雾里青绿茶制作技艺	池州市石台县
381	4	胡玉美蚕豆辣酱制作技艺	安庆市
382	4	徽州楹联匾额传统制作技艺	黄山市黟县

续表

序号	批次	名　　称	申报地区或单位
383	4	徽州顶市酥制作技艺	黄山市屯溪区
384	4	徽作家具制作技艺	黄山市徽州区
385	4	太平曹氏纸制作技艺	黄山市黄山区
386	4	黄山玉雕刻技艺	黄山市黄山区
387	4	徽州手工瓷制作技艺	黄山市祁门县
388	4	安茶制作技艺	黄山市祁门县
389	4	吴鲁衡日晷制作技艺	黄山市休宁县
390	4	徽州烧饼制作技艺	黄山市
391	4	黄山贡菊(徽州贡菊)制作技艺	黄山市歙县
392	4	明德折扇制作技艺	宣城市广德县
393	4	青铜器修复技艺	安徽博物院
394	4+	铸胎掐丝珐琅制作技艺	安庆市宜秀区
395	4+	髹漆技艺	宣城市绩溪县
396	5	珠兰花茶制作技艺	黄山市歙县
397	5	黟县石墨茶制作技艺	黄山市黟县
398	5	金不换酒酿造技艺	亳州市
399	5	金裕皖酒酿造技艺	阜阳市界首市
400	5	彩曲原酒酿造技艺	亳州市谯城区
401	5	红曲酒酿造技艺	宣城市宁国市
402	5	季氏古籍修复技艺	安徽新华发行集团
403	5	陈氏锡包壶制作技艺	亳州市蒙城县
404	5	青阳生漆夹纻技艺	池州市青阳县
405	5	九华布鞋制作技艺	池州市青阳县
406	5	庐州土陶烧制技艺	合肥市蜀山区
407	5	徽州漆砂砚制作技艺	黄山市屯溪区
408	5	徽州古建砖瓦制作技艺	黄山市徽州区
409	5	叶集木榨油技艺	六安市叶集试验区
410	5	一品斋毛笔制作技艺	六安市金安区
411	5	砀山兰花印染技艺	宿州市砀山县

续表

序号	批次	名　　　称	申报地区或单位
412	5	宣砚制作技艺	宣城市旌德县
413	5	益寿堂古法印泥制作技艺	宣城市绩溪县
414	5	泾县油布伞制作技艺	宣城市泾县
415	5	丫山藕糖制作技艺	芜湖市南陵县
416	5	琴鱼干制作技艺	宣城市泾县
417	5	涡阳苔干制作技艺	亳州市涡阳县
418	5	颍州枕头馍制作技艺	阜阳市颍州区
419	5	淮南牛肉汤制作技艺	淮南市
420	5	姚村闷酱制作技艺	宣城市郎溪县
421	5	大红袍油纸伞制作技艺	六安市金安区
422	5	横望山米酒酿造技艺	马鞍山市博望区
423	5	正兴隆酱菜制作技艺	宣城市泾县
424	5	宣纸帘制作技艺	宣城市泾县
425	5	采石矶茶干制作技艺	马鞍山市雨山区
426	5	含山封扁鱼制作技艺	马鞍山市含山县
427	5	乌江霸王酥制作技艺	马鞍山市和县
428	5	阚疃大块板鸡制作技艺	亳州市利辛县
429	5	嵌字豆糖制作技艺	黄山市祁门县
430	5	甘露饼制作技艺	滁州市天长市
431	5	蒙城油酥烧饼制作技艺	亳州市蒙城县
432	5	王魁知麻花制作技艺	亳州市谯城区
433	5	一闻香糕点制作技艺	亳州市
434	5	绩溪挞粿制作技艺	宣城市绩溪县
435	5	四季春传统小吃制作技艺	芜湖市镜湖区
436	5+	红茶制作技艺(池州润思)	池州市
437	5+	皖南木榨油技艺(歙县木榨油、芜湖木榨油、休宁木榨油)	黄山市歙县 芜湖市芜湖县① 黄山市休宁县

① 2020年7月6日,撤销芜湖县,设立芜湖市湾沚区。

续表

序号	批次	名　　称	申报地区或单位
438	5+	绿茶制作技艺(桐城小花、金山时雨、瑞草魁、宿松香芽、塔泉云雾)	安庆市桐城市 宣城市绩溪县 宣城市郎溪县 安庆市宿松县 宣城市宣州区
439	6	徽帮裁缝技艺	合肥市蜀山区
440	6	庐州古琴斫制技艺	合肥市蜀山区
441	6	宫廷描金纸制作技艺	合肥市瑶海区
442	6	小红头制作技艺	合肥市庐江县
443	6	吴山贡鹅制作技艺	合肥市长丰县
444	6	临涣张家纯羊汤制作技艺	淮北市濉溪县
445	6	淮北周氏面皮制作技艺	淮北市相山区
446	6	菊花心曲制作技艺	亳州市
447	6	怀养堂药膳制作技艺	亳州市
448	6	绿能粉皮制作技艺	亳州市谯城区
449	6	亳州李记烧驴肉制作技艺	亳州市谯城区
450	6	杨氏勒木厨具制作技艺	亳州市蒙城县
451	6	冷家笙制作技艺	亳州市谯城区
452	6	宿州月蚕汤制作技艺	宿州市
453	6	栏杆牛肉制作技艺	宿州市
454	6	砀山梨膏糖制作技艺	宿州市砀山县
455	6	蚌埠玉器加工技艺	蚌埠市
456	6	李良成熏鸡制作技艺	阜阳市界首市
457	6	水晶羊蹄制作技艺	阜阳市临泉县
458	6	太和贡椿制作技艺	阜阳市太和县
459	6	老明光酒酿造技艺	滁州市明光市
460	6	马厂羊肉面制作技艺	滁州市全椒县
461	6	六安黄大茶制作技艺	六安市金安区
462	6	徐集花生糖制作技艺	六安市裕安区
463	6	姑孰菜烹饪技艺	马鞍山市当涂县

续表

序号	批次	名　　称	申报地区或单位
464	6	鲍义兴早点制作技艺	马鞍山市含山县
465	6	荻港香菜制作技艺	芜湖市繁昌区
466	6	五香居传统卤菜制作技艺	芜湖市镜湖区
467	6	弋農古琴斫制工艺	芜湖市湾沚区
468	6	无为横步桥木榨油制作技艺	芜湖市无为市
469	6	水阳鸭脚包制作技艺	宣城市宣州区
470	6	泾县龙窑制陶技艺	宣城市泾县
471	6	徽州小曲酒酿造技艺	宣城市绩溪县
472	6	旌德版书木活字印刷术	宣城市旌德县
473	6	旌德古艺印泥制作技艺	宣城市旌德县
474	6	宣州窑陶瓷制作技艺	宣城市宁国市
475	6	郎川墨玉石砚制作技艺	宣城市郎溪县
476	6	中国古代青铜焚失法铸造技艺	铜陵市铜官区
477	6	钱铺木榨油制作技艺	铜陵市枞阳县
478	6	汤沟茶干制作技艺	铜陵市枞阳县
479	6	大通小磨麻油制作技艺	铜陵市郊区
480	6	顺安酥糖制作技艺	铜陵市义安区
481	6	九华黄精制作技艺	池州市青阳县
482	6	东堡石磨麻油制作技艺	池州市青阳县
483	6	软底保健布鞋制作技艺	安庆市岳西县
484	6	顶雪贡糕制作技艺	安庆市怀宁县
485	6	封缸酒酿造技艺	安庆市潜山市
486	6	天柱山瓜蒌籽制作技艺	安庆市潜山市
487	6	汪协泰食品制作技艺	安庆市太湖县
488	6	大关水碗制作技艺	安庆市桐城市
489	6	徽州臭鳜鱼制作技艺	黄山市
490	6	深渡打土墙技艺	黄山市歙县
491	6	徽州皮纸制作技艺	黄山市休宁县
492	6	徽州毛豆腐制作技艺	黄山市徽州区

续表

序号	批次	名　　　称	申报地区或单位
493	6	灵山酒酿制作技艺	黄山市徽州区
494	6	祁门中和汤制作技艺	黄山市祁门县
495	6	黟县泗溪贡榧制作技艺	黄山市黟县
496	6	皖南紫砂壶制作技艺	宣城市广德县
497	6	高庙米酒酿造技艺	宣城市广德县
498	6	安徽古字画装裱修复技艺	安徽博物院
499	6	贺氏针灸器械制作技艺	安徽中医药大学第二附属医院（安徽省针灸医院）
500	6＋	绿茶制作技艺（六安瓜片）	六安市金寨县
501	6＋	绿茶制作技艺（天柱山茶）	安庆市潜山市
502	6＋	绿茶制作技艺（泾县兰香）	宣城市泾县
503	6＋	绿茶制作技艺（黄山云雾茶）	黄山市黄山区
504	6＋	绿茶制作技艺（紫霞贡茶）	黄山市徽州区
九、传统医药类			
505	1	新安医学	黄山市
506	2	张一贴内科	黄山市
507	2	西园喉科	黄山市歙县
508	4	砀山王集王氏接骨膏药	宿州市砀山县
509	4	戴氏正骨法	马鞍山市含山县
510	4	野鸡坞外科	黄山市
511	4	祁门胡氏骨伤科	黄山市
512	5	新安王氏医学	安徽中医药大学
513	5	祁门蛇伤疗法	黄山市祁门县
514	5	吴山铺伤科	黄山市歙县
515	5	余良卿鲫鱼膏药制作技艺	安庆市
516	5	张恒春中医药文化	芜湖市镜湖区
517	5	华佗夹脊穴灸法	亳州市
518	5	周氏梅花针灸	合肥市庐阳区
519	5	沛隆堂程氏内科	黄山市休宁县

续表

序号	批次	名　　称	申报地区或单位
520	5	怀宁中医骨伤疗法	安庆市怀宁县 安庆市迎江区
521	5	淠衡钝斋医学	六安市霍山县
522	6	清介堂膏药制作技艺	合肥市包河区
523	6	许氏脉诊	合肥市蜀山区
524	6	承庆堂传统中药制剂	亳州市
525	6	华佗救心丸制作技艺	亳州市谯城区
526	6	马岗烧伤疗法	滁州市明光市
527	6	许氏整脉饮	芜湖市鸠江区
528	6	李少白中医疑难病症诊疗法	芜湖市镜湖区
529	6	附骨疽中医疗法	宣城市宣州区
530	6	许氏正骨术	黄山市黄山区
531	6	新安歙县黄氏妇科	黄山市歙县
532	6	屏山润生堂烫伤灵制作	黄山市黟县
533	6	新安南园喉科医术	安徽中医药大学
534	6	庐江徐氏妇科	安徽中医药大学第一附属医院 （安徽省中医院）
535	6＋	戴氏正骨法	芜湖市镜湖区
		十、民俗类	
536	1	洋蛇灯	合肥市肥东县
537	1	涂山禹王庙会	蚌埠市怀远县
538	1	界首苗湖书会	阜阳市界首市
539	1	走太平	滁州市全椒县
540	1	霸王祠三月三庙会	巢湖市和县
541	1	九华山庙会	池州市九华山风景区
542	1	跳五猖	宣城市郎溪县
543	1	徽菜	宣城市绩溪县 黄山市
544	1	程大位珠算法	黄山市

续表

序号	批次	名　　称	申报地区或单位
545	1	徽州祠祭	黄山市祁门县 黄山市黟县
546	1	轩辕车会	黄山市黄山区
547	1+	抬阁（肘阁、湖村抬阁、隆阜抬阁）	阜阳市颍州区 宣城市绩溪县 黄山市屯溪区
548	2	九曲黄河阵	亳州市利辛县
549	2	大班会	亳州市谯城区
550	2	清明庙会	蚌埠市五河县
551	2	大黄庙会	阜阳市界首市
552	2	天长孝文化	滁州市天长市
553	2	琅琊山初九庙会	滁州市琅琊区
554	2	四顶山庙会	淮南市寿县
555	2	繁昌县中分村徐姓祭祖习俗	芜湖市繁昌县
556	2	安苗节	宣城市绩溪县
557	2	赛琼碗	宣城市绩溪县
558	2	花车转阁	宣城市绩溪县
559	2	福主庙会	池州市东至县
560	2	上九庙会	黄山市徽州区
561	2	婆溪河灯	黄山市黄山区
562	3	王圩灯会	安庆市桐城市
563	3	畲族婚嫁习俗	宣城市宁国市
564	3	祭社	宣城市绩溪县
565	3	小马灯	宣城市郎溪县
566	3	八社神灯	芜湖市芜湖县
567	3	九连麒麟灯会	芜湖市繁昌县
568	3	广济寺庙会	芜湖市镜湖区
569	3	群龙朝神山	芜湖市繁昌县
570	3	齐云山道场表演	黄山市休宁县
571	3	五福神会	黄山市黄山区

续表

序号	批次	名　　称	申报地区或单位
572	3	邀大岭	六安市金安区
573	3	送春	芜湖市南陵县
574	3	紫蓬山庙会	合肥市肥西县
575	4	吴山庙会	合肥市长丰县
576	4	张家祠祭祀活动	阜阳市临泉县
577	4	降福会	宣城市
578	4	郭村周王会	黄山市黄山区
579	4	许岭灯会	安庆市宿松县
580	5	庄子祭祀大典	亳州市蒙城县
581	5	花园胡氏龙灯	安庆市
582	5	茅坦杜祭茅镰	池州市贵池区
583	5	南谯二郎庙会	滁州市南谯区
584	5	临涣茶饮习俗	淮北市濉溪县
585	5	鹊江龙舟赛	铜陵市郊区
586	5	许村大刀灯	黄山市歙县
587	5	九十殿庙会	芜湖市芜湖县
588	5	陆家湾老龙灯会	铜陵市枞阳县
589	5	灵璧古庙会	宿州市灵璧县
590	5	岳西灯会	安庆市岳西县
591	5	打棍求雨习俗	宣城市旌德县
592	5	马氏社火	亳州市利辛县
593	5	游太阳习俗	黄山市祁门县
594	5	萧县伏羊宴习俗	宿州市萧县
595	5	陡岗板龙灯	芜湖市无为县
596	5	朱桥板龙灯	宣城市宣州区
597	6	亳州药市	亳州市谯城区
598	6	保义二月二龙灯会	淮南市寿县
599	6	皋陶祭典	六安市
600	6	六安鲍氏慈孝文化	六安市裕安区

续表

序号	批次	名　　称	申报地区或单位
601	6	夏庄七夕水灯	马鞍山市当涂县
602	6	鹊江水上龙灯	铜陵市郊区
603	6	三合龙舟会	安庆市桐城市
604	6	汪满田鱼灯	黄山市歙县
605	6+	跳五猖(湖阳跳五猖)	马鞍山市当涂县
606	6+	徽菜烹饪技艺(徽府菜)	黄山市歙县

参 考 文 献

Baker M, 2000. In other words: a course book on translation[M]. Beijing: Foreign Language Teaching and Research Press.

Bassnett S. 2002. Translation Studies [M]. 3rd ed. London: Routledge.

Bassnett S, Andre L, 1990. Translation, History and Culture[M]. London: Pinter Publisher.

Blackmore S, 1999. The Meme Machine[M]. Oxford: Oxford University Press.

Catford J C, 1965. A Linguistic Theory of Translation[M]. London: Oxford University Press.

Daniel J C, 1984. Media and the american mind: from morse to mcluhan[M]. Beijing: Xinhua Press.

Dynel M, 2016. I has seen Image Macros! Adviceanimals memes as visual-verbal jokes[J]. International Journal of Communication, 10(10):660-688.

Distin K, 2004. The selfish meme [M]. Cambridge: Cambridge University Press.

Haugen E. 1972. The Language Ecology[M]. Stanford: Stanford University Press.

Hatim B, Mason l, 1990. Discourse and Translator[M]. London:Longman.

Lawrence V, 1995. The translator's invisibility: a history of translation[M]. London: Routledge.

Newmark P, 1988. A textbook of translation[M]. London: Prentice Hall.

Nida E A, 2004. Toward a science of translating[M]. Shanghai: Shanghai Foreign Language Education Press.

Phillipson R, 2006. Review of michael cronin, "translation and globalization"[J]. Language Policy (5):227-232.

Sun Y F, 2012. (Un)translatability and Cross:Cultural Readability[J]. Perspectives: Studies in Translatology (2):231-247.

白红岩,2019.非物质文化遗产翻译与英语教学的研究[J].才智(22):134.

白文姣,2022.叙事理论指导下的游记汉译[D].北京:中国石油大学.

白元敏,陈文凯,2023.河南非物质文化遗产外译与传播现状调查研究:以禹州钧瓷为例[J].东方收藏(6):116-118.

鲍倩,2017.翻译适应选择论视角下的中国非遗项目英译策略分析[J].科学大众:科学教育(8):172,145.

鲍晓英,2015.从莫言英译作品译介效果看中国文学"走出去"[J].中国翻译,36(1):13-17,126.

卞彩霞,杜莹莹,2019.中国文化"走出去"战略下非遗术语外宣翻译的异化策略:河南省非物质文化遗产术语翻译研究[J].海外英语(9):118-119.
曹广涛,彭可欣,陈炫华,2018.基于非遗保护视角的粤剧英译刍议:以粤剧传统剧目《帝女花·香夭》英译本为例[J].英语广场(4):15-16.
曹胜强,刘俊玲,2023.跨文化视域下非遗翻译与国际传播思考:以《非遗里的中国》为例[J].中国广播电视学刊(10):49-52.
曹星铃,杨一帆,康瑞芝,等,2024.广西侗族刺绣汉英术语库建设研究[J].海外英语(17):13-16.
曹艳春,2024.新媒体视域下辽宁非物质文化遗产对外译介与传播研究[J].辽宁省交通高等专科学校学报,26(3):30-34.
陈超,苏娟,2024.女性主义翻译理论视角下《孔雀东南飞》英译本比较[J].英语广场(1):3-6.
陈超,孙慧颖,2024.多模态话语分析视角下青岛非遗纪录片字幕翻译研究[J].英语广场(2):32-35.
陈纯,2024.目的论视角下北海非遗传统技艺“一珠三雕”外宣英译研究[J].新楚文化(1):69-71.
陈大亮,2022.关于知识翻译学的元反思[J].当代外语研究(2):45-57.
陈芳芳,2023.从主体间性角度谈我国非物质文化遗产的外宣翻译:以黄梅戏的英译为例[J].安徽工业大学学报:社会科学版,40(2):54-57.
陈芳蓉,2011.中国非物质文化遗产英译的难点与对策[J].中国科技翻译,24(2):41-44.
陈芳蓉,2013.文化多样性与非物质文化遗产的译介[J].浙江师范大学学报:社会科学版,38(3):64-69.
陈风华,董成见,2017.多模态翻译的符际特征研究:以《习近平谈治国理政》为中心[J].学术探索(10):90-95.
陈国华,轩治峰,2002.《老子》的版本与英译[J].外语教学与研究(6):464-470,480.
陈君,2023.基于PACTE翻译能力模型的非物质文化遗产外宣翻译策略研究:以安徽博物院中英文网站为例[J].浙江海洋大学学报:人文科学版,40(5):81-87.
陈蕾,周莉,2020.全域旅游背景下张家界非遗文化外宣翻译原则探究[J].文化产业(23):94-95.
陈柳云,青立花,曲桦,2022.岭南非遗文化翻译叙事建构策略研究:以“粤绣”英译为例[J].海外英语(9):20-21,24.
陈柳云,杨菲菲,黎皓晴,等,2021.中国文化“走出去”语境下粤绣文化汉英翻译方法探析[J].海外英语(7):134-136.
陈松,2023.服务粤西经济建设湛江非遗文化外译路径研究[J].现代英语(2):111-114.
陈曦,潘韩婷,潘莉,2020.翻译研究的多模态转向:现状与展望[J].外语学刊(2):80-87.
陈彦冰,2024.模因理论视域下非遗汴绣跨文化传播研究:以微纪录片《汴绣:针头上的华章》为例[D].郑州:中原工学院.
陈艳华,2018.全球本土化语境下非物质文化遗产关键词英译策略研究[J].重庆文理学院学报:社会科学版,37(4):28-32.
陈昱柯,2023.资源河灯歌节外宣翻译现状及对策探究[J].文化产业(2):122-124.
陈钰,2020.百色市非物质文化遗产及自然遗产图解汉译英实践报告[D].南宁:广西大学.
陈湛,罗欢,颜静蕾,等,2021.新媒体视域下非物质文化遗产湘绣的国内外推广[J].传媒论坛,4(21):125-126,129.
迟红,2023.框架语义学视角下“北京非遗系列丛书”外译研究[J].海外英语(9):66-68.

戴桂珍,2017.泉州市非物质文化遗产英译中存在的问题与对策[J].黎明职业大学学报(3):37-41.
党争胜,2010.从翻译美学看文学翻译审美再现的三个原则[J].外语教学,31(3):96-100.
邓娟,2022."一带一路"背景下山西非物质文化遗产外宣翻译研究[J].文化学刊(6):203-206.
邓军,段慧如,2024.中国非遗对外翻译传播人才的能力构成要素与培养模式[J].湘潭大学学报:哲学社会科学版,48(1):188-192.
邓文娟,2023."外宣三贴近"观照下剪纸英译研究:以望城民间剪纸为例[J].文化学刊(5):177-180.
邓瑜,2017.叙事理论在学术文本翻译中的应用[D].兰州:兰州大学.
邓玉荣,严茳葶,任佳,2023.非遗外宣视角下民间文学翻译与传播:以湖南民间传说为例[J].英语广场(32):15-18.
邓芷妍,盘创玲,罗梦琳,等,2023.从生态翻译三维转换角度分析《牡丹亭惊梦》英译[J].海外英语(21):16-19.
丁大琴,2019.安徽地方文化对外译介研究的可视化分析[J].安徽理工大学学报:社会科学版,21(1):68-78.
丁小燕,2021.资阳非物质文化遗产国际传播途径探究[D].绵阳:西南科技大学.
董静,2022.文旅融合背景下开封市非物质文化遗产外宣翻译现状及对策研究:以朱仙镇木版年画为例[J].中国民族博览(6):59-61.
董璐,2008.传播学核心理论与概念[M].北京:北京大学出版社.
董文思,2013.传播学视域下的外宣翻译—以上海世博会材料为例[D].荆州:长江大学.
董岩,2021.湖南非物质文化遗产新媒体外宣现状与对策研究[J].文化创新比较研究,5(12):132-135.
董洋萍,徐丽,2024.非遗英译的归化与异化:以绍兴黄酒文化的翻译为例[J].英语广场(6):39-42.
董玉佳,何向杰,吕洁,2022.非遗类传统文化多模态翻译研究:以西秦刺绣为例[J].天工(19):39-41.
杜鹃,2023.跨文化视角下英语翻译障碍及对策分析[J].海外英语(23):20-22.
杜娟,2023.叙事学视角下的山西非遗外宣英译路径研究[J].延安职业技术学院学报,37(2):75-78.
杜敏,2019.从传播学视角谈非物质文化遗产名称翻译策略:以河南非遗名称为例[J].海外英语(9):121-122.
杜焱,2021.基于生态翻译学的甘肃非遗文化外宣翻译原则研究:以兰州太平鼓为例[J].现代英语(21):64-66.
段亚莉,2021."一带一路"背景下中国非物质文化遗产外宣英译研究:从茶文化到非遗文化[J].福建茶叶,43(9):271-272.
樊林洲,2015.文化进化的模因论透视[J].自然辩证法通讯,37(1):142-148.
方桂林,2024.文化翻译理论下地方戏剧黄梅戏的英译研究[J].文化创新比较研究(15):33-36.
方佳,2020.文化"走出去"战略下常州"非遗"外宣英译研究[J].常州工学院学报:社科版,38(2):82-86.

方梦之,2004.译学辞典[M].上海:上海外语教育出版社.
房美玲,李素杰,2023.高校教学中民俗类非遗文本的翻译策略探讨[J].潍坊学院学报,23(1):14-16,21.
冯梦晗,2024.顺应理论指导下的《非遗在绵阳》系列报道汉英翻译实践报告[D].绵阳:西南科技大学.
冯昕,2019.《孔雀东南飞》英译策略对比研究[J].现代交际(3):88-89.
冯雪红,2023.融媒体时代中国非遗术语的翻译与国际传播[J].常州工学院学报:社科版,41(3):106-110.
冯雪红,魏向清,刘润泽,2023.中国非遗术语外译的译者规范化实践模式构建[J].外语研究,40(5):95-99,111.
冯莹莹,2023.跨文化语境下非物质文化遗产外宣翻译及对外传播策略[J].哈尔滨师范大学社会科学学报,14(5):152-155.
付义琴,2021.徽州民谣方俗语词释证[J].南京师范大学文学院学报(2):134-139.
傅琬益,2020.乐山市非物质文化遗产外宣翻译现状及改进对策研究[J].科教文汇:中旬刊(14):182-183.
傅仲选,1993.实用翻译美学[M].上海:上海外语教育出版社.
高昂之,2019.非物质文化遗产的外宣翻译与国际传播:现状与策略[J].浙江理工大学学报:社会科学版,42(2):136-142.
高丹,王飞鹏,宋点,2017.非遗外宣视角下龙江民间文学英译研究[J].教育现代化,4(1):226-227.
高升,2022.《孔雀东南飞》的悲剧原因与主题探究[J].南方论刊(9):88-90.
高艳芳,2024.中国非物质文化遗产研究20年:进程、经验与展望[J].湖北民族大学学报:哲学社会科学版,42(3):157-168.
耿卫娜,2018.多模态话语分析模式下纪录片的字幕翻译:以《美丽中国》为例[D].北京:对外经济贸易大学.
辜正坤,2004.互构语言文化学原理[M].北京:清华大学出版社.
谷峰,2019.徽州民歌中乡土语言模因解读与传译[J].中州大学学报,36(5):62-65.
谷旭光,李辉,崔丽,2021.非物质文化遗产外宣翻译研究综述[J].河北科技大学学报:社会科学版,21(3):98-105.
顾丹柯,2010.孝经·二十四孝·弟子规[M].北京:中国对外翻译出版公司.
顾钧,2022.当西方人"遭遇"中国孝道文化:《二十四孝》最早的英译[EB/OL].https://mp.weixin.qq.com/s?__biz=MjM5MDk3ODM4Nw==&mid=2652616807&idx=1&sn=a9631df0872df334bc5efa7899ca0643&chksm=bd53805b8a24094d2cbc80d8ebbf048ea8ab9e87a43ac46c4b9a2d8f91e79517ffee68b7cb25&scene=27.
顾曰国,2013.论言思情貌整一原则与鲜活话语研究:多模态语料库语言学方法[J].当代修辞学(6):1-19.
官煜瑜,2014.从西方修辞学视角看非物质文化遗产的英译[J].佳木斯职业学院学报(12):134-136.
郭立超,武博,刘彦奎,2019.关联翻译理论视角下非遗旅游外宣研究:以承德地区满非遗英译为例[J].中国民族博览(1):96-97.
郭雁,2024."一带一路"视阈下非遗文化遗产外宣翻译策略研究[J].中国民族博览(19):211-213.
哈罗德·拉斯韦尔,2013.社会传播的结构与功能[M].北京:中国传媒大学出版社.
韩健雯,2021.非物质文化遗产保护中的戏剧英译策略探究:以昆曲为例[J].英语广场(30):15-17.
韩雨蒙,2021.《武陵地区非物质文化遗产及其文献集成》(节选)英译实践报告[D].吉首:吉首大学.
郝会肖,任佳佳,2015.云南少数民族诗歌典籍翻译现状及对策研究[J].燕山大学学报:哲学社会科学版,16(4):79-83.
何晨晨,王晓静,2019.西安市非物质文化遗产外宣翻译现状及对策研究[J].新西部(12):30-31.
何丽玲,2020.语料库在非遗翻译中的应用[J].海外英语(6):19-20.
何美萱,刘艳华,2023.生态翻译学视域下阜新非遗外宣英译研究:以阜新东蒙短调民歌英译为例[J].黑龙江工业学院学报:综合版,23(11):7-11.
何文静,2020.《中国黄梅戏》翻译实践报告[D].上海:上海师范大学.
何星亮,1992.中国自然神与自然崇拜[M].上海:三联书店上海分店.
何燕,赵谦,2022.从生态翻译视角看黄梅戏的英译:以《六尺巷》剧本为例[J].南腔北调(6):90-96.
何自然,2011. 语境新论[J].外国语文研究(1):1-13.
贺剑瑜,2022.生态翻译学视角下河南非物质文化遗产外宣翻译[J].文化产业(13):140-142.
衡月月,张翼,陈彤,2024.跨境电商视角下乡村非遗产品外宣英译研究:以连云港兴西村水晶雕刻为例[J].新传奇(18):33-35.
洪莉,2014.生态翻译关照下的泉州非物质文化遗产英译[J].湖南科技学院学报,35(9):148-151.
洪莉,2019.生态平衡视角下的中国非遗外宣翻译[J].齐齐哈尔大学学报:哲学社会科学版(3):119-122.
胡庚申,2008.生态翻译学解读[J].中国翻译,29(6): 11-15,92.
胡庚申,2010.生态翻译学:产生的背景与发展的基础[J].外语研究(4):62-67,112.
胡庚申,2011.生态翻译学:生态理性特征及其对翻译研究的启示[J].中国外语,8(6):96-99,109.
胡娇,2021.传播学视角下非物质文化遗产的外宣翻译研究:以贵州蜡染为例[C]//罗勇,白震,周杰.语言、文化与翻译.贵阳:贵州大学出版社:231-239.
胡敏,2019.道德经:中英双语诵读版[M].北京:外文出版社.
胡强,欧阳晓芬,2024."5W"传播模式下中国非物质文化遗产对外传播的研究现状与路径探索[J].西安外国语大学学报,32(2):93-98.
胡庆睿,2021.翻译美学视角下《古剑奇谭2》字幕英译实践报告[D].北京:中国石油大学.
胡赟,2016.浅析湘绣作品名的英译策略及方法[J].艺术科技,29(2):125.
胡赟,2018.翻译美学视角下的湘绣文化负载词翻译研究[J].戏剧之家(34):238.
胡赟,2021.译者主体性与湖湘非遗外宣翻译[J].海外英语(1):166-167.

胡赟,吴远宁,2016.“释意理论”在高校非遗艺术跨文化交际中的应用研究[J].重庆文理学院学报:社会科学版,35(4):22-25.
胡正荣,段鹏,张磊,2008.传播学总论[M].北京:清华大学出版社.
胡志洪,2024.生态翻译学视域下非遗文本汉英翻译实践报告[D].武汉:湖北大学.
胡壮麟,2007.社会符号学研究中的多模态化[J].语言教学与研究(1):1-10.
黄冬群,2016.变译视角下闽南非物质文化遗产的外宣翻译研究[J].重庆第二师范学院学报,29(1):63-66.
黄涵,2021.英语翻译视角下贵阳市非物质文化遗产“走出去”的策略[J].中国教育学刊(9):8.
黄佶,2018.dragon还是loong:“龙”的翻译与国家形象传播[J].秘书(2):4-12.
黄婉童,2017.模因论视域下太极拳的跨文化传播研究[J].新闻爱好者(11):73-76.
黄友义,2004.坚持“外宣三贴近”原则,处理好外宣翻译中的难点问题[J].中国翻译(6):27-28.
黄园园,2019.壮族非物质文化遗产外宣翻译的跨文化因素及对策分析[J].吉林广播电视大学学报(4):54-55.
贾绍东,2019.海南非物质文化遗产介绍文本英译探讨[J].海南广播电视大学学报,20(2):23-28.
姜丹丹,2018.全球化语境下非物质文化遗产的翻译策略研究:以“万里茶道”联合申遗英译为例[J].晋中学院学报,35(4):106-108.
蒋丽平,2022.非物质文化遗产汉英平行语料库的创建与应用[J].中国非物质文化遗产(2):118-124.
蒋丽平,2022.国家级非遗平行语料库的英语译文语言特征研究[J].海外英语(24):5-7.
蒋丽平,2022.交往理性视域下中医药功效语的英译策略及对非遗术语翻译的启示[J].文化创新比较研究,6(27):54-57.
蒋丽平,2022.跨文化视角下非物质文化遗产翻译策略探究:以广东非遗英译为例[J].清远职业技术学院学报,15(1):69-74.
解燕,马功文,2024.数智时代戏剧类非遗文化外译与传播路径研究:以黄梅戏为例[J].蚌埠学院学报,13(4):91-94,112.
金玲,2024.多模态视角下黄梅戏舞台剧本的英译探究[J].安庆师范大学学报:社会科学版,43(6):52-57.
金文丽,2019.“一带一路”语境下青瓷文化旅游语篇汉译英[J].中国陶瓷工业,26(6):43-48.
晋剑琴,2024.生态翻译学视角下非遗文化的对外传播研究[J].新楚文化(25):56-59.
靳舒迪,2024.国际传播视域下山西非遗文化术语规范化翻译研究[J].海外英语(19):4-6.
鞠倩,2023.文旅融合视角下黑龙江省非遗外宣现状及路径探究[J].新楚文化(28):94-96,15.
康亚坤,周忠新,2021.基于纽马克翻译理论的《非物质文化遗产从传承到传播》英译研究[J].英语广场(11):24-28.
康亚坤,2022.纽马克语义翻译和交际翻译视角下《非物质文化遗产从传承到传播》(节选)翻译实践报告[D].秦皇岛:燕山大学.
柯申,安雯娜,柳威力,2015.平仄间的韵味:徽州楹联文化赏析与保护[J].赤峰学院学报:社会科学版,36(9):163-166.
蓝红军,2022.作为理论与方法的知识翻译学[J].当代外语研究(2):34-44,161.

冷嘉玲,陈艳婷,覃春雨,等,2023.非遗外宣翻译中的旅游目的地形象构建研究[J].海外英语(24):19-21,52.
黎珍珠,2019.非物质文化遗产翻译研究综述[J].亚太教育(1):6-7.
李彬,2003.传播学引论[M].北京:新华出版社.
李春风,2020.台州和合文化英译探析[J].中国科技翻译,33(3):50-53.
李国兵,张敬,2023.机器英译非遗外宣文本问题探析:以二十四节气为例[J].湖北第二师范学院学报,40(1):97-102.
李海龙,于浩,2021.大数据背景下聊城运河文化带非物质文化遗产译介研究[J].今古文创(35):67-69.
李寒冬,苏涛,2019.言语行为视角下徽州楹联的话语信息解读[J].沈阳大学学报:社会科学版,21(6):770-773.
李建萍,2014.语境的制约与民族文化意象的传递:以徽州楹联的翻译为例[J].黄山学院学报,16(1):57-60.
李洁,2007.中国当代翻译美学发展的回顾与思考[J].中国人民大学学报,21(5):141.
李金兰,2021.近十年非物质文化遗产外宣翻译研究综述(2010—2019)及策略分析[J].海外英语(21):4-5.
李军征,2024.中原非遗外宣翻译研究:以淮阳泥泥狗为例[J].上海翻译(3):36-41.
李丽,2023.跨文化传播视域下的新疆非物质文化遗产翻译研究[J].文化创新比较研究,7(21):161-165.
李蒙,李梦圆,姚宏森,2020.目的论视角下海南非物质文化遗产外宣翻译策略研究:以槟榔谷黎族扎染织绣技艺为例[J].今古文创(46):79-80.
李琼,郑安文,2016.论地名英译在非遗保护中的价值:以祁门的英译为例[J].安徽工业大学学报:社会科学版,33(3):43-44.
李文雅,2024.三门峡非遗外宣翻译及媒体融合路径研究[J].海外英语(9):17-19.
李霞,尹倩倩,王岩,2021.辽宁省非物质文化遗产外宣翻译研究[J].文化创新比较研究,5(6):167-169.
李霞,张萍,2015.外宣视域下扬州非物质文化遗产名称名录的英译[J].芜湖职业技术学院学报,17(4):20-24.
李鑫梅,周雅萍,王雯玉,等,2022.生态翻译学视角下的阜阳非物质文化遗产英译研究[J].海外英语(19):34-36.
李燕霞,曾衍文,2018.跨文化传播视域下岭南粤剧的译介与流变:以粤剧经典《帝女花·香夭》英译为例[J].四川戏剧(9):18-23.
李战子,2003.多模式话语的社会符号学分析[J].外语研究(5):1-8.
李战子,陆丹云,2012.多模态符号学:理论基础,研究途径与发展前景[J].外语研究(2):1-8.
廖七一,2000.语料库与翻译研究[J].外语教学与研究(5):380-384.
梁惠慧,2024.广西非遗刘三姐歌谣文化外宣翻译研究[J].中国民族博览(15):222-224.
梁惠慧,任婧,2024.广西刘三姐歌谣外宣翻译应用研究[J].中国民族博览(17):219-221.
梁竞鑫,2022.释意理论指导下"桂花龙窑"陶艺博物馆导游汉英口译实践报告[D].西南财经大学.

梁娟，黄坤，2023.香云纱非遗文化外宣英译现状研究[J].文化产业(11)：141-143.
梁娟，李志伟，2022.香云纱非遗文化翻译与英语教学探究[J].广东职业技术教育与研究(2)：76-78.
梁娟，刘书晴，2023.香云纱非遗文化外宣英译对策研究[J].新楚文化(28)：67-69.
梁斯敏，李丛立.湛江非物质文化遗产外宣与译者语言服务意识的培养：以雷州石狗文化的对外传播为例[J].海外英语(20)：54-55.
梁伟，2014.审其名实慎其所谓：非物质文化遗产保护文件中术语的界定与翻译[J].广东技术师范学院学报，35(4)：85-91.
廖阳露，崔姗，2021.目的论视角下黑龙江传统技艺英译策略研究[J].边疆经济与文化(8)：20-22.
林丹，黄莉萍，欧艾嘉，2024.功能翻译理论视角下瑶族非物质文化遗产的外宣翻译研究[J].海外英语(9)：23-25，32.
刘艾咪，2022.功能对等理论指导下的《口头传承的比较研究》(节选)翻译实践报告[D].杭州：浙江工商大学.
刘安洪，谢柯，2014.传播学视阈下的旅游翻译研究[M]北京：外语教学与研究出版社.
刘炳淑，2017.山东非遗外宣翻译的现状及对策研究[J].青岛职业技术学院学报，30(2)：49-51.
刘成萍，陈家晃，2015.不可译性与意识形态对翻译的操纵[J].上海翻译(3)：91-94.
刘冲亚，2023.中国非物质文化遗产翻译中的双重意义流失及其应对策略[J].佳木斯大学社会科学学报，41(5)：85-88.
刘春媛，吴妍婷，2018.黑龙江非物质文化遗产英译现状对翻译人才培养的影响研究[J].戏剧之家(11)：232.
刘芳，2022."一带一路"背景下非遗文化草木染艺术的译介研究[J].天工(8)：10-12.
刘惠云，任娟，2020.我国非物质文化遗产译介研究特征及展望[J].通化师范学院学报，41(11)：8-12.
刘佳，2023.数字化赋能非遗对外传播多模态语料库平台构建研究[J].上海翻译(6)：34-39.
刘军平，2024.知识翻译学的理论命题探究[J].中国翻译(1)：16-26.
刘军平，2025.论知识翻译学理论建构的辩证法[J].当代外语研究(1)：96-111.
刘俊，2024.跨文化视域下非遗文化英译与对外传播策略研究[J].湖北开放职业学院学报，37(10)：174-175，178.
刘魁立，1998.民俗学论集[M]，上海：上海文艺出版社.
刘宓庆，2005.翻译美学导论[M].北京：中国对外翻译出版公司.
刘荣荣，2022.基于模因理论的网红短视频县域宣传策略研究：以曹县、丁真、贺娇龙走红短视频为例[D].济南：山东大学.
刘守华，2015.非遗保护热潮中的民间文学[C]//马文辉，陈理.民间文学类非物质文化遗产保护研究.北京：中国社会科学出版社.
刘婉君，2017.《中国手工纸文库云南卷》(节选)翻译报告[D].合肥工业大学.
刘维佳，2020.外宣视域下洛阳非物质文化遗产资源简介英译研究[J].开封文化艺术职业学院学报，40(10)：77-79.
刘炜，2022.传播学理论下的江西非物质文化遗产译介研究[J].南昌师范学院学报，43(5)：

69-73.
刘文婷，湛嘉欣，罗瑞琪，等，2022. 翻译视角下中医药非遗国际传播策略研究[J]. 亚太传统医药，18(3)：179-184.
刘锡诚，2006. 传承与传承人论[J]. 河南教育学院学报：哲学社会科学版，25(5)：24-27.
刘小燕，2005. 从翻译美学观看戴乃迭对《边城》中美学意蕴的艺术再现[J]. 北京交通大学学报：社会科学版(2)：70-74.
刘鑫易，2023. 葫芦岛非物质文化遗产的外宣翻译探究[J]. 大众文艺(24)：91-93.
刘艳华，2019. 译介学视角下辽宁地区民间文学类非遗英译研究[J]. 辽宁教育行政学院学报，36(6)：97-100.
刘一格，黄宝如，陈玉莲，2024. 广东非物质文化遗产的英译策略与方法：以岭南非遗中医药译名为例[J]. 文化创新比较研究，8(29)：17-20.
刘莹，2019. 文化翻译理论视角下的非物质文化遗产英译：以漳州"非遗"项目翻译为例[J]. 黄冈职业技术学院学报，21(6)：98-101.
刘莹，2021. 漳州非遗民俗文化英译探析：以"文化翻译观"为指导[J]. 中国民族博览(1)：108-110.
刘影，2020. 乡村振兴战略背景下乡村非遗文化的英译及传播：以浙江省衢州乡村非遗文化为例[J]. 延安职业技术学院学报，34(5)：12-14.
柳淑瑛，苏俊安，张燕丽，2023. 甘肃非遗文化平行语料库建设研究[J]. 档案(5)：56-60.
柳淑瑛，王筱译，2021. 甘肃非遗文化负载词外宣英译策略例析[J]. 甘肃广播电视大学学报，31(6)：80-83.
陆道恩，2019. 基于生态翻译视角的非物质文化遗产外宣翻译技巧研究[J]. 湖北开放职业学院学报，32(23)：162-163.
陆道恩，2017. 译者主体性视觉下民族非遗文化"走出去"英译研究：以贵州非物质文化遗产英译为例[J]. 长春工程学院学报：社会科学版，18(3)：68-71，83.
陆志国，2017. 非物质文化遗产介绍性文本的英译研究[J]. 外国语文，33(2)：117-121.
罗天星，2021. 格特关联翻译理论指导下的黄梅戏《青山鉴》翻译实践报告[D]. 安庆：安庆师范大学.
罗燕子，2021. 非物质文化遗产翻译中传统文化模因的表达[J]. 牡丹江教育学院学报(4)：18-21.
罗燕子，2022. 民间文学翻译中的文化构建：以英译《平天仙姑宝卷与其他河西宝卷》为例[J]. 天水师范学院学报，42(3)：67-75.
吕俊，1997. 翻译学：传播学的一个特殊领域[J]. 外国语(2)：40-45.
吕俊，2001. 结构·解构·建构：我国翻译研究的回顾与展望[J]. 中国翻译，22(6)：8-11.
吕雯霞，2024. 河南省非物质文化遗产名录英译研究[J]. 华北理工大学学报：社会科学版，24(1)：99-106.
吕银平，2019. 六盘山民间剪纸文化英译中"文化缺失"问题研究[J]. 宁夏师范学院学报，40(2)：87-90.
麻争旗，2011. 译学与跨文化传播：对翻译的根本反思[M]. 上海：上海交通大学出版社.
马鸣珠，2025. 关联理论视角下国家级非遗项目术语的英译研究[J]. 重庆文理学院学报：社会科学版，44(1)：61-69.

马盛德,2015.民间文学类非物质文化遗产保护的成就与问题[C]//马文辉,陈理.民间文学类非物质文化遗产保护研究.北京:中国社会科学出版社.

马翔宇,杨家康,甄子昭,2021.基于跨文化视角的燕赵非物质文化遗产外译传播的研究[J].公关世界(8):38-39.

孟韶秀,赵海卫,2022.《孔雀东南飞》许译本中翻译补偿探究[J].张家口职业技术学院学报,35(1):51-54.

孟琢,2017.老子的故事 英文版[M].北京:朝华出版社.

莫皓然,刘影,2019.生态翻译学视阈下衢州非遗的英译研究[J].创新创业理论研究与实践,2(12):186-187.

宁传凤,2024.生态翻译视域下少数民族非遗文化技艺外宣材料的英译研究:以广西壮族自治区为例[J].中国民族博览(19):214-216.

宁萌,方曼栩,2024.徽州民歌的文化意蕴[J].淮南师范学院学报,26(6):57-62.

潘洁,2022.中国文化"走出去"战略背景下山东省非遗外宣翻译及传播路径研究[J].文化产业(14):166-168.

潘文国,2020.《老子》第一章的理解与英译[J].翻译与传播(1):3-21.

潘文国,2023.翻译研究的新突破[J].外语电化教学(1):7-10,106.

潘依婷,2020.生态翻译视域下的湖南非物质文化遗产外宣翻译策略研究[J].经济师(10):150-151.

庞亚飞,2020.目的论视角下佛山非遗文化外宣英译研究:以佛山木版年画为例[J].佛山科学技术学院学报:社会科学版,38(1):37-40.

齐建涛,2018.基于语料库的非遗文本翻译研究路径探析[J].牡丹江大学学报,27(6):79-82.

齐琨鹏,2019.跨文化视域下非物质文化遗产的外宣译介探析:以《鬼谷子传说》为例[J].海外英语(19):153-155,158.

秦军,2021.广西非物质文化遗产外译研究特征与思考[J].开封文化艺术职业学院学报,41(11):35-37.

钱冠连,2002.证伪论与语言学研究:西方语言哲学系列研究(之七)[J].现代外语(2):112-119.

邱慧青,李成静,2022.目的论视角下湖湘文化名片湘绣的外宣英译研究[J].文化产业(4):119-121.

邱敏,冯颖璇,2019.从跨文化视角谈非遗翻译的方法[J].海外英语(8):39-40,51.

邱敏,2018.从传播学视角谈非物质文化遗产外宣翻译:以浙江非遗文本英译为例[J].重庆广播电视大学学报,30(1):63-68.

邱敏,2017.翻译适应选择论关照下的非遗旅游外宣英译研究[J].安徽工业大学学报:社会科学版,34(1):58-60.

邱夏子,2017.非物质文化遗产大吴泥塑的英译研究[J].韩山师范学院学报,38(2):73-77.

邱夏子,2018.试析非物质文化遗产翻译与英语教学[J].吉林广播电视大学学报(11):79-81.

邱夏子,2019.目的论视域下的非遗工艺翻译[J].周口师范学院学报,36(1):83-87.

仇贤根,2016.论新时期我国外宣翻译工作应遵循的原则[J].海外英语(16):92-93.

冉良文,2023.非遗纪录片《薪火相传》字幕中文化专有项翻译质量评估研究[D].重庆:四川外国语大学.

任东升，闫莉平，2018.中国当代乡土文学中乡土语言模因的传译：以三部长篇小说沙博理译本为例[J].外国语文研究，4(4)：49-58.
任宋莎.廖七一，2012.当代西方翻译理论探索[J].华西语文学刊(2)：212-215，250.
任智，2019.基于语用认知视角的非遗外宣翻译探究[J].扬州职业大学学报，23(4)：25-29.
任智，2020.关联-顺应视域下非遗外宣文本文化负载词的识解翻译探析[J].蚌埠学院学报，9(1)：69-73.
阮红波，2019.从翻译伦理看广西非物质文化遗产介绍性文本的英译[J].河池学院学报，39(3)：114-117.
阮红波，2019.广西非物质文化遗产名称翻译的原则与方法[J].英语广场(3)：44-46.
单莓灵，李学欣，翟沛雯，2021.上海非物质文化遗产外宣翻译研究：以皮影戏为例[J].大众文艺(1)：144-145.
尚必武，2007.叙述者聚焦、双重聚焦与伦理取位：詹姆斯・费伦的修辞性叙事聚焦观探析[J].江西社会科学(7)：32-40.
邵瑶，张杰，2024.浙江省海岛非遗文化概念英译研究：以舟山非遗文化代表性名录为例[J].浙江海洋大学学报：人文科学版，41(3)：72-77.
沈德潜，2022.古诗源全鉴[M].北京：中国纺织出版社.
师丽娟，2015."梁山伯与祝英台"之当代改编研究[D].抚州：东华理工大学.
石生，2010.安徽省非物质文化遗产"五禽戏"的文化价值研究[J].长春理工大学学报，5(11)：186-188.
宋洁，2020.广西非物质文化遗产外宣英译的传播现状及问题[J].文化产业(24)：100-101.
宋婷，2017.非遗文化译介传播新探索：以池州傩为例[J].景德镇学院学报，32(2)：13-18.
宋亚林，2018."易"与"译"中的流变[D].上海：华东师范大学.
宋玥涵，2023.认知隐喻视角下《孔雀东南飞》的隐喻翻译对比研究[J].今古文创(1)：97-99.
苏涛，2022. 翻译与传播：安徽非物质文化遗产的译介研究[M].合肥：中国科学技术大学出版社.
苏涛，黄焰结，2019.中国故事，国际表达：安徽非物质文化遗产外宣译介研究[J].蚌埠学院学报，8(3)：51-54.
苏阳，2020.陕西省外宣翻译路径的研究与分析：基于"一带一路"视角下[J].现代职业教育(10)：12-13.
孙桂林，2020.徽州楹联的文化内涵英译研究[J].科教文汇：上旬刊(1)：187-188.
孙海兰，2023.模因论视角下《丰乳肥臀》中文化负载词的维译研究[D].乌鲁木齐：新疆师范大学.
孙红梅，2008.语言学翻译观与文化翻译观之对比浅析[J].高等函授学报：哲学社会科学版，21(12)：94-95，113.
孙宏宇，2019.《孔雀东南飞》韦译本隐喻翻译策略研究[J].安徽工业大学学报：社会科学版，36(3)：76-77.
孙明磊，2024.山东优秀非遗文化意象翻译方法探析[J].鲁东大学学报：哲学社会科学版，41(6)：77-82.
孙喜凤，2024.粤港澳大湾区非遗文化融入高职英语翻译教学实践研究[J].中国多媒体与网络教学学报:中旬刊(11):96-99.
孙秀芬,米淑一,魏朝晖,2018.非物质文化遗产外宣,提升区域文化软实力[J].湖北函授大学学报,31(18):97-98.
孙艺风,2021.当前翻译研究存在的问题与对策[J].中国翻译,33(4):11-12.
孙瑜,李晓荣,2021.互联网时代中国音乐类非遗译介模式研究[J].新闻知识(1):27-33.
孙圆,2018.新媒体背景下"非遗"外宣翻译与传播路径研究:以济南市有代表性的非物质文化遗产为例[J].河北农机(8):54-55.
覃海晶,2014.非物质文化遗产口译的口语性翻译[J].云南农业大学学报:社会科学,8(6):101-105.
谭秀敏,李静,李兰兰,2023.译介学视角下中医药非物质文化遗产外宣翻译研究[J].现代英语(1):123-126.
谭雨夕,2024.模拟视译实践报告[D].西安:西安外国语大学.
唐超,2017.少数民族典籍对外翻译研究的现状和问题:以中国知网 2006-2016 年论文为例[J].大连民族大学学报,19(6):616-621,628.
唐明安,2024.基于文化自信的民族非遗英译研究:以阿坝州非遗词为例[J].阿坝师范学院学报,41(1):74-80.
唐世红,唐宇航,赵晓帆,2024.翻译目的论视域下中华非遗名称外宣法译研究[J].大众文艺(7):70-72.
唐卫华,2004.论翻译过程的传播本质[J].外语研究(2):48-50.
陶丹丹,2015.多元共生视角下越地非物质文化遗产的异化翻译[J].绍兴文理学院学报:哲学社会科学,35(5):76-79.
陶紫彤,2023.变译理论视角下《兰州鼓子人文生态》(第一章)汉英翻译实践报告[D].贵阳:贵州财经大学.
滕丽梅,梁媛,2021.文旅融合视角下日照市非遗外宣翻译的重要途径[J].现代英语(5):89-91.
滕婷婷,2018."一带一路"倡议下金华非物质文化遗产英译研究[J].开封教育学院学报,38(3):61-64.
田俊风,2024..生态翻译学视角下《贵州省非物质文化遗产田野调查丛书(遵义市卷)》(卷八)汉英翻译实践报告[D].贵阳:贵州财经大学
田霞,2012.从顺应论看苗族非物质文化遗产的汉英翻译[J].怀化学院学报,31(10):91-94.
田晓蕾,印明玉,李大鹏,2023.大数据时代吉林省非物质文化遗产英译研究[J].品位·经典(2):48-50.
田亚亚,付丹亚,2018.译者主体性视角下陕西省非物质文化遗产英译探析[J].文化学刊(4):169-171.
田亚亚,孙雪娥,2016.生态翻译学对非物质文化遗产翻译的启示:陕西省非物质文化遗产翻译研究[J].渭南师范学院学报,31(10):55-60.
田亚亚,2024.生态翻译学"三维转换"视角下陕西非遗介绍性文本的英译[J].渭南师范学院学报,39(1):72-78.
田雨霏,崔姗,2021.黑龙江省非遗文化外宣翻译的现状及对策研究[J].边疆经济与文化(6):20-22.

田中阳，2002. 大众传播学理论[M]. 长沙：岳麓书社.
涂平，2013. 包公判案故事[M]. 上海：上海人民美术出版社.
万建中，2017. 民间文学引论[M]. 北京：北京大学出版社.
汪贝，2022. 广西非遗文化宣传片对外传播认知研究：以《仫佬族：以梦为马，绣出仫佬人的中国梦》为例[J]. 科技传播，14(24)：141-146.
汪道祝，2017. 多模态衔接视角下的电影字幕翻译研究[D]. 广州：广东外语外贸大学.
汪李平，2018. 语言语境顺应下《黄梅戏经典唱段》中的隐喻翻译研究[J]. 海外英语(15)：213-214.
汪榕培，1998. 孔雀东南飞木兰辞[M]. 长沙：湖南人民出版社.
王爱支，2017. 湖北省非物质文化遗产外宣英译调查研究[J]. 鄂州大学学报，24(3)：68-69.
王富仁，1992. 主题的重建：《孔雀东南飞》赏析[J]. 名作欣赏(4)：17-27.
王馥，2020. 海属地区非物质文化遗产译介困难及对策研究[J]. 开封文化艺术职业学院学报，40(10)：80-82.
王辉，王晓龙，2024. 生态翻译视野下非遗外宣翻译的价值遵循及实践策略[J]. 太原城市职业技术学院学报(10)：144-146.
王辉，许小倩，2021. "一带一路"倡议背景下文化产业外宣翻译策略探究[J]. 海外英语(14)：26-28.
王佳，杜习举，2023. 江西非遗民俗平行语料库的建设意义研究[J]. 吉林广播电视大学学报(2)：151-153.
王佳，熊婧，2021. 论江西省省级非遗名录民俗类汉英平行语料库的建设路径[J]. 今古文创(29)：127-128.
王静，2022. 类型术语学视角下中国非遗术语英译策略新思考[J]. 安徽工业大学学报：社会科学版，39(2)：48-51.
王静，2021. 山西非物质文化遗产翻译与英语教学分析[J]. 英语广场(17)：38-40.
王军，2024. 海南非遗"黎族民间故事"外译策略研究[J]. 今古文创(1)：102-112.
王可，詹慧芳，2024. 昆曲国际化传播问题及对策研究[J]. 戏剧之家(30)：34-36.
王理，2021. 跨文化视域下乐山市非物质文化遗产外宣翻译研究[J]. 大众文艺(2)：145-146.
王莉，2023. 非遗文化"走出去"之外宣翻译现状与策略探究：以汕尾非遗文化外宣翻译为例[J]. 海外英语(11)：32-34，37.
王冕，2023. 非物质文化遗产名称的英文翻译研究[J]. 文化产业(8)：145-147.
王巧英，朱忠焰，2013. 黄梅戏经典唱段英译难点及其翻译方法与技巧[J]. 安庆师范学院学报：社会科学版，32(6)：94-96.
王如松，周鸿，2004. 人与生态学[M]. 昆明：云南人民出版社.
王莎，范丹，2023. 国家级非物质文化遗产的传承与发展：以秦腔红色戏曲为例[J]. 中国集体经济(4)：136-139.
王诗宇，程建山，2024. 文化翻译理论视角下福建非物质文化遗产外宣翻译研究[J]. 今古文创(44)：108-111.
王斯榕，2023. 翻译美学视角下二十四节气文本的英译[J]. 海外英语(17)：47-49.
王文彬，隋欣，2022. 非遗主题图书对外译介与传播的问题与对策[J]. 辽宁经济管理干部学院学报(6):41-43,62.
王文彬,2024.关于加强辽宁国家级非物质文化遗产对外译介与传播的对策建议[J].辽宁经济(4):56-58.
王文花,马英,2014.非遗视角下的峨眉武术翻译[J].四川职业技术学院学报,24(2):62-65.
王文章,2023.非物质文化遗产概论[M].北京:高等教育出版社.
王晓燕,2020.多模态话语分析视角下《生活大爆炸》字幕翻译研究[J].广西民族师范学院学报,37(4):97-99.
王亚娟,李宗伟,2021.蒙古族非物质文化遗产文献跨文化传播与英译研究[J].名作欣赏(33):113-115.
王一岚,2024.贵州非物质文化遗产外宣翻译研究:以 Bilibili 和 YouTube 英译文本为例[J].文化创新比较研究,8(18):166-170.
王寅,2021.体认翻译学[M].北京:北京大学出版社.
王滢,2022.黄梅戏《大清名相》汉英翻译实践报告[D].安庆:安庆师范大学.
王颖,2022.近十年来非物质文化遗产外宣翻译现状与对策探析[J].兰州工业学院学报,29(3):120-123.
王玉娇,2019.徽州文化中楹联翻译的语言对等探究[J].明日风尚(15):185.
王玉兰,2019.基于文本类型理论的非物质文化遗产文本外宣翻译研究[J].吉林省教育学院学报 35(1):143-146.
王元元,2022.非遗传承背景下河北省非遗外宣路径研究[J].黑龙江人力资源和社会保障(7):46-48.
王源,2020.浅谈非物质文化遗产的英译外宣:以茶文化为例[J].福建茶叶,42(7):349-350.
王源,余燕,2022.文旅融合视角下泸州市非物质文化遗产外宣翻译策略研究[J].西部旅游(18):75-77.
王钟锐,2018.我国非物质文化遗产翻译研究的现状与思考:基于 2006—2017 年相关文献的分析[J].大众文艺(20):179-181.
王钟锐,张秀梅,2019.民俗类非遗项目英译的语用实践研究[J].常州信息职业技术学院学报,18(1):50-52.
韦妮,2024.深度翻译视域下非遗文本英译研究:以《壮锦》为例[J].文化创新比较研究,8(24):21-25.
魏春梅,顾毅,江治刚,2015.符际翻译视角下的《梁山伯与祝英台》海外传播研究[J].长春理工大学学报:社会科学版,28(11):120-124.
魏红,单小艳,2018.译介学视角下非物质文化遗产外宣翻译研究[J].教育教学论坛(8):4-5.
魏泓,2020.生态美学视阈下黄梅戏英译研究[J].贵州师范学院学报,36(8):17-23.
魏泓,2021.生态系统观下黄梅戏英译研究[J].重庆第二师范学院学报,34(1):42-46.
魏怡,2015.国家非遗项目“耿村故事”的英译[J].石家庄铁道大学学报:社会科学版 9(1):77-81.
魏怡,2015.英语专业非物质文化遗产进课堂探析:以河北省民间文学项目为例[J].鄂州大学学报,22(5):74-76.
温美霞,2023,莫红英.解英译难点让非遗“走出去”[J].文化产业(32):109-111.
温美霞,2024.跨文化视域下非遗翻译的互文性策略[J].嘉应文学(24):69-73.

翁敏雅,2018.浙江省非物质文化遗产外宣英译调查与对策研究[J].开封教育学院学报,38(2):66-68.
乌云高娃,2023."讲好非遗故事":内蒙古非遗外宣英译概览[J].现代英语(5):115-118.
吴丹,2016.蒙古族非物质文化遗产文献跨文化传播与英译[J].边疆经济与文化(4):89-90.
吴丹,2017.跨文化视域下的蒙古族非遗民间文学类英译探究[J].内蒙古民族大学学报:社会科学版,43(1):54-57.
吴丹,刘秀萍,2024.温州非遗文化外译的跨文化传播研究:以瓯绣为例[J].新传奇(17):32-34.
吴锦文,2023.地域文化视域下的明清徽州匾额书法艺术[J].苏州工艺美术职业技术学院学报(3):16-19.
吴娟,2022.海南非遗黎族民间故事译介研究[J].文学教育(上)(11):172-174.
吴孟杰,朱月娥,2020.生态翻译学视角下非遗旅游外宣英译研究[J].现代英语(3):65-67.
吴梦尧,2022.《剪纸》(节选)英译实践报告[D].上海:上海师范大学.
吴祺,唐璐,李彩玲,等,2021.从外宣翻译角度对"一带一路"背景下广西坭兴陶非遗文化推广研究[J].陶瓷研究,36(3):97-99.
夏华敏,李秀寨,2020.生态翻译关照下楚雄彝族非物质文化遗产英译研究[J].哈尔滨职业技术学院学报(1):137-139.
向云驹,2004.人类口头和非物质遗产[M].银川:宁夏人民教育出版社.
谢柯,廖雪汝,2016."翻译传播学"的名与实[J].上海翻译(1):14-18.
谢凝,2022.译介学视域下辽宁省非物质文化遗产的翻译策略研究[J].文化产业(9):128-130.
谢天振,1999.译介学[M].上海:上海外语教育出版社.
谢新贤,2022.宝贵多样的广西非物质文化遗产及其英语翻译价值:评《广西国家级非物质文化遗产系列丛书》[J].人民长江,53(7):239.
谢颖莹,张莹莹,李大勤,2023.非遗视域下我国濒危语言资源保护的现状与路径[J].百色学院学报,36(2):45-51.
谢长宗,浦毓珺,2024."一带一路"背景下花鼓灯立体化外宣翻译策略研究[J].铜陵职业技术学院学报,23(4):69-73,85.
邢琰,2023.河南省非物质文化遗产对外翻译传播研究[J].重庆文理学院学报:社会科学版,42(4):36-46.
徐晨琳,2022.茶文化视角下的中韩外宣翻译探析[J].福建茶叶,44(11):123-125.
徐慧俊,2012.国家非物质文化遗产:"桐城歌"传承现状调查与思考[J].吉林省教育学院学报:下旬,28(6):137-138.
徐倩,马慧,2023.目的论视角下非物质文化遗产外宣翻译策略探究[J].济宁学院学报,44(2):52-57.
徐艺乙,2023.关于非物质文化遗产的几点思考:写在非物质文化遗产学科建设之时[J].中国非物质文化遗产(3):14-18.
徐岳,2022.深度翻译视域下的体育非物质文化遗产翻译[J].海外英语(22):52-55.
许超,2023.山东非物质文化遗产的外宣翻译与国际传播的策略探究[J].山东艺术(4):6-15.
许峰,2010."非物质文化遗产"术语的中英文辨析[J].郑州航空工业管理学院学报:社会科学版,29(1):101-103.

许勉君,2017.中国多模态翻译研究述评[J].广东外语外贸大学学报,28(2):40-46.
许敏,王军平,2016.中国非物质文化遗产文化概念的英译研究[J].西安外国语大学学报,24(2):108-112.
许渊冲,2016.《老子》译话[M].北京:北京大学出版社.
薛秀云,2024.数字化生存语境下漳州非遗传承与传播路径研究[J].东南传播(8):69-73.
闫宇涵,2021.生态平衡视角下的中国非遗外宣翻译分析[J].文化产业(12):47-48.
阳忠艳,吴电雷,2024.壮剧研究的历史脉络与未来展望[J].文山学院学报,37(3):15-23.
杨贝艺,2023.生态翻译学视角下湖南非物质文化遗产外宣翻译研究[J].文化创新比较研究,7(20):175-179.
杨朝军,炎萍,2023.知识翻译学视域下的翻译过程[J].外文研究,11(3):82-88,97,109.
杨晨,2024.目的论视角下非遗外宣英译的困境和对策:以浙江省国家级非遗项目为例[J].英语广场(12):11-14.
杨大霑,2009.对贵州非物质文化遗产外宣翻译的一些思考[J].贵州民族研究,29(6):117-119.
杨枫,2021.知识翻译学宣言[J].当代外语研究(5):2,27.
杨枫,2022.知识翻译学:出发与抵达[J].当代外语研究(5):1-2.
杨枫,2022.知识翻译学的翻译定义与分类[J].当代外语研究(1):1-2.
杨枫,2023.翻译在知识之间,人在知识之上:写在《知识翻译学宣言》发表2周年之际[J].当代外语研究(5):1-2.
杨枫,2025.知识是物学,翻译是人学[J].当代外语研究(1):1-2.
杨红,2022.基于海派花丝镶嵌技艺英译的中国传统技艺类“非遗”翻译能力模型探索[J].扬州教育学院学报,40(1):57-61.
杨杰宏,2014.“非遗”语境下口头传统文献整理的问题检析[J].民族文学研究(3):54-62.
杨杰宏,2015.口头传统文本翻译整理的三个维度:以《亚鲁王》为研究个案[J].民族翻译(3):11-19.
杨静,陈文凯,2023.2009—2021年中国非物质文化遗产英译及外宣研究综述[J].湖北第二师范学院学报,40(9):93-100.
杨莉,任忆,吴靓,2024.人类命运共同体语境下非遗特色词汇的英译:以重庆地区为例[J].牡丹江师范学院学报:社会科学版(3):61-67.
杨利慧,2015.遗产旅游与民间文学类非物质文化遗产保护的“一二三模式”[C]//马文辉,陈理.民间文学类非物质文化遗产保护研究.北京:中国社会科学出版社.
杨玲玲,李红绿,2021.侗族文化模因在西方传播的适应与变异[J].怀化学院学报,40(4):113-116
杨玲燕,2024.传播学视域下非遗文化外宣翻译策略研究[J].兴义民族师范学院学报(3):41-46.
杨仕章,2000.文化翻译观:翻译诸悖论之统一[J].外语学刊(4):66-70.
杨雪莲,2010.传播学视角下的外宣翻译—以今日中国的英译为个案[D].上海:上海外国语大学.
杨彦,张雨,薛秋雨,2024.基于文本类型理论的戏曲翻译及传播研究:以《霸王别姬》译本为例[J].科技传播,16(7):152-156.
杨阳,2024.“非遗”外宣翻译融入高校双创教育路径研究[J].太原城市职业技术学院学报(11):

51-53.
杨一迪,2020.译介学视角下非物质文化遗产外宣翻译研究:以太极拳为例[J].现代英语(1):63-65.
杨永刚,2014.从功能语境视角看"非遗"旅游外宣的翻译:以扬州非物质文化旅游外宣汉英翻译为例[J].福建工程学院学报,12(5):459-463.
杨永刚,蔡祥,胡胜林,2014.基于功能语境视角下的非物质文化遗产外宣归化异化翻译:以扬州大运河外宣翻译为例[J].湖南邮电职业技术学院学报,13(3):148-152.
杨勇,黄玉香,2021.非物质文化遗产外宣翻译现状及对策研究:以阜阳市为例[J].阜阳师范大学学报:社会科学版(2):27-32.
姚亮生,2004.内向传播和人际传播的双向对话—论建立传播学的翻译观[J].南京大学学报:社会科学版(3):135-139.
易善炳,2020.人工智能在非物质文化遗产保护中的运用[J].科学・经济・社会,38(1):19-25.
游灼梅,2024.生态翻译视域下闽东非物质文化遗产外宣英译研究[J].绥化学院学报,44(11):70-72.
于森,2016.基于诺德功能翻译理论的中医药"非遗"翻译研究[J].长春师范大学学报,35(11):112-115.
于强福,2020.非遗戏曲"走出去"译介研究述评[J].戏剧之家(35):15-16.
于潇,2020..关联理论指导下非遗文本中文化缺省的补偿翻译研究[D].北京:北京交通大学
俞萌萌,2019.多模态话语分析视角下的英汉字幕翻译报告[D].成都:西南交通大学.
俞森林,2020.道经英译史[M].上海:上海三联书店.
俞万玲,2023.非物质文化遗产文本翻译中的最佳关联[D].宜昌:三峡大学.
喻昕,2021.变译论下江西非物质文化遗产外宣翻译研究:以民俗文化为例[J].现代英语(12):76-78.
喻旭燕,蔡亮,2016.文化阐释与叙事呈现:"非遗"对外传播的有效路径研究[J].浙江学刊(2):220-224.
袁莹,蓝洁,2024.模因论视域下长江流域非遗美食英译研究[J].海外英语(21):44-47.
岳峰,2018.中华文献外译与西传研究[M].厦门:厦门大学出版社.
曾畅怀,2022."翻译目的论"观照下的非遗英译实践[J].韶关学院学报,43(10):85-88.
曾慧芳,2020.从蒙娜・贝克叙事理论看金庸武侠小说英译本的重构翻译[D].福州:福建师范大学.
曾婷,2024.课程思政视域下非遗文化融入高职英语翻译教学的理论与实践研究[J].大众文艺(22):163-165.
曾小珊,2021.农业"非遗"翻译与传播机制研究:评《博物馆与非物质农业文化遗产保护研究》[J].中国农业气象,42(7):620-621.
曾衍文,2018.非物质文化遗产英译研究现状分析及探讨:基于2007—2016年数据[J].四川戏剧(1):138-141.
曾贞,杨霞,2022.英译视角下广西非遗海外传播的症结及其解决对策:以广西三江县侗族木构建筑公示语英译为例[J].海外英语(9):18-19.
曾梓涵,徐媛媛,李佳惠,等,2021.文化扶贫战略下陕西非遗外宣翻译及翻译人才培养研究[J].

文化产业(3):60-61.
张柏然,2001.当代翻译美学的反思[J].外语与外语教学(8):1,33.
张德禄,2009.多模态话语分析综合理论框架探索[J].中国外语,6(1):24-30
张凤仙,2009.《老子》之“道”的含义及其翻译[J].语文学刊:外语教育与教学(1):118-120.
张慧,闫正坤,2018.蚌埠市非物质文化遗产的译介现状及对策探析:以花鼓灯为例[J].赤峰学院学报:汉文哲学社会科学版,39(2):75-78.
张佳,郭彪,2024.生态翻译学“三维转换”视角下河南非物质文化遗产英译研究[J].现代英语(4):118-120.
张健,2013.外宣翻译导论[M].北京:国防工业出版社.
张江峰,王莉,张江茹,2019.旅游营销视角下非遗旅游外宣英译研究:以山西省为例[J].河北工程大学学报:社会科学版,36(4):95-100.
张洁,2017.非物质文化遗产外宣翻译策略探析[J].辽宁高职学报,19(3):103-105.
张洁,2019.湖北省非物质文化遗产外宣翻译研究[J].鄂州大学学报,26(4):58-60.
张今,1987.文学翻译原理[M].郑州:河南大学出版社.
张俊韬,张宇希,2019.非物质文化遗产外宣翻译中的文化缺失与重构[J].当代教育实践与教学研究(23):212-213.
张美玲,赵友斌,2024.基于翻译补偿理论的中国非物质文化遗产英译研究:以“汉语桥”非遗文化体验项目英译为例[J].重庆第二师范学院学报,37(2):39-45.
张孟杰,2024.外宣“三贴近”原则下信阳毛尖制茶技艺翻译研究[J].福建茶叶,46(2):147-149.
张明权,2005.二元对立翻译观的文化解构[J].北京第二外国语学院学报(2):6-9.
张宁静,2015.山西民俗文化翻译实践报告[D].太原:山西大学.
张崎静,2021.翻译美学视角下非遗文本文化信息的英译策略[J].大众文艺(17):116-117.
张崎静,2018.扬州民间文学类非遗外宣英译工作探赜[J].黑河学刊(1):40-41.
张茜,魏旭,2023.文化语境视角下陕西非遗语料英译研究[J].文化学刊(6):198-201.
张绍兵,2024.非遗文化专有项中的指称用语英译:以“冼夫人”为例[J].广东石油化工学院学报,34(2):38-43.
张绍兵,2022.粤西非遗“冼夫人信俗”外宣翻译的现状与矛盾[J].南方论刊(6):72-75.
张维,2019.文化转向视阈下的非物质文化遗产翻译—顺店刺绣英译实践报告[D].上海:上海师范大学.
张文明,章二文,2019.文化翻译观下的黄梅戏英译研究[J].滁州学院学报,21(6):52-54,60.
张晓娟,2014.戏曲字幕双语化与传统文化的传播[J].吉林艺术学院学报(1):35-37.
张妍,2018.跨文化视域下中国戏剧类非遗英译策略研究[J].四川戏剧(1):142-145.
张瑜,2024.新文科背景下四川省非物质文化遗产外宣翻译人才培养探索[J].新西部(7):147-151.
张云,2023.南通非物质文化遗产的译介策略探索:以沈绣为主要研究对象[J].中国民族博览(9):52-54.
张志鸿,郭骊,朱怀江,2016.桐城歌研究论文集[M].合肥:安徽人民出版社.
张志鸿,2012.吴楚遗韵桐城歌[J].大众文艺(16):192-193.
张智杰,张映先,2023.讲好中国故事:非物质文化遗产赓续与译介[J].海外英语(22):59-61.

赵傲扬,2024.传播学视域下河南非物质文化遗产外宣翻译策略研究[J].今古文创(13):106-108.

赵晟,赵琪,周祥玥,等,2022.非物质文化遗产外宣翻译与新媒体融合传播探究:以大理白族扎染为例[J].文化创新比较研究,6(14):166-169.

赵佳欣,刘智军,董文静,等,2022.陕西汉中市非遗译介与传播实践调查研究:以“张骞传说”为例[J].西部旅游(23):45-47.

赵金龙,叶洪光,2021.关于湖北省纺织类非物质文化遗产的相关机构和项目的英文翻译[J].服饰导刊,10(1):53.

赵黎,2022.非遗文化融入翻译课堂实践探究[J].文化产业(5):68-70.

赵丽春,2017.非遗视角下茶叶外宣翻译问题与策略研究[J].福建茶叶,39(6):323-324.

赵丽丽,王文雅,2020.目的论指导下的非物质文化遗产翻译实践:以山西省民俗文化的英文翻译为例[J].西部学刊(15):123-125.

赵珊,张小波,2020.巴斯奈特文化翻译视域下非遗名称“人龙舞”英译探析[J].海外英语(6):75-76,88.

赵文焘,杨晓娅,2024.非遗外宣视角下巴蜀文化外宣翻译与传播[J].文化产业(7):130-132.

赵祥云,2019.“非物质文化遗产”的名与实:兼论术语翻译中的语义考证与策略考量[J].郑州轻工业学院学报:社会科学版,20(Z1):139-146.

赵晓菲,2022.翻译适应选择论视角下《孔雀东南飞》汉英翻译策略研究[J].海外英语,(9):211-212,232.

赵彦春,2007.翻译诗学散论[M].青岛:青岛大学出版社.

赵征军,2018.汉学家白之英译《牡丹亭》戏剧翻译规范探究[J].燕山大学学报:哲学社会科学版,19(2):62-66,74.

赵紫渊,2024.丝路民歌“花儿”译介中的丰厚翻译现象[J].甘肃高师学报,29(4):30-37.

郑安文,2016.《保护非物质文化遗产公约》中译本非遗定义中的误译:基于概念逻辑关系的解读[J].中国翻译,37(2):91-94.

郑少惠,周玲燕,2022.归化与异化视角下广东省非物质文化遗产英译研究[J].广东石油化工学院学报,32(5):24-28.

郑土有,2015.民俗场:民间文学类非遗活态保护的核心问题[C]//马文辉,陈理.民间文学类非物质文化遗产保护研究.北京:中国社会科学出版社.

郑泽蕾,刘润泽,2022.非遗术语翻译的知识理据创新及其应用研究:以剪纸为例[J].中国科技术语,24(2):85-91.

钟安林,胡迎春,2018.非物质文化遗产翻译研究现状及对策分析:以韶关市为例[J].宿州教育学院学报,21(5):22-25.

钟明庆,朱建斌,2020.基于生态翻译理论的布洛陀介绍文本英译研究[J].现代英语(13):76-78.

钟恬静,陈昕瑶,2023.生态翻译学视角下少数民族非遗的外宣翻译研究:以畲族非遗英译为例[J].英语广场(36):21-24.

钟媛幸,蒋依萍,王鑫宇,2023.罗城仫佬族刺绣的外宣英译实践研究[J].西部皮革,45(12):142-144.

周彩玉,2017.非遗文化典籍译介的话语对等与跨语际实践探究[J].四川戏剧(5):109-112.

周斐芳,2022.新媒体时代三明非遗文化翻译与传播对策[J].三明学院学报,39(2):35-40.
周静书,2009.梁山伯与祝英台的传说[J].宁波通讯(2):56-58.
周楠,吴俐霓,2018.生态翻译学视阈下的非物质文化遗产外宣英译研究:以重庆武隆非遗外宣英译为例[J].重庆广播电视大学学报,30(1):49-56.
周颖,2016.《"非遗"视野下的少数民族民间信仰研究》(节选)翻译报告[D].昆明:云南民族大学.
周雨竹,2019.多模态话语分析视角下《神探夏洛克》字幕翻译研究[D].广州:广东外语外贸大学.
朱陈军,赵速梅,2013.图式理论视角下中国非物质文化遗产的英译研究[J].海外英语(9):182-184.
朱虹博,2023.文化翻译观指导下的刘三姐非遗民歌英译策略研究[J].文化产业(6):132-134.
朱玲,2019.中国昆剧英译的现状、问题与对策[J].外语教学,40(5):84-88.
朱秀丽,李桂芝,2017.对石家庄非物质文化遗产外宣翻译的几点思考[J].教育现代化,4(26):231-232.
朱旭,梁斌,2023.非物质文化遗产外宣翻译:以《非物质文化遗产保护研究》为例[J].文化创新比较研究,7(27):169-173.
朱璇璇,黄凌燕,2023.曼塔里翻译行为理论关照下泉州非物质文化遗产的英译问题[J].泉州师范学院学报,41(1):72-76.
朱燕华,2019.功能对等理论视角下非物质文化遗产外宣翻译策略研究:以无锡为例[J].襄阳职业技术学院学报,18(6):130-133.
朱义华,2013.非物质文化遗产吴歌保护与传承的译介学探索进路研究[J].江南大学学报:人文社会科学版(5):122-128.
朱莹,2019.目的论指导下的《"非遗"与博物馆:文化保护新视角》翻译实践报告[D].扬州:扬州大学.
朱永生,2007.多模态话语分析的理论基础与研究方法[J].外语学刊(5):82-86.
朱云云,熊丽,2022.基于生态翻译视域非遗项目外宣翻译策略探究:以湖南非物质文化遗产为例[J].文物鉴定与鉴赏(19):146-149.
朱云云,2022.湖南非物质文化遗产对外译介情况及策略分析[J].文物鉴定与鉴赏(17):152-155.
庄婷婷,2024.非遗视域下羌族民歌的对外传播研究[J].四川戏剧(8):116-119,130.
邹雪茜,2013.对《老子》英译本的解读与评价[J].语文建设(35):76.